喜吾人長势

刘庆 著

作家出版社

作者简介

刘庆，现为辽宁大学文学院教授，1968 年生于吉林省辉南县，1990 年毕业于吉林财贸学院统计专业，曾任《华商晨报》社社长兼总编辑。1990 年在《作家》杂志发表小说处女作。1997 年 1 期在《收获》杂志发表第一部长篇小说《风过白榆》，并由作家出版社出版。2003 年《收获》杂志 4 期刊发长篇小说《长势喜人》，由漓江出版社出版，并入选中国小说学会评定的 2004 年中国长篇小说排行榜。另有《信使》《湖边的夜晚》等中短篇小说集出版。曾获长白山文艺奖、吉林文学奖、东北文学奖、辽宁文学奖等多种文学奖项。长篇小说《唇典》首发于 2017《收获》长篇专号（春卷），被中国小说学会评定为 2017 年中国小说排行榜长篇小说榜第一名，2018 年获得世界华文长篇小说奖红楼梦奖首奖。

目录

長勢喜人

1

長勢喜人

2

楔　子

　　最初是几个迷恋过演讲技巧而又对自己十分自信的年轻人，在其他生意上的尝试失败以后，开始将目光投向这个行当。很快，他们便狂热地将这项活动开展起来。他们在海边偏僻的疗养地，在城市附近的山谷里，在废弃的防空洞和山洞里，甚至就在市中心一处密封极好的房间里，举行各种规模的潜训集会。这种集会也被称为"老鼠会"，来参加的人有大学教师、政府职员、家庭妇女，一些大学生和消息灵通的农民也加入其中，甚至还有军官和警察。等那些卖菜的和卖鸡蛋的也参加进来的时候，这种潜训差不多每天都有了。他们在山谷里振臂高呼，对周围的一切充满了仇恨和激情。那些没有见过世面的妇女最先晕倒了，她们甚至从来没有在性生活中产生过这样的快感。最坚强的男人也会激动得哭泣。晕倒的人会被抬出去，进行简单的救治。据说在一次篝火集训中，一个妇女就这样倒进火堆，再也没有醒来。一个主训师在训话中声嘶力竭，当场口吐鲜血。他患过小儿麻痹，喜欢音乐。他总是在雨天乘上公共汽车来到郊外，走进路边的杂草中故意让草叶将脚踝划伤，一边体会着伤痛，一边借此怀念他的母亲。可是他现在成了成功人士，受到了广泛的尊敬。在大街上也会有不相识的姑娘和他拥抱，颤抖着说是他的学员。其实他从来没有忘记过女学员们因激动而红润的脸。一九九六年，最受欢迎的歌曲是《男儿当自强》和《真心英雄》，从来没有哪一首歌的歌词会这样打动人心，让人热情澎湃。

一九九六年，传销这种商业运作方式在我们的城市乃至全国，终于遍地开花了。两年前，在购买原始股的风潮中，连街头给人看相算命的老太太也卷入其中，她们一边进行交易一边奉承对方，买到假股票就在地下商场的入口处痛哭和抽搐。而传销热完全超过了股票热。后来，连一些丧失医德的医生也加入了。他们利欲熏心，不计后果地向病人们推销价格翻番的保健品。一个传销商在报纸上看到一篇批评文章，她立刻赶往报社，将一些补钙的药粉强行倒入那个写稿记者的开水杯，导致他流了三天的鼻血。这个妇女的壮举被差劲的潜训师们写进了教案。当然，他们自己也知道这纯属小儿科。他们热切地盼望有人能为潜训发明更多更有吸引力的游戏，并且私下发誓，如果有人能做出贡献，他们每个人都会尊他为这个行当的大师。

人们盼望大师，于是，大师就出现了。

第一章

他真实的生活经历和后来人们听到的完全不同。正像我们知道的那样，在我们这个国家的六十年代末期，贴在墙上的大字报已不再局限于政治方面的诋毁和攻击，更有力量的是指责对方生活方面的腐化和堕落。这个时期，受到不公平待遇的人由于习惯了批斗的程序和对正义有序更加充满信心，相信噩梦终将过去，他们不再轻易地自杀。法院门口贴出的布告上犯下强奸罪比犯下反革命罪的人高出一倍。女知青遭受掌握微末权柄的人凌辱，甚至被奸污。在农民的眼里，她们却和犯了生活作风问题的人一样抬不起头来。妓女这个行当在建国之初就被禁绝，妓女们都被改造成自食其力者并重新做人。而十年过去，这个称呼又被翻腾出来，被当做参照系和一个新称呼进行比较，这个新称呼就是"破鞋儿"。

李淑兰就是这样一个被称为"破鞋儿"的人。她曾是下乡知青，在乡下待了两年，她能弹一手好扬琴，就经常被请上台在批斗会上为农民们演奏。她的肤色黝黑，更适合乡下人健壮的审美标准。一个退伍兵偷偷地爱上了她。他们便经常地一起交流学习《毛泽东选集》的心得。有一天退伍兵送给她一枚漂亮的主席像章，然后强奸了她。关键是她并不爱他，她发现身体出现了变化，她怀孕了。她向组织上汇报了退伍兵的问题，那个男人就被投进了监狱。可是她这个受害者并没有得到多少同情，退伍兵的母亲见到她就流眼泪，而他的弟弟则偷窥她小解。她再也忍受不了乡下人对她的指指点点，再也忍受不了鄙视和淫猥的目光，于是回到了城里。她的母亲费了很大的周折将她安排到副食商店，然后和她的父亲离了婚。李淑兰被分配到肉食品柜台卖肉，她的妊娠反应期迟迟不过，且愈演愈烈，发展到一闻肉味就受不了，见到肥肉就呕吐不止。工作没几天，她只好请假回家休息。她住在父亲家里。她的父亲是一个粮库工人，身体高大健壮，喜欢酗酒。一个冬天的夜晚，她被冻醒了，发现她的被给掀开了，而醉醺醺的父亲正贪婪地盯着她的大腿和腹部出神。她吓得惊叫起来。为了不让父亲难堪，当晚她便搬了出去。恰好有一个男同学独居，他接纳了她。男同学对她很有情意，睡觉前总是抚摸她隆起的腹部，小心翼翼地害怕弄疼了她。可是他不愿娶她，她就又搬走了。为了让孩子有一个合法的身份，她终于决心嫁给汽车厂的一个老鳏夫。他十分厚道，是个瘸子，右眼视网膜脱落，工作极其认真，是公认的劳动模范。成亲的那天夜里，丈夫搂着她哭了半宿，像孩子一样吮吸她的乳房，眼泪和鼻涕从她发亮的腹部流下去，将臀部下面的褥子都弄湿了。她讨厌而怜悯地抚摸他半白直硬的头发，他正将头埋在她的两腿之间贪婪地嗅着。她想，她总算可以松口气去医院生产了。

在医院里，她因为失血过多昏迷了三天，她生了一个健康的男孩，还见到了她的父亲。粮库工人背驼了，苍老了许多，可怜巴巴地拎着一网兜苹果和鸡蛋站在门口，她向他啐了一口。可她的丈夫却兴高采烈地将那些东西收了下来，他站在那里，甚至比她的父亲还要苍老，还要猥琐，脸上堆着肥腻的笑容，就像一块冷冻的肥猪肉。她忍不住一阵恶心，下决心出院之后就离开他。她如愿以偿地离了婚。经历了三个男人，多了一个没有父亲的儿子，她背上恶名，到了这步田地，她没办法再在乎什么名声了。她让儿子姓了自己的姓，从那以后，再没见过她的父亲。

李颂国从小就习惯了人们的奚落和谩骂。跟在母亲的身后在街上走，他总是左顾右盼，不放心地回头，说不定什么时候就会有小孩子从哪个角落钻出来，一边扬沙子，一边大喊："破——鞋——儿，破——鞋——儿。"每当这时，李颂国就看见母亲咬紧嘴唇，面色苍白，拉着他加快脚步。有一次，他单独溜到街上，一群孩子拦住他，将一块叠得方方正正的手绢用杨树枝挑到他的鼻子底下，他嗅到了一股扑鼻的香气。他们逼他承认这块手帕是李淑兰的，他不承认。他们又轮流放在鼻子底下嗅了一圈，再次认定就是李淑兰的。并答应只要他承认，过年的时候将不再把穿天猴爆竹对准他家的窗口燃放。他拒绝了这种诱惑，他给推倒了，揍得口鼻出血。李淑兰抱着儿子痛哭了一场，然后给他弹奏了一曲扬琴，琴声叮叮，十分悦耳，他就在琴声中睡着了。李淑兰拭去儿子腮边的泪痕，看见儿子在睡梦中笑得十分开心。

李颂国渴望加入小伙伴们的队伍，他改变了策略，开始偷偷地拿家里的一些小东西向那些孩子讨好，献殷勤。这种办法果然奏效，很快他就被准许和他们一起去滑冰了。街头的一个马葫芦失修跑水，那里便成了天然的冰场。孩子们到那里去溜冰车和打冰嘎儿。一天早晨，他们发现冰场被前街的孩子们占据了。他们下决心午饭时将冰场破坏掉，在一个拿着冰穿子的孩子的带领下悄悄地赶

5

到了那里，李颂国跟在队伍里，他拿的是一把煤铲。他们刚在冰上刨了几个坑，前街的孩子到了，一场斗殴就这样开始了。这场斗殴还惊动大人，大人们加入进来，两条街道间展开了械斗。械斗因后街的一条冰穿子刺进前街一个男人的喉咙宣告结束。人们吃惊地看见那个流血的喉咙竟然还冒出了一团吃进去不长时间的土豆丝。

　　夏天，邻居小峰的表哥从一家仪表厂偷出来一块盘子大小的"火镜"，他将"火镜"对准墙上的大字报，墙上的纸呼的一下子着了火。知道了这个消息，半条街的孩子都来了。只要奉上一根冰棍，自己找一小块纸来，就被允许照上一小会儿。李颂国也来了，经不住诱惑，他也买了一根冰棍，并将包装纸小心地叠好。等排到他，小峰的表哥却变了卦，除非李颂国照他说的去做，他让照哪就照哪，否则这个游戏就不准他参加。他同意了。小峰的表哥让他照的是李淑兰的屁股。事实上，他只是摸着了玻璃的边，"火镜"由那个坏小子一个人端着。李淑兰正在往铁丝拉成的晾衣绳上挂衣服，她的屁股已有些松弛，显得宽大而色情。她不知道她的屁股成了坏小子们攻击的目标，最初感到灼痛，她只是用湿手摸了几下。后来，她突然大叫起来，李颂国亲眼看见母亲的屁股上冒出了青烟。他吓坏了，张着嘴，呆呆地站在那。他身边的坏小子们早已一哄而散。李颂国看见母亲向他奔来，李淑兰的脸被疼痛和恼怒扭曲得变了形，鼻子尖上的几粒浅麻子涨得通红。她给气坏了，没想到疼爱的儿子也会暗算她，她劈头盖脸地抡起了巴掌。她奇怪儿子没有哭，他给吓傻了。李淑兰在街头骂了一阵，回到家看见儿子正在床上抽搐，身上源源不断地冒着冷汗。她吓得不轻，赶紧背上他跑去医院。到了医院，她已不像方才那样担心，医院里已收治了十几个相同症状的孩子。李颂国患的不过是一种流行感冒。患病的孩子每人被注射了一针疫苗，然后让家长带回去了。又在床上躺了十天，李颂国的左腿肌肉出现萎缩，开始不好使了。那时候还没有医疗事故这种说法，人们对医生们深信不疑，只有实施绝育术的医生才会受到敌视。即使出现了误诊，也没有谁想着去打一场官司。有一个孩子小肠疝气，一个实习的护士给他打了一针，注射到一半发现药拿错了。她慌忙拔出针头溜了出去，结果那个孩子死掉了，孩子的父母向医院提出的要求仅仅是免费使用太平间。他们痛不欲生，他们自认倒霉。当时的情形就是这样。李颂国成了那个时期医院造成的小儿麻痹症患者中的一个。他再也不能像以前那样走路了，他的左脚背歪向里面，左腿发育严重畸形。

直到冬天，李颂国才能下地行走。一天傍晚，母亲带他去浴池洗澡。李淑兰把梳子别在头发散开的头顶，左手将红色的脸盆卡在腰间，右手拉着儿子。他的手莫名其妙地前后摆动，手擦过年轻母亲的臀部，李淑兰结实的臀部上有一个五分硬币大小的黑点，那是夏天时被火镜灼烧的痕迹。母亲对小孩子奇怪的举动毫无察觉，她就那样自然地毫无羞耻地向前走着，走进弥漫水汽，晃动着裸体，迸溅着水花的浴室。眼前的情形令他震惊极了，他还不知道怎样管住自己的眼睛，他开始东张西望，李淑兰的表现还是那么粗心，她只是责备儿子的胳膊抬得不高，没办法往他的腋窝里打肥皂，后来叮嘱他不要乱跑，便自顾洗起头发。李颂国悄悄地离开了母亲，在浴室里走来走去，他的头有些晕。

骚乱的起因是浴室来了一个和他一般高的女孩，跟在一个胖大的女人身后。女孩显然对他的存在感到吃惊，小脸涨得通红。"咦，你怎么不走了？"胖女人顺着女儿的目光看见了三米外的小男孩。

"这么大的孩子就知道害羞了。"女人笑着对一位上了年纪的妇女说，"不怕，他要是敢闹人，咱把他的小鸡给割下来。快点，一会儿就没热水了。"

"可他是男生。"女孩低声说。女人拉了她两次，女孩就是执拗地不肯往前走，惹得她怨气上来，她甩开女儿，然后冲里面大声喊道："这么大的男孩子也往女浴室里领，这个小瘌子是谁带来的？"

"我领来的，怎么了？"李淑兰立刻出现在儿子的身后。

胖女人不满地说："我要是你，就让他爸爸领他去男浴室。"她噤了口，认出了站在对面的人，慌忙拉着女儿躲开了。李淑兰轻蔑地啐一口，将儿子拉到淋浴喷头底下。

事情本来可以这样过去。李淑兰怎么也没有想到儿子会报复那个羞辱他的胖女人，可他确实这么干了，干得充满天才，干得充满才智。为了找到机会，他表现得十分乖顺。恰好那个胖女人一边打肥皂一边从他的身边走过。趁对方不备，他飞快地将谁剩下的一小薄片肥皂扔到胖女人前面。他看见胖女人踏在那小片肥皂上，正像一座肉山一样倒下去。他吓得闭上眼睛，闭眼的一瞬，仿佛有一只麻雀从四仰八叉的女人的腿间飞起。他睁开眼睛，发现他看见的不过是一丛大人们都有的茂密的毛发。李淑兰无意中看见儿子扔下那块肥皂，她还没来得及叱责他，那个人已经倒了大霉。李淑兰扬起巴掌，蓦地看见儿子腿间软枣样的东西此时竟昂扬着变成了一条小棍。她的脸腾地红了。儿子贪婪地看着地上的女人，她两腿之间的褶皱令他震惊极了。她强行扳过他的脑袋，拉上他逃也似的快步离开了浴室。浴室里胖女人大声骂着乱扔肥皂的缺德鬼，换衣间的这一对母子等不及身上晾干，便胡乱地套上衣裤，仓皇地离开了。回家的路上，李淑兰一言不发，儿子虚虚地拉着母亲的手，心中忐忑不安。

下雪了，雪踩在脚下沙沙地响，街上几乎没有什么行人，很远处才有两个人急匆匆地走着。树有时不由自主地动一下，抖下许多浮雪。他们走到街角，一个男人刚好从一棵树后转了出来。他穿着一件旧棉袄，胡子挺长，没戴帽子，猪尿泡一样的光头上长个挺大的肉瘤。他和这对母子走了一个对面，那个男人慌忙低下头，闪到一边。等他们走过，他却跟了上来。他躲躲闪闪，小心翼翼，和这一对母子保持着十步远的距离。小颂国的脖子后面飕飕地游走着凉风，李淑兰也发现了那个男人，她抓紧了儿子的小手。他们来到一处路灯下面，借着昏黄的灯光，李淑兰忽然转回身，后面什么人也没有，只有一条空荡荡落雪的街道。附近的一家街道办的纸盒厂里有人大声唱着一段京剧："壮志未酬，遭枪杀，血溅荒丘，那贼矿主心比炭黑又下毒手，一把火烧死了我亲娘弟妹，一家数口尸骨难收。"是京剧《杜鹃山》中的一段著名的唱段。歌唱者的嗓音有些嘶哑，高亢的地方却滑下来，就像一个响了半声的哑屁。回到家里，李颂国看见李淑兰坐立不安。她想换件衣服，衣服脱了一半，她忽然停下来。李颂国慌忙低下头，他知道母亲在看他。李淑兰将衣服重新穿好，把扬琴放在饭桌上弹了几下，叹了口气，将灯关掉了。

　　门在半夜时被敲响了，声音很轻。李颂国早已习惯了他睡下之后的敲门声，许多次他从睡梦中醒来，还会听见李淑兰和一个男人的唧唧私语和低声调笑，除非冻得发抖，他会忍着不翻一下身，就又迷迷糊糊地睡着了。有时，李淑兰的心情不好，会拒绝敲门的男人进来。一般的情形下，门外的人敲了几下没见反应便匆匆地走掉了。可是这次有些不同，门外的人敲得极有耐心。李淑兰终于忍不住，她冲门口的人骂了一句："敲你妈敲，老娘没心情。"敲门声停了，却没听见走开的脚步声。过了一会儿，敲门声又响起来，一个

9

長夢喜人

男人的声音像是从地底下冒出来，费劲巴力地挤过门缝，"淑兰，我是赵建。我是赵建啊，淑兰。"门外的声音抽泣起来，"我知道那个孩子是我儿子，你让我看一眼。"

"这家不姓李，你走吧，这里也没有你的儿子。"李颂国听见了李淑兰的声音哽咽。

"你就是李淑兰，要不你怎么知道我找的人姓李？我知道我对不起你，我也知道你恨我。你可以不承认你是李淑兰，可是你的琴声不会骗我。你把门开开，我快冻死了，三天水米没打牙，我快饿死了。"

李淑兰站到门口，冲外面喊道："我是李淑兰又怎么样，你毁了我的青春，还不够吗？"

门外的人给吓坏了，低声恳求道："你小声点，求你小声点好吗？我妈去里面看我的时候告诉我了，说你把孩子生下来了。我没有别的意思，我就想看看我的儿子。"

"你走吧，你要不走，我就喊人了。我门外的仓房里有冻着的豆包，你拿上几个走吧，全当我喂狗了。"

哭声停了，门外的人犹犹豫豫地跺着脚，他可能真给冻坏了。片刻之后，脚步踏在积雪上的咯吱声渐渐远去了。天亮前，儿子从睡梦中醒来，他的手触到了母亲的乳房，李淑兰赤裸着身子将儿子紧紧地搂着。李颂国小心地将手移动，李淑兰的臀部光滑而富有弹性。见母亲没有反应，他的胆子大起来，果断地捉住了一只乳房。这时，他发现母亲的枕头是湿的，接着，一颗滚烫的泪珠落在他的脸上，他吃了一惊，李淑兰不知什么时候抬起了身子，一边无声饮泣，一边看着儿子。

三天以后，颂国再次见到了那个男人。几个孩子到废弃的水塔下面去玩攀援比赛，第一个登高的孩子一摸到水塔上的铁梯，手立刻给铁条粘住了，他大喊起来。一个头脑灵活的孩子看见脚边有一个雪堆隆起着，以为是一块木头。可他扒出来的是一具死尸。他们吓坏了，大叫起来，跌了一个又一个的跟头。死者身份被证实了，他是一个从监狱里逃出来的强奸犯，警方已经追捕了十几天。李淑兰拉着儿子站在人群的最前面，她围着一条围脖，遮挡着紧咬的嘴唇。她的手在颤抖，像捧着一块滚烫的红薯。有上百人目睹了那可怕的一幕。死者被掸掉雪末，露出了一张青紫的脸，他光头上的肉瘤却长出了青青的头发楂。死者的上衣被树枝刮破了，腰间系着一条草绳。尸体由两个人抬着，前面一个警察手里拎着一支五四式手枪，尸体被抬到车前，抬的人一使劲，咚的一声，砸在卡车的铁皮车厢板上，尸体冻僵了，就像一截……一截木头。这时，有一样东西从死者的衣袋里掉了出来，滚出车厢，又一直向人群中滚去。人们叫喊着闪开一条路，那东西陀螺一样一直向前滚，滚到李淑兰脚下。李淑兰看清楚了，那是一个冻得像秤砣一样的黏米豆包。她将豆包捡起来，捧在手上，她看见了上面白色的牙印和污黑的血痕。她给烫着了，豆包掉下去，她恐惧地瞪大眼睛。旁边的人将她扶住，可她并没有倒下，她的叫声一声比一声高，后来她奔跑起来，风一样地奔跑起来，她的裤脚带动一溜浮雪，就像两条不规则游动的蛇。

春天的时候，李淑兰觉得再也无法在原来的房子里生活下去，积雪消融了，垃圾堆下面形成了漂着一层蓝色油污的水洼，里面漂着一只褪了颜色的旧拖鞋，死狗的脏肚皮像一只旧排球。李淑兰决定搬家，她在城南又租了一处房子，房子的采暖设备十分糟糕，好在冬天已经过去。

天气一天天转暖，街上的榆树挂满了嫩黄色的榆钱。这一天，李淑兰领着儿子走在大街上，儿子忽然站住了，李颂国盯着自己残腿下面的脚趾，发现左脚小脚趾的趾甲盖是两半的，紧张的泪水溢满了他的眼眶。李颂国性格中忧郁的部分显现得越来越明显了。他敏感、脆弱，容易受到伤害。李淑兰想，应该送他上学了。

李颂国的快乐时光来临了，虽然仅仅过了两年便因李淑兰周期性的精神失常愈演愈烈而宣告终止，但这段短暂的时光回忆起来他就幸福得想哭。

李颂国的学校附近有一个老虎公园，公园里原来有三只老虎和一只孔雀，一九六二年，这几只老虎因为生活奢侈和食量太大被枪毙了。一只老虎每天都要吃掉半只羊和十几只鸡，一九六二年是个灾年，粮食短缺使人们患了浮肿病，人们担心的是下顿吃什么，没有人去关心市政府枪毙老虎的举措是否正确。没了老虎，老虎公园只剩下了一个虚名。公园围着一圈油漆斑驳的铁栅，里面杂草丛生，游人很少光顾。喜欢来这里的只有附近这所小学的学生，他们在下午三点之前逃离学校，趴在草丛里等着看热闹。

城里一半以上的群殴事件都发生在这里，平均两天一场。最惊心动魄的一次发生在秋天。李颂国和两个同学终于等来了一场大仗。双方足有二百人，其中一方胳膊上扎着白毛巾，穿黄军装，帽子用手绢顶起来。每人手里拿着一把军用的小战锹，双方发起冲锋。可是没过几分钟，公园的小路上响起了摩托车的声音，三名警察最先闻讯赶来。警察向天空鸣枪示警，殴斗的双方并没有停下来，他们熟知警察们虚张声势的做法。没想到这次出了意外，警察的三轮摩托翻了，朝天的枪口平射起来，击中了一个人的右腿。他们这才奔跑起来，不是一伙的也朝一个方向跑，警察认准人数最多的一拨开足马力追下去。转眼间，战场上只剩下一片狼藉。几个孩子冲出来，捡了两顶军帽和三条毛巾。最多的战利品是铁锹，光这一次颂国就捡了十几把小战锹。公园附近的人家挖菜窖用的锹一多半是这么捡来的。

除了群殴事件，公园里每年还会发生几起凶案。有一天早晨，李颂国在公园凉亭的石台上看见了一个姑娘在读书，晚上他跑过那里，姑娘仍然保持着同一个姿势。他认定出了事，他找来在公园外面下棋的老头，老头又找来警察，发现姑娘早已死去，她的天灵盖上钉着一枚铁钉。奇怪的是他一点也没有感到害怕。他仍旧到公园里去，有两次他真的碰上了麻烦。他两次遇见的都是同一个人，那个人有二十多岁，脸上有一条伤痕，忽然从树后转出来将他叫住："你站在那！"他就站住了，心怦怦直跳。"小瘸子，把你兜里的钱掏出来。"他的口袋里只有五分钱，青年人将钱拿去，踢了他一脚让他走开。那个人穿着大拇脚趾和其他脚趾分开的黄胶鞋。那时候，这种抢劫方式叫做"翻兜儿"。

他记住了这个人的长相和他的胶鞋。十天后，他又在同一个地点看见了那个人，正坐在一棵树后把手伸进裤裆里玩着自己的生殖器。他吓了一跳跑开了。一个小时后，他听见公园里传来哭叫声，他想快点去看个究竟，无奈拖着一条残腿怎么也跑不快，他几乎要急哭了。被殴打的正是那个青年人。抓他的是公园当年负责给老虎配种的管理员，他的妻子去厕所小解，猛一抬头，看见厕所的间壁有一只瞪大的眼睛，她喊叫起来。她的丈夫从另一边冲进厕所，那个患有窥阴癖的家伙仍然一边看一边手淫。管理员按住他，他快活地叫了一声，精液像子弹一样喷射到挂着尿渍的墙上。管理员的妻子又叫来几个人，他们打了那个家伙一个小时，然后找来一个装满盐水的罐头瓶拴在他的腰上，将他的生殖器泡在盐水里。傍晚，颂国和几个伙伴又去看了一次，年轻人仍然无法行动，痛苦地以难看的姿势躺在那里。

他们以最快的速度给这个倒霉的家伙起了个外号——"大电棒"。"大电棒"求几个孩子帮他把瓶子解下来，后来他降低了要求，同意他们把瓶子砸碎。李颂国拿起一块石头胆战心惊地凑上去。公园的落日映在瓶子上，里面的东西像泡在白酒里的颜色很差的老人参。他们叫他"大电棒"并不贴切。这个念头一闪而过，"大电棒"艰难地叉开双腿，示意他快砸，然后将头扭在一边。李颂国的心里忽然涌起一种报复的快意，他的手高高扬起，用了最大的力气。叭的一声，瓶子里的水迸溅开来，接下来是一声惨叫。只见"大电棒"全身抽搐，血如泉涌，生殖器的龟头部分被碎玻璃生生切掉了。几个孩子见闯了大祸，扭头就跑。"我的鸡巴断了，我的鸡巴断了。"在他们身后，哀号声十分惨痛。

他们跑到公园外面，站成一排冲着栅栏小便，李颂国意外地看见他的东西上面竟然多了一圈红色的印痕。他认定这是一种预兆，预兆着迟早有一天会被谁将他的生殖器从这里截掉。一连几天晚上，他都梦见一把刀凉飕飕地从胯间划过，他从梦中醒来，大汗淋漓，双手死死地握住他的命根子。

同样的梦境他十二岁的时候又重复了一次，当时他在一间热腾腾的浴室里，里面挤满了裸体的男人和女人。他正东张西望，一个人上前抓住他，利索地将手一挥，他被割断了，断掉的部分像青蛙一样在地上跳着舞蹈，他看见了向他施暴的女人和她腿间的一处阴影。他感到一种愉快的抽搐。醒来，他的裤子湿了。他以为自己尿床了，巴不得自己发高烧，好让滚烫的身子将褥子烘干。这时他才将那个女人的胖脸和多年前浴室里的一幕联系起来。这就是他第一次遗精的过程。他比同龄的男孩的身体发育要早，当他们还对女生嗤之以鼻的时候，李颂国早就被女孩们廉价的脂粉香熏得头痛。他为自己的眼睛离不开女同学悄悄发育的胸部而痛苦不堪。

有一天，他在街上遇见了一个三岁大的女孩，他给她一块糖，把她抱起来。他哄她在马路上玩了三个小时，压抑着把手伸进她裙子里的邪念。好几次他把她举过头顶，女孩穿着红色的小裤衩，女孩被他逗得咯咯笑个不停。女孩长着苹果一样的圆鼓鼓的小脸，腆着个小肚子。他抱起女孩打转，女孩黄色的裙子旋转张开，就像一株刚刚盛开的向日葵。后来，女孩的妈妈来了，她是一个穿着格子裙的肤色白皙的妇女，待人温和，怜爱地拍拍他的脑袋，让女孩喊他哥哥，和他道再见。看着母女远去的背影，他伏着树干哭了。他想起了他的母亲李淑兰。

第二章

没有人理解曲建国怎么会对李淑兰这样一个人着迷，并且迷失了心窍。他三十五岁，是市医院一个很有前途的外科医生。父亲在他十四岁那年去世了，父亲是一个为人怯懦的小职员，母亲却是一个极有主见的小学教师，不善家务，在家里习惯发号施令。这样的家庭注定是不和谐的。曲建国十五岁的哥哥尤其感到缺乏母爱。为了引起母亲的注意，这个大眼睛的男孩大摇大摆地逃学，故意打碎家里的花瓶。他偷偷地装了一把火药枪，在课堂上把前排女生的小辫拴到椅子上，然后扣动扳机，扯掉了那个女生一大把头发。他挨了母亲一个重重的耳光。他想离家出走，私下告诉弟弟，说他怀疑自己不是母亲亲生。一旦认定了这种猜测，他就真的外出流浪了。十天后，公安人员找上门来，通知他的父母说曲建功在另一座城市遭了车祸，双腿被撞断了。曲建国和父母立刻动身赶到那里。曲建国搂着哥哥失声痛哭。父亲则坐在病房门口为大宗的医疗费愁眉苦脸。这时，母亲说话了，她责骂大儿子为什么没给当场撞死，既然他离家出走了，那就不要再给家里添麻烦。她一边骂一边给儿子削苹果，她和儿子四目相对，她被儿子仇恨的目光惊呆了，双手颤抖起来。当晚，那个少年竟然拖着残损的身躯爬上窗台，从四楼的窗口摔了下去。

这一家剩下的三口人产生了更深的隔阂。一年以后，他郁郁寡欢的父亲死于肝癌，他成了母亲唯一的精神支柱。母亲想把儿子牢牢地抓在手里，她一反以前的做法，包办了儿子所有的一切。可这个时候，曲建国已下决心摆脱她，他争取到了住校的机会，趁机离开了令他窒息的家。高中毕业，他准备报考外省的一所高校，母亲发现了他的企图，以拒付生活费相要挟，坚持要他留在本市。他毫不妥协，声称只要考得上，他不会要她一分钱，并且从此不再回家。结果母亲当众撕毁了他的高考志愿。他怨恨至极，决心以死来抗争。他卖掉了饭票和手表，买上车票去了著名的旅游胜地鼓浪屿。鼓浪屿风景如画，他在岛上待了三天才决定投海自杀。不巧的是投海两次都给海浪卷了上来。他又准备割腕。他找来一个锋利的蛤蜊壳，他在岛上发现了一个泉眼，他让殷红的血在泉水中慢慢泅开。泉水中有十几只蝌蚪游来，蝌蚪欢快地追逐着，他感到了生命的可爱。在最后的关头，他自己赶到了医院，昏倒在一张病床上。

他遵从母亲的愿望，考上了本市吉林医科大学。在学校里，他迷上了心理学，渴望成为一名医学权威。"文革"开始了，他遭到了造反学生的批斗。他的妻子赵剑苹就是当年的造反派中最激进的一个。曲建国忧郁的气质让她怦然心动，她许诺只要曲建国答应毕业之后娶她，她就保他过关。他答应了。他们一起分到了市医院，十年当中生了两个女儿。

赵剑苹虽然出身工人家庭，对政治运动却有着敏锐的洞察力。曲建国好几次都有可能给打成白专道路，全凭她巧妙周旋才得以涉

长势喜人

险过关。渐渐地，两个人分别认可了对方的角色，曲建国承认自己在政治上很不成熟，而赵剑苹私下里也认定丈夫在医学上肯定会大有前途，她还极有远见地认为社会最终会承认曲建国这种人的地位。为了让丈夫更好地钻研业务，她毅然脱下白大褂去做了一个政工干部。

这一对夫妻虽有默契可是缺乏必要的激情，由于居住环境得不到改善，一家五口住在一间十平方米的房间里，他们很长时间才有一次性生活。他们婚姻的第九个年头，这一年曲建国三十五岁。夏天的一个中午，午睡过后，这一对夫妇有了冲动。他们的床笫之欢被大女儿撞个正着。他们太粗心了，没有听见女儿钥匙转动门锁的声音。女儿被眼前的场面羞得满面通红。她结结巴巴地解释："我的语文书落在家里了，老师让我回来取。"女儿关上门跑出去好半天，他们还未从尴尬中挣脱出来。以后，他们的性生活再也没有成功过，曲建国不行了。他是一个有成就的医生，可他治不了自己的病。

曲建国成了一个加班加点的模范医生，休息时间也大部分在单位度过。有了更多的时间思考，他发现三十几年的生活一直处于压抑之中。他先是屈从于母亲，然后又被庇护在妻子的羽翼之下，他的心灵一直蒙着厚重的阴影。而躺在单位的值班床上，他呼吸顺畅。最初的一段时间，他也为生理的隐疾苦恼过，一旦体会到因此带来的轻松和自由，他便巴不得离开沉闷的家。他可以不用整天听赵剑苹指导他怎样处理和领导和同志之间的关系，如果他高兴，他可以大口吃上几片肥肉，躺在床上边吃东西边看书，上厕所时唱歌，洗脚时用香皂而不用肥皂，而且先洗袜子后洗脚。当然，生活也有不便，他不会钉纽扣，饭盒洗不干净，不过这都可以忽略不

長勢喜人

计。赵剑苹会在恰当的时间来料理这一切。他们在同事面前维持着礼貌，背地里已经发展到大打出手。赵剑苹已经看出了丈夫的变化，她那么无微不至地对待他，这个没良心的人竟然用这种方式来回报她。她脸上出现了黄褐斑，这么多年来第一次月经不调。她努力地回忆曾有的欢愉，她记起了难忘的大学时光。

她是最早参加医学院造反组织的女生之一。她给自己的战斗队起名"春来早"，为了表明自己的革命决心，她在四月份就穿上了军裤改制的女裙。长春的四月份是乍暖还寒的时节，她的嘴唇冻得发紫，浑身打着哆嗦，心里却像春天般温暖。她去吉林大学鸣放宫参加誓师大会，挤在人群中狂热地喊口号，喊哑了嗓子。从会场出来，她发现她的裙子被谁涂抹了污物。她的脸红了，一阵作呕，她是医学院三年级的高才生，她知道那黏黏的东西是什么。她无法想象竟会有人在这样神圣庄严的时刻干出这种令人恶心的勾当。可是到了晚上，一种从未体验过的情感从墙角的黑暗处浮上来，薄纱一样罩在她的床铺之上，她失眠了。这个夜晚，她还动摇了自己的政治信念，她想到了自己的未来。曲建国就是这个时候走进她的世界里来的。

一天晚上，她到学校造反总部去取一份宣传材料，她是这个组织的广播员，总部就设在学校的广播室。她打开门，屋子里光线很暗，一个面色苍白的男生正将头探着看桌子上的一本教科书。他戴着一副方框宽边眼镜，几缕头发垂在眼镜上方。他的手背过去给捆在椅子背上。见有人进来，他沮丧地叹口气，显得那样文弱，那样无助，而又那样儒雅。他完全不同于她成长环境中的任何一个男孩。她长在一个小镇木器厂的家属院里，周围散发着锯末和松香的腐烂味道，和她一起长大的男孩子们没有一个不粗野，没有一个不喜欢张着嘴大笑，呼出一股大蒜和腐乳混合的气息。她一下子就被吸引了。她拿着材料忘情地打量他，她知道这个人将被推上台去批判，他走的是白专道路，对火热的革命形势无动于衷。曲建国抬起头，恰好和她四目相对，他的眼神慌乱极了，像受了惊的兔子，一只毛茸茸的兔子。她放下书坐下来，她有生以来第一次打量一个男同学。她毫不犹豫地告诉他她决定救他。她和同伴们展开论战，发挥了所有的辩才，以至于好长时间脑子空空的，明晰的政治目标变得云一样缥缈。

成亲后有很长一段时间，赵剑苹为曲建国的幼稚和不谙世事伤透了脑筋。参加工作以后，曲建国莫名其妙地对政治运动热衷起来，他参加了红革会。为了表示革命的决心，他和战友们走上街头，将公共汽车拦住，向车上的乘客散发传单，威胁司机遵守右侧通行的交通规则就表示他们右倾，就是反对革命左派。司机们只好左行。麻烦出现了，因为车门在右侧，这样上下车就只能在马路中间。这场闹剧的结果是一辆车轧伤了三个小学生。曲建国他们遭到了大多数人的谴责，他感到十分沮丧。这时，赵剑苹及时地鼓励他到乡下去探望他的祖父。他离开不久，一个造反组织为能有自己的战地医院展开争夺市医院的武斗，武斗升级，双方竟然动用了市消防队的云梯。红革会退守到房顶，直升机空投食物，黄瓜摔得粉碎。这件事惊动了北京。战斗愈演愈烈，车站附近的东方红大楼燃起了大火，坚守在那里的红卫兵含泪撤出了战斗，他们抬着战友的尸体，唱着"誓死保卫毛主席"的战歌，他们互相搀扶着，血从包扎的伤口处渗出来，十分悲壮。

曲建国从乡下回来，赵剑苹带他去了地质宫广场。在广场的杏树和杨树下面，满目新坟，那都是在武斗中阵亡者的坟茔。许多墓

長勢喜人

碑上都写着司令之类的头衔。曲建国在那些新坟中间转了一整天，脸色苍白，后背流下冷汗。至此，他对赵剑苹的敏锐和洞察力深信不疑。在妻子的督促下，他悄悄地捧起了书本。应该说，曲建国今天能有这样的成就，完全是赵剑苹的功劳。对往事的回忆有利于抚慰现实中心灵的创伤，赵剑苹被自己感动了，她相信自己有能力将放飞的风筝收回来。

赵剑苹决定和丈夫好好谈一谈。一天晚饭后，她来到丈夫的办公室。她没见到曲建国。她一直等到半夜，慌张起来，这种事情以前从未发生过，即使不在家，曲建国也是老老实实地待在单位里，可现在，他没在他应该在的地方。走廊里一阵大乱，三个农民身上沾着血迹，抬着的人给卡车撞坏了脑袋。"大夫，大夫，救命啊！"她慌慌张张地奔出去。

赵剑苹在市医院的外科值班室里枯坐的时候，曲建国正在李淑兰家里教李颂国做算术。他喜欢这个左腿残疾的孩子，原因是他从孩子的眼神里看到了尊敬，或者是崇拜。对，就是崇拜。男孩的眼神追逐着他，一举手一投足都有观众，他就严肃起来，一开始还有点拘谨和不习惯，但很快就进入了角色。他的动作和声音沉稳又有力量，他注意到女人在看他。他冲她点点头，笑一笑。他发现他是这样喜欢此时此刻的气氛，好像他已经在这里生活很久了。

其实他和这个叫李淑兰的女人认识才只有三天。已是深秋的天气，医院下班时天差不多已经黑了，他照例留在办公室里挨着时间，他一边喝水一边翻着一天的病历。两个鬓角很长的小伙子扶着一个女人走进来。她伤得不轻，她拎着一篮土豆横穿马路，被这两个骑自行车的冒失鬼撞倒了。女人的手腕严重挫伤，裤子摔破了，

21

長勢喜人

右小腿被马路牙子擦掉了一大片皮肉。曲建国立刻为伤者进行了处置。等他忙完，那两个闯祸的小伙子不知何时不见了踪影。"我走不了了，你能送送我吗？"患者恳求说，"我儿子还在家等我回去做饭呢！"他这才认真地打量起对方来。她蹙着眉头，左手托着右手手腕，满眼期待。他怦然心动，毫不迟疑地提起了地上的篮子。

曲建国的心里洋溢着助人为乐的激情，将她送到家门口，如果事情到此为止，日后的情形便会两样。但他忽然产生了一种想进去看看的愿望。他进去了，还进了厨房。李淑兰的右手无法行动，她让儿子招呼客人，李颂国倒水时给开水烫了一下。李淑兰的家里寒酸至极。一张捡来的桌子，旧铁床床架锈迹斑斑，被褥下面露出草垫子的草梗。这屋子只有一件东西是鲜亮的，就是李淑兰镶在镜框里的一张四寸照片。李淑兰侧脸微笑着，梳着粗粗的短辫，刘海整齐地垂在眼眉上方，右手将一本"红宝书"捧在胸前。

"是下乡时的照片，照得不好。"李淑兰羞涩地说。

"好，好。"曲建国忙不迭地收回目光，他怜惜地说，"你的手这样子，怕是三天不能活动，你们的晚饭怎么吃呢？"

"中午时还有点剩饭，我们娘俩对付一口算了。"李淑兰无奈地说。

"对付怎么行呢？要不这样吧，这顿饭我下厨房。"曲建国说完才意识到自己的唐突。李淑兰略一迟疑，看看儿子，又看看满脸尴尬的曲建国，她改变了主意，感激地说："那只好劳累你了，你就帮人帮到底吧。"

"唉！"曲建国如蒙大赦，进了厨房，他甚至还有些感激呢。他是一个想法不多的人，要是对方拒绝，或者指责他不怀好意，那他可真不知道怎么办了。等他像模像样地扎上围裙，难题又出现了，他不知道怎样操作。"我第一次做饭。"曲建国红着脸解释。

"男人都这样，你差不多还要算他们当中最好的。"李淑兰仍然平静地站在他的身后，一边提示他操作程序，一边尽可能地打打下手。曲建国手忙脚乱，心里却在认可李淑兰的善解人意。忙活了大半天，他半推半就地坐到了饭桌旁。白菜土豆片炒煳了，他抬头，发现李淑兰正在看他，她的眼中蓄满了泪水。

李淑兰说："你知道吗？还从没有一个男人这样帮过我。"

李淑兰说："我一直认为男人中没有一个好东西，以前也有不少男人来过这儿，他们想的只有一件事，就是把孩子打发出去或者等他睡了跟我上床。"她定定地看着曲建国，仿佛想把他看透似的。曲建国惊慌失措地站起来，"我该走了，我还要回去值班。"李淑兰仍坐着，没有拦他，也没有起身相送。

曲建国满头汗水地跑出了李淑兰的家门。街边的柳树簌簌地飘飞落叶，正是浆洗赶制冬衣的时节，半条街的人家都传出棒槌敲击砧板的声音。远处副食店的门口点着一盏白炽灯，灯下不断地有人聚来，明天一早有一批冬储菜进城，人们要在那里排上一宿的队。几辆马车上坐满了农民和他们的妻儿，赶着去电影院看晚场电影，他们兴奋不已，热情地向行人如熟人一样地打招呼，向刚刚升起的月亮打口哨。满世界蕴满风声，秋天的风声。风声吹来火车站的汽笛和不清晰的犬吠声。曲建国冷静下来，他伫立街头，想不起来刚才是怎么回事，想不起来过去是怎么回事，想不起现在是怎么回事。他站了那么久，直到一个遥远的声音将他唤醒。"叔叔，你怎么了？"他的身后站着李颂国，他抱着双肩，在秋风中打着哆嗦。

"你怎么出来了，快点回去。"曲建国脱下外衣披在孩子的身上。

"我来送你。"李颂国怯怯地说，"我想问你一句话。"

"想问什么？你说吧。"曲建国蹲下来，他眼前的孩子是那么弱小，惹人爱怜。

李颂国说："叔叔，你还会到我们家来吗？"

"是你妈妈让你来问吗？"曲建国心跳加速。

"不，"孩子摇摇头，"是我自己，我觉得你会跟我好，我认识的人都看不起我。"

曲建国将孩子紧紧地抱在怀里，孩子的声音仿佛来自天国，像遥远的天际越来越清晰的雷声，像快速驶来的列车震动大地时滚滚车轮的轰鸣，唤起了他博大的爱意，放大了他一直藏在心灵角落里的责任感和男人的自尊心。他要施舍和赠予，他要顶天立地，他要像一个被依赖的男子汉那样保护眼前的这个孩子，还有他的妈妈。

"叔叔答应你，明天一下班就来看你。听叔叔的话，快点回去。"嘴里这样说着，手却没有撒开，他抱着这个残疾孩子，就像抱着自己残损的过去，就像抱着难以磨灭的无望的童年。曲建国泪流满面。

第二天晚上，曲建国走上了昨晚驻足的街道，他远远地看见树下有一个小小的身影，他加快脚步，欣喜地招手。孩子奔了过来，兴奋得满脸通红。他跑动的姿势不好看，两手张开，他的母亲则站在门口，脸上绽满笑意。

曲建国毫无障碍地走进了另一个世界，他从来没有像现在这样贴近别人的心灵。他每天盼着快点下班，盘算着怎样应付赵剑苹。和赵剑苹交谈时，他夸大了阳痿给他带来的心灵创伤，比平时表现得更加垂头丧气，他说独住一段时间会增加他对女人也就是妻子的渴望。看上去赵剑苹相信了他，他暗自高兴，有时他也回家和妻女共进晚餐，他用最快速度吃完，在孩子们缠他讲故事之前借口值班

长势喜人

离开家门。他担心的是大女儿曲薇薇，她仿佛看透了他，总是在他准备离座之前把作业递上来让他讲解。他只好耐下心来，他没发现曲薇薇和赵剑苹相互使着眼色的细节，他变成了一个地地道道的傻瓜，脑子里只装着一件事，就是排除一切困难去城南的那间小屋待上几小时，他从没在那里过过夜。

他自认为已经了解了这个家庭的一切。李淑兰并不像别人传说的那样风骚，她十分贤惠，有时还会冒出几分单纯的傻气。她患有刺激性癫痫。有一天他赶到那里正看见她发作，她咬紧牙关，全身抽搐，他上前扶她，李淑兰把他紧紧地搂住。感到了女人胸膛的温软，他很不礼貌很不体面地出现了勃起，他变被动为主动，将发病的女人搂得更紧，直到她面色潮红全身瘫软。他将她放下，为她脱去衣服。她顺从而期待地看他，他心里和身体都胀得难受。他给她盖上被，把注意事项交代给她的儿子。走出那间屋子，他在秋天的风中疾步走着，全身灼热，下面仍在蠢蠢欲动。他走到医院，惊讶地发现他的阳痿已不治而愈。

曲建国下决心要治好李淑兰的病，他还下决心要让李颂国像一个健康人那样行走，为此，他倾注了巨大的热情。他比以前更加好学，有时甚至整夜不眠。

丈夫的所作所为都没有逃过赵剑苹的眼睛。曲建国在她的眼皮底下溜号的第五天，她从外科回到医务科取一份报告，曲建国像穿过封锁线一样在她办公室的门口一闪而过。她悄悄地跟了上去。她跟踪他来到城南，看见一个残腿的男孩正在家门口守候着他。外科医生将孩子高高地举起，一下子将他甩上头顶，让那个差不多有七八岁上下的孩子骑上他的脖颈，亲热地扛着他向前走去。走到门口，曲建国大弯下腰，免得孩子的头碰到门框，他们就这样走进去

長勢喜人

25

了。曲建国简直和平时判若两人，他一直是一个不会料理其他事务的书呆子，赵剑苹几乎不敢相信自己的眼睛。她想敲开门去看个究竟。她相信那院子里一定还有个女人。她忍住了，她是一个沉得住气的人，政治成熟，素质精良，既然出现了不好的苗头，那就应该让叶芽长出来，看看到底长成什么样子。她忍受着被背叛的屈辱，躲在一棵树后，盯着那个亮灯的窗口，想着对策。她听见屋子里传出开心的笑声，她还从来没有听过曲建国这样爽朗的笑声。曲建国只待了一个小时就走出来了，那个男孩将他一直送到街口，才依依不舍地回去。赵剑苹满腹狐疑地回了家，躺到凌晨三点，她再也躺不住了，来到了医院，外科值班室的房间亮着灯，曲建国正在伏案读书。她长出了一口气，悄悄地离开了。

　　赵剑苹很快打听到了曲建国常去的是一户什么人家。她亲自去李淑兰的单位外调，并掌握了李淑兰过去的精神病史。作为一名医生，她当然知道这件事的重要性。她还详细询问了当时发病的过程。她怎么也不明白曲建国怎么会和李淑兰搞到一起。最后她认定是李淑兰勾引了曲建国。她庆幸曲建国的生理出现了毛病，她才有机会寸土不失地收复失地，这是她能沉得住气的唯一原因。早晨的阳光照在结满霜花的玻璃上，芭蕉和玫瑰，山峦、河流，头上长角的放牛娃都在融化，这些都是想象力丰富的大女儿曲薇薇头天夜里画在窗户上的杰作。美好的图案消失了，生活本身的面目也已变得模糊不清。每一个冬日清晨的到来，都在赵剑苹的心头再裹上一层薄冰。最初她的怨恨只有乒乓球那么大，现在足有一个篮球大了。巨大的怨恨和报复的欲望一天天膨胀，她在等待时机。

　　对于妻子的心理变化，曲建国毫无察觉，事实上，在工于心计方面，他也确实不是赵剑苹的对手。他还不知道妻子的网已经越收越紧了。

赵剑苹等待的那一刻终于到来了。这天晚上，曲建国前脚离家，赵剑苹后脚便跟了出来。曲建国没去医院，他拐上了另一条路。这晚大雪纷纷扬扬，路灯都被雪花笼罩了。在路途当中，曲建国还遇到了医院的一位同事，他们亲热地打了招呼。这对夫妻一前一后地来到城南，那个小小的身影又出现了，像赵剑苹看见过的一样，曲建国走进了那间屋子。

赵剑苹站在一棵树后，站在雪夜里品味丈夫不忠给她带来的屈辱。可她看不起自己的对手，李淑兰除了长相风骚，其他一无是处。她盯着那个亮灯的窗口，预感到今晚将发生事情。积雪压折了细树枝，远处传来几声怪叫，她的脚渐渐地麻木了，心头发紧，刺痒得干咳起来。她想起了童年时的冬夜，她去户外的厕所，走到途中便被冻得大哭起来。她在李淑兰家门外守望的两个小时中间，附近只有一个人经过。穿黑衣服的年轻人看见了树后的赵剑苹，他向她走来，她吓坏了，她想遇见坏人了。她随时都有可能喊出来，她的双腿发抖，她看见那个人的脸了，口罩的上面，两只发亮的眼睛。赵剑苹没想到的是，那个人距她十几步远的时候扭头往回跑了，很快消失了踪影。在那个怪人之后，又来了一条狗。狗冲着树后的人影吠了一阵，直冲过来，赵剑苹弯腰拾起一个雪团掷过去，狗愣了一下，也逃开了。又在雪里站了二十分钟，她头顶的树枝掉下一堆雪末，她的鼻子一酸。在寒冷冻麻了身体之后，在受到人与狗的惊吓之后，这个捉奸的女人因为头上的雪末哭泣起来。

赵剑苹的眼泪刚刚流到腮边，她目光所及之处的灯突然灭了，这时正是晚上八点。郁积已久的愤怒立刻爆发了，赵剑苹毫不费力地挪动了麻木的双腿，她百米冲刺撞线一样地撞到了房门。门开

长势喜人

了，门竟没被锁上。她看见手电光里，李淑兰抱着儿子倚在床角，大张着嘴，看上去恐惧极了。屋地当中站在板凳上的曲建国也一头栽了下来，灯同时亮了，白炽灯泡在左右晃动着。赵剑苹看见曲建国已经穿好了大衣。曲建国正准备离开时灯泡忽然坏掉，他刚换上新灯泡，赵剑苹便闯了进来。屋里的人都愣住了。

曲建国到死都不能原谅自己这晚上演的可耻的一幕。等他看清自己妻子那张惊愕的脸，他吓坏了，第一个念头就是逃跑。他从地上爬起来，来不及抓上自己的羊剪绒棉帽，就向门口撞去，赵剑苹伸手撑住门框，他就从她的胳膊下面钻过去。曲建国在台阶上跌了一个跟头，跑出三十米远，他停了下来，他发现赵剑苹并没有追来。接下来，他听见李淑兰的屋子里传出惨厉的叫声。他想也没想又向回跑去。

赵剑苹两眼冒火，不用说，李淑兰也猜到了她是谁。她无法谅解的是曲建国，他应该留下来解释一下，他应该告诉这个妒火中烧的女人，他们什么也没做。对，他们什么也没做。可是，他竟像一个懦夫一样跑掉了，和做贼心虚的人没什么两样。

"你听我解释。"李淑兰慌张地说。

赵剑苹冷笑道："你解释什么？解释你怎么偷汉子？不要脸的东西。"

"请你尊重我，在事情搞清楚之前，你嘴巴最好干净点。"李淑兰嘴唇发抖。

"尊重你，你这样的人值得尊重吗？让我来告诉你你是个什么人，你是个破鞋，你是个养汉老婆，你是个卖 × 的。"赵剑苹挨了重重的一个耳光，她一个趔趄，手里的尼龙网兜撞到门框上咚地响了一声。赵剑苹全身一震，她想起了手里拎着的东西。

赵剑苹将手伸进兜里，她拿出的是一个涂着红药水的冻硬的黏米豆包，她把豆包扔到李淑兰的脚下。李淑兰的眼睛瞪大了，脸色立时变得惨白。

赵剑苹残忍地扔出了第二个。又扔了一个。李淑兰的身体摇晃起来，两手抱住脑袋，她想起了去年冬天的那个早晨，想起了像石头一样的豆包和上面的血印。赵剑苹扔出第七个豆包的时候，李淑兰惨叫了一声，向后栽去。

長勢喜人

第三章

　　火车在出城五十里的地方遭到了袭击，参与这项破坏活动的是当地不满上山下乡运动的二十多名知青，他们坐在高坡上，向路过的火车投掷石块，结果许多乘客被石头打伤了。这次恶性事件使正在当地考察的一位大人物临时改变了日程安排，专列提前离开，并且中途改变了行车路线。这使在那个县城小站上等待接见的当地官员们大感失望，他们迁怒于那些捣蛋知青，将这次恶作剧定性为反革命事件。这次事件发生在一九七五年五月。

　　李颂国恰好在那辆遭到袭击的火车上。他吓坏了，把头深深地埋在曲建国的怀里。曲建国在他耳边小声说话，安抚着这个在一连串的打击下变得神经质和十分脆弱的孩子。他抱着他，泪水几乎夺眶而出。他把目光移向窗外，想着自己难堪的处境和身边这孩子未来的命运。那个可怜的女人现在住进了精神病院。她在一年前那个糟糕的夜晚受了刺激，再也无法恢复一个正常人的生活，她在睡梦中抽搐惊悸，一醒来就大叫不止，最后只好由她所在的副食商店出面联系将她送走了。他悄悄地去看望她，坐了三个小时的火车，可是李淑兰不认得他，将他带去的苹果扔了一地，又捡起来向他投掷。他哭着离开了，他无法宽恕自己，这一切都是因他造成的，可他已经没有了向她解释的机会。

就是有，他又能说什么呢？说他是怎样的怯懦吗？当时的情形是多么可耻啊，他一见到妻子出现在门口，就狼狈地逃了出去，把一切糟糕的事情都扔给了无辜的女人，压根就没想想他们根本没有干下什么。他的逃跑完全是出于自私和怯懦的本能，像老鼠见猫，像雏鸡见到鹞鹰。从他第一次走进李淑兰的家门到那个灾难性的夜晚，只有二十几天的光景，他承认他爱上了李淑兰，他喜欢她的儿子，他感受到了一个家庭真正拥有的温暖，女人像女人，孩子像孩子，只要一个男人愿意，他就可以成为真正的一家之主。他借口给孩子补课进了那个家庭，他和李淑兰都知道这个借口很牵强，也许李淑兰也悄悄地爱他呢？她没拒绝他，只是暗示他这样做也许不合适。她希望有个强有力的男人对儿子施加影响，可她从来没有过更热情的表示。想到这，曲建国更加痛苦起来。一场春雨正在车窗外飘洒着，车速慢的时候，可以看见路基下面槐树的暗红色枝干，塘里长出了纤细的蒲草，水面的涟漪中荡漾着硬币大小的荷钱。雨丝密如蛛网，远处灰蒙蒙的，他将头探到窗外，从车头方向刮来的烟尘眯了他的眼睛。

医院坐落在四平市郊外几十里远的地方，他们换乘公共汽车赶往那里。公共汽车穿过一个巨大的垃圾场，将在垃圾中觅食的十几头猪抛在后面。田里播种的农民乘机直起腰，他们面目黢黑，颧骨黑里透红，和那些衣服上装着假衬领，袖管和裤管挽得整整齐齐的知青鲜明地区别开来。在当时，城里还没有几辆公共汽车驶到乡下来，农民们奢侈地称其为"电车"，这是他们能享受的最现代化的玩

長勢喜人

意。他们通常在"电道"上步行，将沙土路踢起灰尘。"电车"在一个村口轧死了一只鸡，司机飞快地跳下车，将死鸡捡起来，扔到车上。曲建国被鸡血的腥气熏得头痛，他决定提前下车，好在医院已经不远。

医院建在一个高坡上，是一座灰色的三层楼，楼后有两栋砖房，砖房的正中雨搭上面镶着红色木质的五角星。病房的窗户全是木头的，涂成猪肝色，打烂一块补上一块，斑斑驳驳，刻满着武装暴动的信息；床也是特制的，四条粗腿深埋地下，有的干脆用水泥浇铸，以防不测。操场上正在进行病人之间的一场篮球比赛，抓不到球的壮汉竟然扯掉对方的短裤，看着露出的青白屁股大笑不已。

四天前，一位医生在走廊里遭到了袭击，一个病人不知从哪里找到一条木棒，从后面冲上来砸了他的后脑勺。头天夜里，医生的妻子做了一个怪梦，有人狠狠地在她的小腿肚子上砍了一刀。所幸的是医生只是严重的脑震荡，没有生命危险。不过这使医院的上上下下极为紧张，带有危险倾向的病人都被关了起来。

不知是因为同行的缘故，还是小颂国含泪的一双眼睛打动了那位管理人，他爽快地答应了曲建国的要求，并且破例同意让李淑兰出来在后院的凉亭里和他们见面。曲建国的心咚咚直跳，不时地摘下眼镜，青虚虚的肿眼泡里蓄满了泪水。小颂国紧张地扯着他的衣襟，嘴张得大大的。李淑兰来了，她穿着蓝白相间的病员服，脸色苍白。一位肖医生陪同着她，这位肖医生的表情和身材都更像一个搬运工。曲建国激动地迎上去，李淑兰避开他，径直走到小颂国的跟前，小颂国看见母亲的眼睛瞬间亮了一下，然而一切又归于寂灭。她只是使劲地拧了一下孩子的脖子。她登上水泥亭，倚在栏杆上，脸随着天空的一群鸽子转来转去。肖医生介绍说，李淑兰要算

長勢喜人

这里最省心的一个病人。"她属于那种冥想狂，每天都在沉思，没有人知道她想的是什么。"医生继续说，"她周期性发病，一上来就张口咬人。十天前一个病人在她跟前吃苹果，她就受了刺激，要不是我及时赶到，说不定会闹出什么事来。这里的病人有个特点，精神有病，身体的发育相反更健康，甚至比正常人的要求还多。不过216号好的时候很安静，她就是在幻想，谁也不知道她想什么。"小颂国试探着向前凑凑，医生慌忙地把他拉开，"当心她咬你，你们最好把苹果、梨、鸡蛋一类的东西拿开，她好像仇视一切圆的东西。"孩子的脸上出现了惊恐之色，他退出亭子，去摘了一朵粉色的波斯菊，再次凑上前来，他成功了，李淑兰露出了笑容，她将花捧在手里使劲地嗅着。

她走下亭子，几个人跟在后面，盼望她突然恢复理智。可她的脚步越来越快，拐过一道榆树墙，她竟然跑了起来。小颂国注意到她的头顶拴着一个红布条，"妈——"，他挣脱曲建国的手向前追去。李淑兰跑进一栋房子，消失在走廊的尽头。小颂国胆怯地停下脚步，他被眼前的情景惊得瞪大了眼睛。

两侧的房间像两排隔开的笼子，每个木门上都开着一个通气口，用铁条围着，静悄悄的。"喂，你是谁？"一个声音像是从地底下冒出来，小颂国吓了一跳，他循声发现在左侧的一个门上的通气口趴着一个蓬头垢面的病人，他有六十多岁，颧骨高出了鼻子，上面粘着两颗五角星。"你过来，我告诉你个秘密。"病人温和地招呼他。小颂国向后退去，他害怕对方会从门里冲出来，他退着走，然后扑到曲建国的怀里。那个声音大了起来，"你们都听着，我得到最新消息，毛主席要死了。"曲建国的脸一下子变得惨白，头上冒出了冷汗。肖医生冲过去，"张明德，再喊送你进治疗室。""哈哈哈！"这个叫张明德的病人豪放地大笑，他把衣服搂起来，双手叉在腰间，"上级的名单我知道，下级的名单我也知道，可那是我们党的秘密。""对，对，这样最好，千万不要叫敌人知道。"看上去肖医生和对方的这一套对话上演过多次了。那个病人东张西望一番，小声说："他们给我灌辣椒水，我没有说；毒打我三天三夜，我没有说；敌人又想收买我，给我高官厚禄，我识破了他们的诡计。这时，敌人使出了美人计……""你怎么办？"医生饶有兴致地问，张明德得意地一笑，"我将计就计，就在敌人的后方留下了革命的种子。""你是英雄，祝贺你。"医生假装鼓励地说，张明德的脸上立刻洋溢起幸福的光彩。

肖医生说："二十六号是在一年前的批斗会上发的疯，他原来是一个化工厂的党委书记。"他叹口气。身后传来了哭声，他们回头，趴在窗口的张明德已哭成了泪人。"我说的是真的，毛主席快死了。他老人家真的快死了。"

他绝望地大喊。

一九七五年冬天，只有孩子们还沉浸在狂欢的气氛中，他们模拟游行和欢呼的场面，在夜幕下点燃火把。他们将铁路上的旧枕木劈开，从自己家墙龛里偷来煤油，火光让他们激动不已。当废旧的枕木烧光之后，他们开始寻找其他易于燃烧的材料，他们发现了油毡纸。一些用油毡纸苫盖房顶的人家倒霉了，长出房檐的部分总是被偷偷地扯掉，后来有孩子干脆上了房，扯下了能扯动的所有部分。游行的孩子们将油毡纸卷成卷点燃，熔化的油点滴落下来，将手背烫起了泡，可是连最小的孩子也没有哭出声来，他们咬紧牙关，比赛着意志。从他们身上发现了自己，对于成年人来说是一件可怕的事，可他们又偏偏组织学生们拉练。学生们背着行李和脸盆，沿着炉灰线唱着歌走向市里。

在寒风中，队伍前面的旗帜猎猎飘扬，学生们的围巾和帽子结满白霜。一个打旗的孩子双手冻僵了，却不肯将旗帜交给别人，当他返回学校的时候左手已经发黑，十天之后出现了腐烂现象。这个可怜的学生被送进医院做了截肢手术。赵剑苹在手术室里看了两个小时，自始至终冷汗淋漓，几次汗水糊住了眼睛。说起来，她见过更惨的病人，一个汽车厂的工人被齐根轧下了双臂，一个梳大辫的纺织女工被机器将辫子缠住，她的头被扯进去，给轧得血肉模糊，这都是这一年轰动一时的突发事故。走出手术室，赵剑苹摇摇晃晃地来到院子里。一只松鼠从树上跳下来从她的眼前跑过，她大哭起来，嘴里喃喃地说："他不肯屈服，曲建国再也不会回来了。"

十天后，赵剑苹走去炉灰线区。她决定屈尊去看看曲建国，她穿着一件凡立丁的暗黄格子的外套，戴着一顶绒帽，背影就像一个上了年纪的人。事实上，她确实老了许多，嘴角和眼角都刻上了深深的沟纹。现在她对生活已经不那么有把握了，原来她还以为只要她说一句话曲建国就会回到她的身边，事实上，曲建国在自己选择的路上越走越远了。

春天的时候，曲建国带着李淑兰的儿子去了一趟精神病院，回来以后，他没有通知她就自己去办了调动手续，为了避开她，曲建国宁愿去炉灰线的红医站做了一名小诊所的医生。他还将李淑兰的儿子接到身边亲自照顾，仿佛他是那孩子的生身父亲。

赵剑苹走上了一条脏雪沉积的路面，这条路的尽头就是靠近郊区的汽车厂。在城市改造时期，一车车的炉灰从这条路上开往城市的各条交通干线，六十年代初期，从关内来的大批难民被安置在这

长势喜人

里，后来分配到汽车厂的大学生为了向组织上表明态度，认为炉灰线是最艰苦的地方，也在这里建了房子。这片房子的中心是一座三层楼，当年是日本占领军的细菌实验室，有一排间隔开的地下室，曲建国就住在其中的一间地下室里。

地下室的窗户仅仅高出地面半米，外面砌着一道红砖矮墙，砖缝里摇曳着枯草。赵剑苹穿过地下室的铁门，一股刺鼻的酸腐味扑面而来。地下室的墙根湿漉漉的，墙面长出了尿渍一样的霉苔。她没费什么力就找到了曲建国的屋子，她从一扇开着的门看见了李淑兰的儿子。李颂国在细心地叠着一床薄被，见有人进来，他慌里慌张地将被压在身下。这孩子脸色苍白，耳朵也白得像纸。他认出了赵剑苹，他结结巴巴地说："叔叔不在家，他……他在红医站。"赵剑苹没理会他，她在有限的空间里转了一小圈，将放在饭锅台上的门钥匙拿在手里。

这真是一个寒酸的地方，地当中的一张杨木椅子上摆着没洗的碗筷和剩菜，脏黑的白菜已经馊了。一张旧木床摆放着两条散发霉味的被褥，墙上挂着曲建国的一件白大褂，倒是洗得很白。她咳了咳，压抑着对曲建国自作自受的诅咒，"这屋子的东西要经常拿出去晒一晒。"她看着晃在地当中的一片光亮叹口气，"我觉得这里像一口棺材。"她的鼻子酸楚，几乎落泪。

临出门，她停下来摸了摸那孩子细脖子支着的不成比例的大脑袋，"你叫曲建国什么？"她的怨气上来了，仇恨地说："你应该管他叫爹，叫野爹。"她摔门而出，她感到呼吸困难，仿佛多待一分钟都会窒息，郁闷填满了她的胸膛，她改变主意了，她要惩罚他，既然那个忘恩负义的家伙愿意遭这份罪就让他遭吧，她可不会去心疼他。

长势喜人

赵剑苹匆匆地走出了那座院子，想如果和曲建国不期而遇，她就当众掴他一个耳光，然后看也不再看他一眼扭头就走。她走到炉灰线的岔路口停下来，她没有遇见曲建国。料峭的春风打在脸上，朝阳的地方，积雪已经开始消融，几只花翎喜鹊在路边飞飞停停，不时地噪上两声。她看了一会儿，再也抑制不住，抱着一棵瘦瘦的杨树呜呜地哭了起来。

汽车厂车身分厂下班的铃声哐哐地响起来，红医站桃木外壳的挂钟指针指向下午五点钟的时候，外面传来了巨大的爆炸声，那爆炸声超过了一九七六年春天所有的雷声。当时，反帝广场上的一群红卫兵正在排练以备战备荒为主题的舞蹈，他们刚刚上完一堂国防教育课，学习了有关原子弹爆炸方面的知识，心中热血澎湃，涌动着为国献身的激情。那爆炸声让他们像对面的塑像一样僵在原地。紧接着，他们看见厂区六库的后面腾起一团巨大的蘑菇状的白云，白云迅速腾散开。领舞的是一个短发的女生，"不好，原子弹！"她最先反应过来，"保护毛主席！"她惊叫一声，立刻勇敢地将身体扑向塑像，张开双臂护住塑像的双腿，她优美的身姿完全配得上一只向往光明的扑火的飞蛾。她的额头磕破了，鲜血顺着颤动的裤脚流落在光滑的石座上。身后不断有人叠上来。附近建筑工地一个正在吊车上工作的工人看见了这感人的一幕，他来自江西山区，他惊讶地发现那个汉白玉的领袖雕像就像一堆隆起的腐土中拱出的一棵竹笋，他吓得慌忙捂上了嘴巴。

最里面的几个人感到了快乐的窒息，紧闭的眼睛里流下幸福的泪水，他们遗憾的是自己的警惕性还不够高，对帝修反估计不足，现在连美国还是苏联发起的攻击也不知道就要捐躯了。然而他们等

長勢喜人

待的灼人炫目的强光核辐射并没有来临，因为已经有人横穿广场向西跑去。"浴池锅炉爆炸了，快去救人哪！"有人边跑边喊。

锅炉爆炸的声音传来的时候，曲建国正在为一个女患者做检查。他蹙着眉头，怎么也想不通面前的患者得的是什么病。从他调进这个街道办的叫红医站的小诊所四个月以后，这个叫汪霞的女患者就成了诊所常客。她每天病恹恹的，无休止地痛经，胃疼时，她咬紫了嘴唇，双颊憋得通红。她每隔三天就要检查一次，打过招呼就直接躺在屏风后面的医用皮床上，一边说话一边撩起外衣，露出浅灰色暗花的白线衣。给她按压腹部的时候，曲建国总能闻到淡淡的友谊牌香脂的味道。十天前，她带来了她丈夫的一张照片，照片上的军官手里拿着一架望远镜，像将军一样挺着胸，做着弓步的姿势，前腿踏着一块山石，后腿笔直地绷着，正在树丛中目视前方，眼睛十分有神，照片的右上方写着"保卫祖国"四个大字。女患者介绍说，她丈夫参加过著名的珍宝岛战役，为了上前线写过五次血书。曲建国对她丈夫的英俊赞叹一番，把照片还给她，却意外地听见她长叹了一声。下一次，汪霞再来检查的时候，将衬衣也撩了上去，露出了白白的腹部，她的肚脐边长着淡淡的几小根柔软的汗毛。曲建国手抖起来，脸红了，他告诉患者，可以不必掀起衬衣，劝她去大医院做一下检查，他介绍她去市医院找他的妻子赵剑苹。不等他说完，对方已经坐起来，理好衣服走出去了。

晚饭时，曲建国双手仍在发抖，他给对面大脑袋的李颂国夹菜，心里涌起父爱的涟漪。他想起了李淑兰和赵剑苹，心里庆幸自己终于摆脱了一场灾难。可是第二天早晨醒来，将搭在腿上的大衣重新盖严，他的手停下了，寂寞涌上心头，同时，他的眼前出现了汪霞白白的一圈肚皮和她的一张圆脸，汪霞有着很深的两个酒窝，

長勢喜人

足以醉倒一个酒量不小的男人。

可想而知，当汪霞又一次出现在诊所里，曲建国会是怎样的一份心情。当时接近下班时间，曲建国已经脱掉了他的白帽子和白大褂，他将茶杯里的水倒进水池，回头看见汪霞幽怨地站在了诊所的门口，"我来开点药，我的肚子实在疼得受不了了。"两个人的脸都红红的，曲建国听见了自己干涩的声音，"你，你到后面去，我给你查一下吧！"

下午的阳光透过玻璃窗照在黑色的体检床上，汪霞从床上起来，拉严了窗帘，现在屋子里安静了，墙上的机械钟嗒嗒地响着，从窗帘的缝隙间射进的光线中飘浮着歌声一样的灰尘。外屋响着水声，曲建国细心地洗着手，外科医生的手灵活柔软，像毛茸茸的兔子尾巴。曲建国进屋时竟撞在屏风上，汪霞笑起来，曲建国尴尬地将屏风折叠起来。他的女患者的笑声停了，这一次她将衣服撩得更开，而且，而且她解开了裤带。曲建国没有摸到肿块，他触摸到的是绸缎一样光滑的肌肤，像枕着五彩石子的河床上漫过的澄明的温泉，滑腻灵巧的蝌蚪不时地从指缝间穿过。医生的手停留在肚脐处，他的手底下沁出了汗水。墙上的钟摆响起来，一下，两下，附近工厂下班的铃声准时响了，伴着这所有响声的是女人压抑的几乎听不见的呻吟。就在这时，巨大的爆炸声响了起来，哗啦一声，窗户玻璃给震碎了一块。曲建国的手一抖，滑向下面，他伸到了一个本项检查中不该伸到的地方。他的头嗡的一声，他看见女患者瞪大了眼睛，刚才还在滚烫波动的身体一下子变得冰凉。她僵直地坐起来，停顿了一下，她抡起右手，一个耳光打在外科医生的脸上。"流氓……"曲建国被这个突如其来的比爆炸声还要大的声音惊得目瞪口呆。当他看见身后站着的一个抱着孩子的妇女，他的心彻底凉

长势喜人

了。汪霞边系裤带边向外冲去，她呜咽着仿佛蒙受了巨大的委屈，她撞到了同样吃惊的那个妇女，肘部捣到对方的乳房上。

来不及喊疼的妇女结结巴巴地对失魂落魄的医生说："我的儿子……他偷吃了我的药。"她眼皮浮肿，红红的脸上长着雀斑，她好容易把话讲完。"他偷吃了十片，"她打了一个嗝，嘴里呼出一股葱味，"避孕药。"她难看极了，难看到整个脸部只剩下一个红红的溃烂的刀口一样的口腔，那个洞口的唾液很快将形成瀑布，飞短流长，一泻千里，而他将像一只浮游的水蛐蛐一样给卷进湍急的浮沫和杂物之中。

好半天过去，曲建国终于想起了一件事，在给汪霞做检查之前，他犯了一个致命的错误，他忘了锁好诊所的门。

春天开始焕发勃勃生机，城市近郊的农田里蒸腾着氤氲的地气，闲了一冬天的牛晃动着项下的铜铃，愉快地甩着尾巴。主人抽烟拉呱时，牛就卧在潮湿的田垄上倒嚼，身下像牛毛一样的青草淘气地拔节，草尖撩得那牛痒痒的，它就愉快地冲着城市冒着白烟的红砖烟囱哞哞地叫了。随着老牛一起一伏的肚皮，城郊的村子中间的杨树上挂着的喇叭响了，开始播放京剧《红灯记》里的唱段，雄赳赳的扳道工李玉和从容镇定，徒步登场，走进了矿棚。群众戊喊道："掌柜的，给我来碗粥。"听到这声音，仍在田里忙活的妇女直起腰，她们知道到了准备午饭的时间了。她们集体走过散发着农家肥臭味的葱地，讨论着邻近菜社开始使用的化肥，那是盐面一样的东西，肥效胜过农家肥不知多少倍，唯一不好的是化肥有毒，因为河里的鱼少了，蛙声和蟾蜍也少了。跳过奔腾着略显混浊河水的河沟，她们听见了小学校下课的铃声。她们加快了脚步。她们的孩子放学了。

这时，坐在河沿上的曲建国也疲惫地站起来，他掸掸裤子上的泥土，被春天的地气侵蚀的双腿和臀部有些酸痛。更酸痛的是他的一颗心，自从在诊所里给汪霞打了一个耳光，他生命里最温情和最有活力的那一部分也随着那五个指头印的消失而消失了。他觉得没有脸面再在红医站工作下去了，决定在流言传开之前离开诊所，他请了病假。此后，他看见有人从身边走过便慌忙低下头，又总是如芒在背，仿佛看见人们在他身后交头接耳指指点点。他想起了小时候有一次吃了猪尾巴上的肉，有人告诉他吃猪尾巴怕后，他好长时间不敢回头，有时还用手护住脖子，怕给后面上来的什么东西扼住，直到他拔掉一颗活动的奶牙并将它扔到房顶的烟囱旁边，吐出嘴里的血沫才算渡过难关。可是这次他只能打掉牙往肚子里咽。他想找到汪霞向她解释一下，那天的事情纯属意外。他一天天坐在院子前面的马路边等她走过，这一天他正在院子里晾晒发霉的褥子，汪霞走过来，她穿着一身肥大的军装，手里提着一个很大的时髦的黑色人造革皮包。看见他，汪霞停下了脚步，冲他笑了一下，然后狠狠地啐了一口。他张着嘴，汪霞嘴里吐出的口水弹子一样准确地射进他的嘴里，正好堵住他的喉咙，他一句话也说不出来，只能看着对方一扭一晃的肥大的臀部一下一下地打嗝。

曲建国真的病了，无风的天气里，他走出阴暗潮湿的屋子，阳光刺痛了双眼，他低下头，慢慢地向郊外走去。他坐在河沿上长时间地冥想，想不清楚该怎样应付眼下的事情，他还想起了赵剑苹的好处，如果赵剑苹在他身边，一切麻烦都可以迎刃而解。他提醒自己不要想下去，仿佛此时此刻对生活的任何奢望都会影响他对天空飘游的浮云形状的判断。一种像丝线一样哀伤的声音若隐若现，那声音比心跳声要弱，甚至比不上水草拨动流水的声音。后来，他听到河对岸的小学校的学生的口号声，"护林防火，人人有责。""风大不烧火，大人不抽烟，小孩子不玩火。"孩子们拉着念课文一样的长声，声音跌宕起伏，调门时高时低，就像一首时髦的语录歌。

曲建国回到家里的时候，他看见那个大脑袋的孩子正在对着自己的裤子出神，李颂国面色苍白，眼睛里蓄满了泪水和痛苦。"是你把裤子晾出去的？"

"我知道，就是你晾出去的。"孩子的泪水流下来。

"告诉我，慢慢说，到底是怎么回事？"曲建国安慰着孩子。

李颂国将他的手猛地隔开，"你别碰我，什么事你自己知道，我恨你……"那孩子转身向外跑去，跑上地下室的台阶。听见曲建国在后面喊他，他更加起劲地跑起来。他一直跑到五七湖才停下脚步，一头扑到湖堤上的草丛中放声大哭。

这孩子自以为遭到了有生以来最大的一次打击，这时候，他才真正陷入失去母亲的哀痛之中。从他懂事开始，他就习惯了在屈辱和谩骂中生活，李淑兰对儿子所有的告诫归纳成一句话就是"就权当没听见"。可他无法做到。他的母亲也无法做到。

他们每天仍在吃饭，仍在睡觉，是因为他们从生活中学会了忍受。其实，痛苦和欢乐一样都不是不可忍受的，它甚至能变成一种习惯而成为日常生活中的一部分。他习惯了没有父亲，习惯了母亲的抱怨和呻吟，泪水和大吵大闹是他熟知的李淑兰惯用的对抗外界的武器之一，还有她的沉默和长时间的发呆，他还知道接下来还会有一声时断时续的叹息。有一天夜里他起来小解，无意中踢响了地当中当作便器的白铝盆，那意外的响声把他吓坏了。李淑兰打开灯，看见儿子抖着双腿眼睛瞪得老大。他把身子转过去，可是还是尿不出来，就是尿不出来。"把灯闭了，你把灯闭了。"他冲母亲喊道。灯灭了，四周一片黑暗，尿水击在盆沿上溅开，他调整了一下方向，他忽然渴望摆脱母亲的羁绊，他一连打了好几个尿噤。这种愿望如此强烈，上了床之后，他故意装作翻身歪下母亲的枕头，希望能离她远一点。李淑兰给送走了，送去了精神病院。当时他是吓坏了，除了哭泣，他想不起别的，好在曲建国及时填补了他生活中的空白，他满怀感激，小心翼翼地讨好他，害怕给他抛弃掉，这是他能做的唯一的一件事。

现在，他终于尝到了被欺骗和抛弃的滋味。上个星期一下午放学，他最先看到他的床单和褥子像旗帜一样给挂在门前铁丝做成的晾衣绳上，他的脑袋嗡的一声，还好，伙伴们正谈论怎样搞到一把打纸炮的火药枪，没有人注意被子上的"地图"。这群孩子干脆在院子的土堆上坐下来，玩起了相克游戏。李颂国失魂落魄，出棒时对手是虫，虫嗑棒，他低下头让对方的手指弹了一下。下一次他出鸡，对方是虎，虎吃鸡，又是他输。棒打虎，虎吃鸡，鸡吃虫，虫嗑棒，为了转移伙伴们的注意力，这个患了尿遗症的可怜的孩子一次次故意输，对方怕弹得不疼，还要把手指在嘴里哈上两口气。他的脑门麻了，小腹游走着凉气。他压抑着想要小便的欲望，一动也不敢动。远处有一个疯子走来解了他的围，他头上扎着一个红布条，胸前别着二十多枚像章，伙伴们哄叫一声奔了过去。李颂国裤子里一股温热，他就看着明晃晃的在太阳下飘扬的床单，抑制住尿水，摇晃着站起来，叉着双腿走路，他恨不能用床单将头包住。

第二天，这孩子担心的一幕再次出现了。他冲出了学校，甩开了所有的人，终于赶在同伴的前面回到了炉灰线家属院。看见床单又在高挂，他几乎晕倒。以前每当发现他尿床，曲建国总是拍拍他

长势喜人

的脑袋，将湿床单挂在屋子里让它阴干，安慰说他自己也曾在十几岁尿过床，并答应给他保密。可是现在他将褥子和床单明晃晃地挂了出来，用不了多久，全学校都会知道他李颂国不但残疾，而且还是一个"尿炕精"，那他将会被自己的尿水淹死。晚上上床之前，他每隔一会儿就出去一趟，下决心在睡觉之前尿空膀胱。他不敢入睡，发现曲建国在睡梦中不时抽搐，不时在鼾声的间隔咬响牙齿。他毕竟是一个孩子，夜晚的火车第三次拉响汽笛的时候，他已经睡了过去。他梦见自己走在田埂上，四周一片蛙声，他来到一条小溪边，溪水淙淙，一阵尿急，他酣畅地解决起来。从睡梦中醒来，身下潮湿，真该死，他又尿床了。早晨醒来，他主动将床单搭在屋子里的栏杆上，他观察曲建国的表情，他的监护人已经五天没有刮胡子，面色青灰，精神萎靡不振。这一天，李颂国借口肚子疼骗过了老师，提前一小时离开学校，不用说，他又看见床单挂在外面。李颂国心情紧张，情绪低落，晚上的情况只能更糟。

在仇恨和恐惧中过了一周，这天早晨，他借口学校里有活动上午放假，想要等到曲建国离家他才起床。他担心曲建国会发现他在撒谎，可是曲建国只是嗯了一声，然后摇摇晃晃地走出了家门。李颂国一直跟踪他走上去郊外的小路，他才放心地回身跑向学校。事实证明，曲建国一点也不顾忌他的情面和自尊心，床单和尿湿的褥子还是给挂了出去。

44

五七湖上，蜻蜓起起落落，杨花从城市飘来，如漫天飞雪。李颂国收住眼泪，他已经下决心离开曲建国了，他准备在湖边住上一晚，明天去火车站打听去精神病院的车次，然后去找他的妈妈。他挥起铁锹，使劲地掘起第一锹土，每挖一下，都会听到一连串的咔嚓咔嚓的声音，那是锹锋切断草根的声音，他更加用力，想要切断和曲建国所有的联系。他挖了很浅的一个坑，躺下试一试，脑袋还露在外面，一扭头，正有一个人趴在左边十几米的草丛中笑眯眯地看着他。

"我看你好长时间了，挨骂了还是挨打了？"说话的是一个肤色黝黑的小伙子，头上缠着一条白色绷带，齐在眼眉上方。

"不用你管，我干吗要告诉你？"李颂国继续挥起铁锹。

小伙子跳起来，"你不用管我还管定了。小家伙，我们谈谈。"

城北一家生产新闻纸的造纸厂的纸浆车间有一名工人投池自杀，人们将他从滚沸的化浆池中打捞出来，尸体只剩下一副白森森的骨架。纸厂的领导们松了一口气，因为那双没有了皮肉的手再也不会写什么反标，再也不会制造什么麻烦了。可是麻烦并没有到此为止，纸张照样出厂了，报社值夜班的印刷工人看见纸上叠出一个又一个人影，他们吓坏了，更吓人的事情紧接着出现了，印刷厂所有的机器都"中邪"似的倒转：印刷机反着印，切纸刀往上切，吊扇的风则吹向天花板，机器的一根轴承嘎巴断了。工人们跑出车间。他们不可能知道，这时，和平大街变电站取代以前的变电站投入运行，其三相交流电的高压相序发生了一百二十度转变。市医院的太平间半夜传出了口号声，停放的尸体在第二天早晨被发现直立在墙角。还有，环卫工人在开掘下水道的时候，不小心挖到了一位大人物郊区故居的煤气管道，导致煤气泄漏。那位大人物被称为火箭干部正在北京炙手可热。工人们受到了审查，还好，他们的出身都是贫农，但十几个工人仍被囚禁了七天。

如果说这些都是传言，那么唐山地震可是千真万确的。地震发生的时候正是凌晨，有二十四万人就在梦中永远告别了人世，一座

长势喜人

城市顷刻夷为平地。

地震消息传来的那天早晨，曲建国蹙着眉，认真地听完收音机里播发的新闻，将收音机关掉，他搓着手在屋子里走来走去，有时停下来对着棚顶那一条明亮的天光看上一会儿，心里躁动不安。一个想法像闪电一样照亮了他晦暗枯竭的心灵，他准备改行，弃医从研。他想成为一名地震学家。这种想法如此迫切，他恨不能立刻就干起来。

在李颂国的眼睛里，外科医生的研究有着很大的游戏性质，一开始就引起了他的浓厚兴趣。他帮他出去搜集酒瓶子，去汽水厂捡瓶盖，看着曲建国模仿地震仪的形状做成模型。在曲建国的想象中，只有八个方向是远远不够的。预测地震的方位，震中以及震级需要更加精确。曲建国用丝线将瓶盖拴起来，像风铃一样挂在房间里所有能挂东西的器物上，最佳位置当然是灯泡下面。夜晚，白炽灯泡将瓶盖投下一个很大的阴影，阴影里，按照钝形和直角三角形摆着瓶颈朝下的瓶子。他让李颂国到门外去跺脚，果然有三个瓶子倒下了。为了给以后的研究打下基础，曲建国开始补习数学和物理，他十分兴奋，读高中时不会解的题被他一道道地解决了。他决定另辟蹊径，他认为地震和天体的运行紧密相关，月亏月圆能够导致潮汐，那么地震也应该是有规律的。地球就像一块块碎布拼成的布口袋，你首先得找到那些缝隙。他发现，已有的地震研究都是消极的，研究者所做的工作不过是想要预知地震将在何处发生，难道地震就没有办法抑制吗？按照这种思路思考下去，他感到了绝望，自己的力量太单薄了。当李颂国告诉他外面越来越盛的传言时，他微笑着摸摸孩子的脑袋，自信地告诉他地震是不会在这座城市发生的。到了下午，那孩子气喘吁吁地跑回来，"这回不是地震，是火山，火山要爆发了。"

曲建国走出家门，他惊讶地发现，大街上已经搭满了防震棚，人们在当街的路灯和杨树下面交头接耳。阳光映在高大的标语牌上，反帝广场的高音喇叭正在播发一篇批判文章，批判的是一个名叫鲍里斯·奥尼辛科的人，他是苏联的一名击剑运动员，在本届奥运会上，他参加了击剑比赛，他使用的剑柄里设有电子装置，只要小拇指一按按钮，就能遥控记录台，使其发出对方被击中的信号。奥尼辛科靠这种"现代化武器"连连取胜。在最重要的关头，他被揭穿了，剑柄被当众拆开，而奥尼辛科变成了演员，他委屈地说："这不是我的剑！这是我借来的。"

曲建国对广播里的文章不以为然，他以为人们现在更需要听到的是辟谣的消息，他决心担当起这份使命。他要把他的实验装置搬出来，当众演示，然后劝他们回到家里去。

曲建国天真的想法和一厢情愿导致的后果始料不及，差不多就是一场灭顶之灾。他把他的实验装置安放在反帝广场的塑像前面，人们从四面八方拥来，一会儿就聚了五六十人。曲建国的实验装置虽然简单，却充满了想象力，一条铁管安放在牢固的水泥基座上。铁管的中间套着一个大个的铁环，环上密密地吊挂着十六个瓶子，瓶子口立在一圈薄铁片上面。铁片的外缘还吊着十六支青霉素针剂的小瓶子。瓶口的胶皮盖上伸出一条细细的钢丝。曲建国在装置旁边立起一块黑板，他在上面画了一架东汉张衡制作的地震仪，然后开始解释他的想法。他认为自己设计的预测装置只是一个粗陋的模型，如果再进行周密的测算，然后制成精密的仪器，完善后就可以遥感地壳的运动和变化。如果哪一个方向发生地震，敏感的"天线"就会捕捉到，而下面的"小瓶子"就会震动，敲响里面的"大瓶子"。

長勢喜人

这样的"预警装置"在人们的眼睛里和玩具没什么区别。曲建国越是解释人们笑得越厉害。曲建国停了下来，他瞪大了眼睛，就有几个孩子缩回人群中去了。曲建国的头上冒出冷汗，他看见过一场耍猴表演，也在街头围观过疯子的哭诉，现在他和猴子、疯子没什么分别，围观者就是这样看他的。正当他狼狈不堪的时候，他的瓶子叮叮地响了起来，人们一下子散开了。

一支赶来反帝广场集会的游行队伍的鼓声将曲建国的预警装置彻底变成了笑柄，他感到羞愧极了，恨不能带着他的"研究成果"一起找个地缝钻进去。游行队伍将曲建国围住，曲建国可怜巴巴地站在他的仪器旁边，不知道接下来会发生什么。组织者是一个年轻姑娘，穿着天蓝色的工装裤，戴着一副眼镜，她宣读了报纸上刊登的消息，开滦煤矿传来喜讯，震区不但恢复了生产，而且产煤量超过了灾前。中国人拒绝了一切外援，抗震救灾成了应付将来战争的总演习。人们就在广场中间读起一百年前太平天国洪秀全的《地震诏》，读完，有人带头喊起口号："地震是摧毁旧世界，诞生新世界的征兆。""热烈欢呼自然界和社会的大变动。""它来一次地震，我们来一次革命。"敲鼓的小伙子扔掉鼓槌，将曲建国的"实验仪器"高高举起，他高声喊道："战友们，我们不怕地震，我们欢呼地震的到来。可是这里有一个小丑妄图阻止地震的发生，你们说，怎么办？""砸了它！砸了它！"人群发出火山爆发一样的声音。曲建国抱着头蹲在人群当中，他感到自己变成了一只可怜的蚂蚁。鼓手将瓶子使劲掷到曲建国的脚前。奇怪的事情发生了，人们没有听到响声，那些玻璃瓶奇迹般地没有一个被水泥碰碎。曲建国抬起头，他愣了一会儿，然后扑上去，把他的宝贝一下子抱了起来。

曲建国再次抬起头来，他看见游行队伍的红旗飘上了炉灰线通往城里的街道，他的头嗡嗡作响，眼前金星乱冒。他昏头昏脑地往起站。有一个人替他把"仪器"捡了起来，"曲大夫，你还认得我吗？"曲建国当然认得，粉红色的肚囊，一只母蜘蛛。不等曲建国回答，她便表白起来，"那件事我没告诉别人，连我丈夫我都没告诉。我觉得你变成这样我应该负些责任。你说话呀，曲大夫。你说什么？"

"你信不信，毛主席要死了。"曲建国说。那个妇女脸色一下子变得惨白，"仪器"从她手里掉下去，第一个瓶子炸裂了，然后是一连串的碎裂声。她跑起来，像被枪声追赶的兔子。曲建国兀自自言自语："毛主席肯定要死了。"他的眼泪流下来，跌坐在他被毁坏的"仪器"旁边。

现在，我们该来看看那个湖了。清晨，灰白色的秋水再也漾不到昨天的位置，黑色的淤泥里密布着气孔，还有蜉蝣爬过的痕迹。蒲棒和水葱被黑红色的水上漂叶子紧紧地缠住，而它们的根部滑腻腻的，已经开始腐烂。菱角壳上沾着亮晶晶的虫蜕和瓢虫的尸体，再往里面看去，一块破铁锅和一个死婴绑在一起，夏天时有关谁家的女儿生下了私生子的传言终于得到了证实，而故事的女主角的人选却有十几位。那些让父母头痛，对男孩子又十分慷慨的女孩每天斜睨着眯缝眼，欲望在她们质地一般的碎花裙子里像小鬼一样跳来蹦去，一会儿在肚脐那，一会儿又跃过枸杞一样的乳头到了长着淡色绒毛的腋窝。她们经常到湖的右侧的杨树林子里去打扑克，树叶飘落了，一场风就是一场瘟疫，安分漂亮的叶子在霜天里发过高烧，然后又在风中被无情地扫落。对孩子们有意义的是那些水晶一样的树梗，他们每个人都有一大把。将沾着灰白鸟屎的叶子掐掉，一边吆喝着在林间窜来窜去，还有，湖面有五亩大小，映着不规则的天空。

李颂国和五七湖有了更亲密的联系，尤其是那片杨树林，除了躲在树上偷看过女孩们小解的坏小子们私下交流的有关屁股黑白的信息，那里还隐藏着一个更大的秘密，对了，那里藏着一个人。苏文兵藏在树后，一滴脓一样的汁液流到了刻在树干上的一只拳头上方，让人联想到那是手背上长出了指甲盖。苏文兵藏在捡树梗的孩子们中间。他的两条细腿可笑地伸出粗蓝布的裤管，头发盖到眼眉上方，比周围的人高出一头，于是他佝偻成一只心怀叵测的蛹。苏文兵藏在湖边的坑里，身下稻草的寒气顺着草梗爬上来，弄得他一阵阵湿痒，他挠一下，趴在手里的是一只开膛破肚的蚂蚁。苏文兵藏在李颂国的眼睛里。夜里，躺在床上，那个心怀感激的孩子紧紧地闭着眼睛，害怕他的朋友在他眨眼睛的时候离开前一天分手时的位置。那天他伤心哭泣的时候，苏文兵从草丛中站出来坐到他的身边，并且轻而易举就让委屈的孩子说出了缘由。后来他说："如果你不把看见我的事讲出去，我也会为你保守秘密，不把湿床单的事说出去。"他们就这样成了朋友，苏文兵说服了准备离家出走的孩子，让他在天黑之前回到了他的监护人身边。李颂国睡得不踏实，鼻孔被忧虑阻塞，张开的小嘴过早地呼出酸味。二十分钟做一次深呼吸，他在梦中和可怜的母亲握手，李淑兰的另一只手握着六个柿饼一样的向日葵花盘。他的身边躺着曲建国，雄心勃勃的外科医生，由于对地震学过于痴迷，他的睡眠断断续续。他弄不明白身边这个小孩子最近发生了什么，为什么会对他充满敌意。

清晨。铺着白霜的清晨。湖水比前一天退得更远，他没在那里等他，他手里捧着温热的饭盒，原想等他吃完向他讲述曲叔叔的地震仪。他把午饭都省下来给他，可他没告诉他一声就离开了。阳光照在苍白的树梢，从树枝间筛下来的亮点将孩子的两只薄薄的耳朵映得通红。李颂国跌坐在湿漉漉的树下，一颗石子呼哨着从他身边掠过，击中那棵布满疮疤的老杨树，弹回来，弹到孩子的脚下。孩子不动，他耐心地等待着第二颗石子。他的大朋友终于急不可耐，他想在树后弹他的脑崩，他的手在碰到那个汗津津的鼻子尖时停了下来，小孩子欣喜地仰着小脸，眼角闪着亮晶晶的泪花。为了回报那孩子的一片热诚，苏文兵送给他一根杨树梗。这一天上千条树梗都被它拉断了。他的经历就像不露痕迹地穿在树梗中间的细铜丝。

李颂国的智力和经验尚无法判断他的大朋友为什么一连七天躲在湖边的树林里。苏文兵编造了一个故事。他自称是一个逃婚者，可是看一看他恐惧的眼神和被巨大的恐惧一天天摧垮的意志，还有日渐消瘦的萎靡的身体就知道他说了假话——可是李颂国必须回家了，四天前外科医生在反帝广场出尽了洋相，他给沮丧和生活中越扼越紧的无形的恐惧压垮了。曲建国羞于见人，虚弱到无法煮饭。李颂国仿佛一夜之间成了大人，他主动承担起照顾病人的职责。李颂国和他的大朋友互道平安，然后离开了。夕阳沉落在湖水里，杨树林正一点一点地黯淡下去。秋天的傍晚是画在马粪纸上的水墨画。没有风，一里外高大的烟囱的烟柱凝固不动。烟柱时粗时细，像老天垂下的一条鼻涕。你能想象吗？一九七六年，天只有一个鼻孔。

堵上耳朵

蒙住眼睛

闭紧嘴巴

我们都是木头人

谁也不许动

　　孩子急匆匆地赶回家中，手里托着一小块硬纸板包着的豆腐，黄绿色的汁水从手指缝间滴下去，走三步滴一滴。他意外地发现他们的屋子里散发着奇怪的暗红色的光晕，就像将一块茶色的玻璃挡住太阳时看到的那样，阴郁，朦胧，只是缺少应有的温暖。

　　那是一个夜明的心形挂盘，现在就挂在主席像的下面（恰好盖住了那块尿渍一般的墙皮）。心形的中间是一个黄色的"忠"字。曲建国的脸上红彤彤的，胡楂密布的嘴角挂着涎水。他隔一会儿就站起来检查一下窗帘是否全部拉严。寒气一阵阵逼来。一道荧光忽然闪过，荧光掠过秋风中摇摇欲坠的枯叶，叶斑变得透明了。荧光掠过水泥防水墙上的衰草，穿过空空的燕巢，在几根油亮亮的羽毛上面弹了一下，然后，晃疼了床上的病人的双眼。他，曲建国，一个倒了霉的外科医生，头发失去了光泽，眼睛和战争片里的英雄们一样，坚定，机警，有着一个故作老练的方下巴，老谋深算的生殖器蜷在乱草般的阴毛里垂头丧气，皮肤干燥的双腿爆着皮屑，左脚的大拇脚趾顶破了袜子。不必在这个枯槁的人身上多浪费笔墨了，应该抛开他的肉体直接逼近他的思维，此时，他的脑子里无数个思维的齿轮互相作用，飞速运转。一架运转灵活的机器，睿智天才，完美无缺。

　　"伟人生命遥感仪"就这样诞生了。在设计和制作当中，外科医生聪明地借鉴了"地震仪"的原理，他相信这个红心上的"忠"字会遥感到远在北京的那位伟人的信息。不错，这是有点离谱，如果不是他自己依照信息原理和物质定律亲手制作，他也不会相信这玩意会有用。吸取了地震仪的经验，况且他还没有神经错乱到把自己推向断头台的地步。他决定不公之于众，观察测试也等孩子上学和睡熟以后。

麻烦出现在窗帘上。窗帘是外科医生用旧蚊帐改制的，这样的窗帘拉得再严也会红光外泄。早晨，背着书包的李颂国刚走上地下室的最后一个台阶就受到了前所未有的关注，许多人都对着他家的窗口指指点点。还有，还有就是那个平日一直对他不屑一顾的女孩笑盈盈地迎了上来。粉绫子的蝴蝶结，圆嘟嘟的小脸，白萝卜一样的小腿，她的书包挂在胸前，红领巾旧得飞了边，证明着佩戴者成熟虚荣的身份，红领巾的下摆刚好垂到她的胸脯。小小的乳房还是尚在含苞的花蕾，而她胸部里面结核菌的阴影却在一天天扩大，她脸色嫣红，两朵美丽的红晕薄薄地飘在白瓷一样的脸庞上，冰清玉洁，美丽得像结在玻璃窗上的最美的一朵水晶霜花。

王婵说："李颂国，我们今天一起走。"

王婵说："我不怕他们说我喜欢一个小瘸子，帮助残疾同学是一个红小兵应该做的。"

王婵说："我可以把我的皮球借给你玩，你不用不好意思。"

王婵说："你哭什么？别用手擤鼻涕，用我的手绢，这块手绢是我妈妈在北京给我买的。你用啊。你看你，我们不是好朋友吗？"

王婵说："对了，家属院的人都在说你家整夜红彤彤的，是怎么回事？"

王婵说："你叔不让你说就不要说，你这么不信任我，我们还算什么好朋友？"

李颂国就说了，说那是一个红心上的"忠"字，夜明的，屋子里越黑，字越红越亮。总之能说的全说了。最后，他还说："我可以

长势喜人

领你回家去看，不过那得等曲叔叔不在家的时候。"

"那是为什么呢？我觉得你叔叔真是个怪人。"小女孩皱起眉头说，"现在我们得站队走了，我是红小兵，所以我是队长，我喊口令，你跟在后面。一二一，一二一，怎么回事？你怎么总走不好？对了，你有一条腿短，不要紧，多练练就好了，一二一，齐步走。"噢，那美丽的蝴蝶结；那美丽的后脑勺；那美丽的沁人心脾的奶味；那美丽得不能再美丽的葱白一样的细脖子，还有天真无邪的颈窝下面的一道褶皱。

李颂国失约了，在湖边忧郁的老朋友和新结识的女孩中间他选择了后者。放学的路上，他跟在那女孩的身后，等待着女孩回头会心的一瞥，倘若她肯屈尊眨一下眼睛，那滋味就只有吃到橘子时才可以相比。他记得自己是吃过一个橘子的，酸得脸部扭曲，酸甜的口水在舌头下面含着，恨不得将头仰起来以便让那味道再在嗓子眼多停一会儿。他离开道路，走进路边的衰草里面，踢起一路干燥的灰尘，他等那女孩回头，她竟不打一声招呼就走开了，仿佛将早晨的事忘得一干二净。

家里却聚满了人。曲建国像旧照片一样给冷落在一边苦笑着，现在的绝对主角是那个红心上的"忠"字，人们等待着荧光从黑暗中浮上来，人们的耐心极好，就像他们等待邻居的私情真相大白那样兴趣盎然。

李颂国走到医生的身边，医生将屁股挪挪，腾出纸箱的一角。"居委会来咱们家学习毛主席语录。"医生的舌头布满发白的舌苔，无奈地拍打着膝头。

屋子里彻底黑了，人们停止了交谈。几乎是一瞬间，墙上骤然明亮，红色的光晕，黄色的大字。有人嘘了一声，带头鼓掌。掌声应和着打在窗玻璃上的雨点，白杨树落下了死蝴蝶一样冰凉的叶子，故作姿态的主持人举起了拳头："毛主席万岁！"沉浸在好奇中的人们猛醒过来，"万岁——万岁——"他们甚至凝住眉梢，生怕别人会以为他不虔诚——红心上的"忠"字熠熠发光。

"啪嗒——"红心竟然左倾了三十度，曲建国的脸色一下子变得惨白，目瞪口呆。

"这是一个了不起的发明，这是我们整个家属院的光荣，曲医生，你真了不起。"居委会主任夸张地摇着曲建国的手。曲建国的手拳在对方的手心，抖得如小白鼠的肺叶。他把手从一个又一个的邻居手中抽出来，他们分别是淘粪工、装卸工、教师、知青办的办事员、育红班的食堂管理员、家庭妇女，他们无一例外地握住他的手抖上几下，就像男人小便之后通常做的那样。

走到院子里，这群热情的不速之客全然不顾主人怎样心烦意乱，他们坚持要求曲建国第二天下午到街道纸盒厂和工人们谈谈学习毛选的心得体会。居委会主任，支气管患者，看过五遍《金光大道》、三遍《艳阳天》的浩然小说最狂热的读者，再次握住曲建国的手，"你无论如何不要推辞。"他还结结巴巴地表达了另一种愿望，希望外科医生能够慷慨地允许纸盒厂转产生产这种夜明的"忠"字。外科医生含含糊糊地表示这是组织对他的信任，只要能为社会尽一点义务，他本人十分乐意。好容易将这些人送走，外科医生已感筋疲力尽。他慌慌张张地走回屋，谢天谢地，"忠"字仍然挂在墙上。曲建国发现这架"遥感仪"进一步倾斜了，虽然几乎是肉眼无法判定的角度。"毛主席要死了……"刺耳的声音又在耳边回荡，外科医生被自己的发现惊得手脚冰凉。这时，他听见他身后发出了笑声。

小孩子躺在被窝里，嘴角挂着笑容，他已经睡熟。他正在和蝴

長勢喜人

蝶结讨价还价。他说如果不让他亲一下嘴唇，他决不带她回家去看红心上的"忠"字。蝴蝶结说他可以亲她一下，不过不是嘴唇，只能亲她的臭烘烘的胳膊肘。他说如果不让亲嘴，那只能亲脑门。蝴蝶结向红彤彤的窗口贪婪地看看，只好闭上眼睛，仰起小脸。他低下头，绕过她的脑门，直奔她嘟起的小嘴……微风摇曳着红色的野玫瑰花，蝴蝶在花丛中起起落落。春天在蝴蝶的翅膀上芬芳四溢。

第二天是晴朗的星期三，偏北风四到五级。房檐下面，落叶粘在蜘蛛网上荡来荡去，干燥的街上尘土飞扬。下午三点，外科医生借口去厕所，他走出了纸盒厂充满霉味和炕洞土气味的库房，忽然心惊肉跳，他想起离开家门之前忘记了一件重要的事情。他跳过福利厂的矮墙，以最快速度向家里奔去。跑进家属院时，那个熟悉的绿书包在他眼前晃了一下。

他看见的正是李颂国。这会儿，李颂国终于将梦中的蝴蝶结带到了住处的门口。他用了差不多两个小时才把女孩带来。女孩好像把昨天的事情忘得一干二净，很明显，那不过是她一时的心血来潮。下午放学以后，他早早地等在半路上，女孩和她的伙伴们说笑着，甚至连看也不看他一眼。他受到了伤害，但他还是不自觉地跟了上去。他一厢情愿地以为，也许女孩是做给别人看的。只要剩下他们两个人，她一定会像昨天早晨那样对待他。很快他就成了那群女孩子们的笑柄。王婵的脚步慢了下来，她拦住他，"你怎么像一个跟屁虫一样？为什么总跟着我？"

他结结巴巴地说："你昨天说要我领你回家去看红心上的'忠'字的，今天下午曲叔叔刚好不在家。"

"我不想看了，一个红心上的'忠'字有什么好看。"女孩不留情面地说，"我现在要和赵丽她们去跳绳。"

他不知怎么就委屈起来，"你昨天还说要去看。"真不争气，他的脸红了。

"昨天是昨天，今天是今天，你别跟着我，今天我想跳绳。"

事情的发展和梦境恰好相反，事实上，可怜巴巴的是李颂国本人。那女孩像甩掉粘脚的泥巴一样把他甩了。像唾一口口水那样将他唾掉了。他呆呆地站在那里，不知所措。他孤独地坐在水泥矮墙上面。而那个女孩，正在绳子上跳来跳去，不断地抬起她直溜溜的小牡马一样的细腿，露出湖蓝色的尼龙短袜和绿绒裤的花边，不知疲倦，兴致勃勃，而且总是赢家。看着看着，屈辱渐渐变成了歹意，她，有什么资格耍他？他想，他一定要将她哄回去，在她将要进门的一刻将她推出去，将她关在门外。他要让她知道他李颂国也会骄傲。他决心就坐在那等她，他坐了那么长时间，怒气冲冲，心情郁闷。

那女孩到底被他看得不自在起来，她恨恨地走来，"你怎么那么不要脸？看人家女生跳绳。"

他不回答，还是使劲地看着她。糟糕的是他一点点地蹭过去，可耻的行径和一只跳到脚上的癞蛤蟆毫无分别。这回，他坐到离女孩十几步的距离，恶意渐渐地变成快意，因为那女孩的失误越来越多。

"你怎么这么无赖？我告诉你不看了就是不看了。"女孩忍无可忍，再次上前呵斥他。

"可是你昨天说要去看，让我等你。"

女孩无可奈何地说："好吧，我跟你去看，不过，你这会儿得离我远点。"他乖乖地走了，退回到原来的地方。

长势喜人

可那女孩却再也打不起精神，又不甘心扯绳让别人跳。她再走过来的时候，有些垂头丧气，一边走一边编着松散的小辫，她把粉绫子叼在嘴上，"走吧，咱们说好了，我就看一眼。"男孩感激地在前面领路。他生怕自己走得不好看，故意放慢脚步。

奇怪的是他怎么也打不开房门，钥匙在锁孔中忙不迭地转动，手心的汗水冒出来。那女孩甩着小辫不满地说："怎么回事？再开不开我就走了。"

"马上就好，马上就好。"他可怜巴巴地说。总算发现用的该是另一把钥匙。

门开了，李颂国早已忘记了自己恶作剧的计划，女孩骄傲地迈进了房门，一股汗酸味直扑鼻孔，女孩打了个大大的喷嚏。

"忠"字就挂在墙上。有什么不对劲？两个孩子都惊呆了。他们的年纪还太小，可是即使他们还是孩子，也知道他们看见的是一件可怕的事。

"忠"字上面垂蒙着一条黑纱。

女孩回头，只见一个满脸胡须的人正倚着门瘫软下去。一切都晚了，曲建国眼冒金星，他知道他毫无疑问地完蛋了，他犯下了弥天大罪。他这会儿才知道他制造的不是什么"领袖生命遥感仪"，而是他自己的绞架。

女孩跨过外科医生抖着的双腿，满脸惊恐地跑出去，啪嗒啪嗒的脚步声在阴暗的走廊里形成巨大的轰鸣。

"快，快，快把黑布扯下来。"外科医生招呼地当中吓坏了的男孩。

李颂国想将他扶起来，可是曲建国全身瘫软，"你去看看，看看那个小姑娘……"外科医生面如死灰，他已停止淌汗，两手捂住胸口，气喘吁吁。

王婵早已不见了踪影。李颂国知道自己闯下了大祸，他在外面磨蹭了一会儿，甚至想逃走了事，他最终还是决定回去看一眼。

房门开着，曲建国不在屋子里，一起不见的还有墙上的"忠"字。

湖边站着足有一百人，还不断地有人向这里跑来。外科医生的尸体就在水上漂着，他的身上绑着那个"忠"字。一群巡逻的民兵发现湖上闪烁着一团红光，他们向上级汇报情况，并在原地坚守到了凌晨。天亮时，他们看见了曲建国的尸体。外科医生一丝不挂，湖水轻轻地掀动着。沿着烂泥中的两行脚印，人们找见了他的衣服，团成一团扔在草棵中间。没有留下遗书。中午，尸体被拖上来，体面地盖上了一条灰线毯。毯子不够大，只盖到他的膝盖，灰白色的两条小腿沾着泥水，脚趾分得很开。李颂国被人们让到前面，他吓坏了，眼睛发直，使劲地咬着自己的手指头。太阳从湖东岸升起来，照亮了湖面上漂着的落叶，岸上的人唏嘘不已，议论纷纷，第一个发现尸体的小伙子，一个缺心眼鹰钩鼻子的工人民兵夸张地走来走去，他的黑鼻毛伸到了人中那，他不时地吆喝几声："靠后，靠后，死人有什么好看？"他冲人群喊道："死者家属来了没有？"

有人指指李颂国，"那个孩子来了半天了。"

"他算不上家属，"黑鼻毛擤擤鼻子，故意让他的上海产全钢手表反射阳光，"这老兄的爱人是市医院的医生。"

李颂国走出人群，失魂落魄。他意识到他又一次成了弃儿。他站在一棵树下，忘了哭泣，忘了打哆嗦，嘴唇麻木发紫，看上去他已坚持不住，就要垮了。

长势喜人

这时，他看见有十几个人从杨树林那走出来，走在最前面的人手上的手铐闪着冰凉的光泽，他力图躲开后面的人的推搡，可是没有用，他踉踉跄跄，跟头把式地走向附近停着的一辆吉普车。

人群立刻向那里奔去，奔跑的人们险些将李颂国撞倒。李颂国的双腿像灌了铅，走回到曲建国身边去。直到跌坐在尸体旁边，忽然想起来，那个人是苏文兵，没错，就是他。

他抬起头，吉普车已经发动，人们纷纷往回走了。"抓了一个反革命，那个人四月五日清明节那天去过北京，在天安门闹过事。"

"正是，他还发表了反动演讲呢！"

人们重又转拢过来，不知谁将李颂国拉起来，等他冷静下来，他已经又一次被挤到了人群外面。他向四周看看，他的目光和一双混浊的眼睛遇到了一起，那是一个老头，穿着一身油污的劳动布工作服，戴着磨了好几个洞的猪皮套袖。他急不可耐地走过来，蹲到了孩子的跟前。

老头说："孩子，告诉我，你是不是姓李？"

老头说："你妈是不是叫李淑兰？"

老头说："我是谁？我是你爹，我是你爹呀，孩子。"

刺耳的尖厉的声音划过天空，孩子惊讶地瞪大了眼睛。那直穿耳膜的喇叭声再次传来的时候，李颂国才相信他的确听到了那刮削铁器的声音，而不是他的脑子出了毛病。反帝广场的高音喇叭恢复了正常。广播里传来的是——哀乐！

人们的心被揪紧了，几乎停止了跳动。哀乐，哀乐在秋风中回荡，湖面上的落叶给吹翻了，露出了湿黑的背面。哀乐，人们的泪水流出来，抽泣和号啕便是那音乐的和弦。哀乐，秋天的叶子落尽

长势喜人

了，穿天杨苍白的树干，灰蒙蒙的无际天空，白花和黑纱是这个季节最后的颜色。

哀乐一次次响起——一九七六年九月九日，毛主席真的逝世了。

第四章

对于一个不幸的人来说，生活真像小便失禁的孕妇。她坐上平板车准备去医院生产。她怀里沉甸甸的希望铅坠一样坠得她一次次做着吸气动作，凝着眉，嗞——嗞——有时她还会忐忑不安，被恐惧惊得面如土色，生怕产下什么怪胎来。她一路上留下一小摊一大滴的尿迹，包袱垫在屁股底下，里面是旧衬衣旧手帕旧毛巾等乱七八糟的衣物撕成的尿布，她的泪水打湿了盖在身上的床单，这位细心的母亲小心翼翼地上气不接下气地感觉着每一次明显的胎动。胎动次数总是越来越密，羊水像风暴中的海水一样荡漾。捧着自己的腹部，将变平变肥的臀部平放在产床上，母亲仰起密布孕斑和亮晶晶汗水的脸，相信她的孩子将来的生活一定会温暖而美好。她想给新生儿一个全新的生活，可是命运的脐带偏偏无法割断，事隔十年以后，现在又把那个孩子带回他的生前状态。

"我拉着你妈妈一到医院雨就下起来了，那是暴雨，瓢泼似的，医院的防火水桶都给漂到下水口那，在马葫芦盖上就像一摊血。你妈出了好多血呀，你刚一落地她就昏过去了。孩子，你知道吗？听到你第一声哭的不是你妈妈，是我，我马树亭。"老头将一块油汪汪的猪头肉夹到李颂国的碗里，他讲述的故事远没有那块猪头肉更诱人，这多少让他有点失望。

马树亭安慰自己说，不急，这个孩子已经成了孤儿，他还会跑到哪里去呢？从这个孩子的脸上，他还能依稀记起他母亲李淑兰的尊容——一只冷漠无情目光迷离的小母狗。她一口像盐粒一样的白牙齿，嘴唇上的小疱和脸上的火疙瘩此消彼长，从来没有消失过。为了给孩子骗取一个合法的出生证，她处心积虑，连面也没见一次就答应嫁给他。

她当时可真够惨的，临时借住的漏风的房子原是一所中学的鸡舍，房顶的檩子上还挂着黑红色的鸡毛。她穿着一身假军服，毫无办法地腆着肚子，沉浸在孩子将要临盆的焦虑中。她的衣服只能扣上两个扣子，下摆敞开，露出松松的裤带。很显然，李淑兰急于摆脱困境，她只问他能不能接受她肚子里的孩子，得到明确答复，她就将草纸收拾到一个塑料编筐里，谢天谢地，那里面还有三个土豆和一把豆角。她有一个装过饼干的旧纸箱，里面盛着她不多的衣物，尼龙网兜装着下乡时用的搪瓷脸盆和一把秃了毛的牙刷。她还有一个鼓溜溜的旧信封，她把它宝贝一样地放在箱子底下。这就是李淑兰的全部家当，他一个人就可以将这些东西全部运走。介绍人是一个饶舌的车间小组长，坚持要等到第二天让全班组的工人们一起来接亲。他只好抱上那个纸箱子走了。晚上，他怎么也睡不着，他担心自己的生殖器不管用，像小青年一样整夜用手捂着，还好，他的宝贝勃起了一次又一次，每次都硬得像根棒槌。在他迷迷糊糊的时候，介绍人来到他的床头，告诉他女方还是嫌他年纪太大，又是瘸子，决定毁婚。他猝然醒来，冷汗濡湿了枕头。天刚蒙蒙亮，

长势喜人

他听到了敲门声，很轻。他的心蓦地狂跳起来。真的是她，李淑兰走得汗津津的，按照他提供的地址，自己找了上来。

可以想象，马树亭，一个右腿残疾的鳏夫，半辈子没娶上媳妇，面对一个送上门来的女人，脸上的麻子会焕发出怎样的光彩。他把她让进屋里，为找不到一个干净的杯子倒开水窘得恨不能把脸埋进夜壶，床头瓶子里面盛着他昨夜浊黄的小便。他心花怒放，跑到街上去买油条，等他连跑带颠地回来，李淑兰已经歪在他的床上睡着了。他在屋子转来转去，她的一声轻微的咳嗽也像钟摆一样直撞他的心房。往日他忍受不了寂寞，对小学校广播体操的哨声心怀感激，可现在街上传来马车的铃铛声也让他心惊肉跳，恨不得上前捂住妻子的耳朵，免得她听见惊醒。妻子，多么温馨，多么体贴，多么富于质感，就像总装车间里一辆新漆的汽车般光鲜无比。怕有小孩子闯进来打扰，马树亭拉条小板凳坐到院子里，燕声呢喃，蝴蝶翻飞，阳光中可以看见灰尘亮晶晶的，银屑般。他再次走进屋里，刚好一只苍蝇光顾了妻子的眼睫毛，他恼怒起来，马树亭的妻子，马树亭自己还没碰一下，小小的苍蝇竟想捷足先登。他认真地轰赶着那只苍蝇，一直赶得它头撞玻璃含羞自尽。苍蝇故意把玻璃窗撞得咚咚响，李淑兰到底给惊醒了。他意外地看见她大吃一惊，一个激灵坐起来。还好，她反应得够快，因为她立刻就道歉了："真不好意思，老马，我睡糊涂了。"她把皮套叼在嘴里，理理头发，"过来坐吧。"她往床里挪挪，床咯吱吱响。

"明天我找人打张新床。"马树亭忙不迭地说。

"没关系，真的没关系。"万分地通情达理，把老头送上来的拟买物品的清单放了一边，"我知道你存了些钱，你也不容易，真的没必要太破费。"她不是冲他的钱来的，真该检点一下自己修了什么福。

床单不是新的没有关系，人老腿瘸也没有关系，唯一的条件是越不张扬越好。偏偏他的徒弟们不识趣，听到师傅结婚的消息就赶来了，他们的礼物是一座汉白玉的主席像，一对带"囍"字的暖水瓶，他们还万分体贴地送来了一块镜子，上面是南京长江大桥的图案。在使了一百二十个眼色之后，在暗示了一百二十次之后，在看了一百二十次表之后，小师娘打了一个大大的哈欠，人们总算走散了。回到屋里，他的新娘却已和衣而卧。她在半夜时醒来，看见他还没精打采地坐在凳子上。她立刻知道他受了伤害，她自己脱掉了衣服。大开眼界，笨手笨脚，喜极而泣，马树亭扑上去，趴在女人的肚子上，寻找乳房的劲头，十足是一个婴儿。

第一天嫁过来，第三天就要生产。这可不好。他想说服她让小家伙再在妈妈的白肚子里多住几天，也让他多体验体验搂着女人睡觉的滋味。他伸过去的胳膊就像棍子，还没有熟练地打弯呢！她是什么时候告诉他想要离开他的，对，是办完出院手续之后在医院的走廊里，她大出血在医院住了一个月。他这个冒牌的父亲傻瓜一样抱着别人的孩子，听到李淑兰说出那番混账话，他的第一个反应就是想立刻将怀里的孩子扔进便桶里呛死。让我们再回忆一下那些混账话吧，"我现在才知道我干的是一件什么样的蠢事，我完全没有必要把你扯进这件倒霉的事情里来，如果你认为我是卑鄙地利用了你，骂我打我我都无话可说。总之我们得分开。"

多么斩钉截铁，多么寡廉鲜耻，婚姻成了一出闹剧、一个骗局。可是他从来没打过别人的耳光，被战争中的流弹打折了腿之后，他自卑了半辈子。他完全有理由指着她的鼻子质问她，为什么要选他来冒充这个小野种的爹，难道老实厚道有什么错吗？可是当

长势喜人

65

时他什么也说不出来，只管呼哧呼哧地喘着。十足一个没了主心骨的阶级敌人。

晚上，她主动提出要和他上床，条件仍然只有一个，就是答应和她一起去办离婚手续。他下决心不去碰她，除非他犯了该死的癫痫。想想看，她是多么地邪恶呀，竟然以这种方式来诱惑他，他可是下了决心不让她得逞。他抱上一床被睡到外屋的煤堆上。他气哼哼的，在欲望和原则之间，做着选择，后来他想通了，既然她现在还是他的合法妻子，她就没有一点理由拒绝他尝女人的甜头。可笑的是上床竟被她当成了离婚的筹码。想通了这一点，他冲动起来，想要强行引爆里屋的那颗糖衣炮弹。"不能算是强奸。是她骗了你。"他默念到一百二十遍的时候，下面终于昂然而立。他的手碰到门把手了，孩子忽然哭了。那个野种尿了床。想了半宿的结果是他贱兮兮地帮忙换了块尿布，李淑兰对他的巴结似乎视而不见，只管伸着她的白脖子手忙脚乱。她分明是一只笨鹅，毫不设防，他听见两手的指关节咯吱咯吱响，他压抑着扼住笨鹅脖子的冲动。他的眼神在孩子吮着的奶头上停留片刻，接下来，他愉快难耐地抽搐了几下。仇恨自然消解。这时候他才知道他软弱到无法拒绝对方的任何一个要求。他答应她离婚只是一个时间问题，也许就是明天早晨。

甚至用不着等到明天早晨，要想抵住那红色短裤下面的诱惑，除非把他阉了。管他明天怎样，今天先干了再说。

既然对故事不感兴趣，那么许诺也许管用。运动鞋、海军衫、一大堆玻璃弹子、一大堆羊骨头，再加上一双高勒的绿雨靴。最后，马树亭拿出了最关键的物证，一个写着李淑兰名字的旧信封，里面装着十二张糖纸和十五张水果罐头商标。分别是山楂罐头、苹果罐头、糖水梨罐头。"这张商标上面的水果你当然不认识，产在南方，叫香蕉，只要你答应认我这个父亲，我会想办法给你买上几个。"

"你已经没人管了，这些已经足够了。"孩子在心里对自己喊着。他撞到了马树亭巴结急切的目光，他终于又开口了："你会带我去医院看望妈妈吗？"

天可怜见，这正中了那老鳏夫的下怀。"如果医院同意，我可以两个月带你去一次。甚至，"他嘴里泛上口酸水，厚颜无耻地说，"要是你妈妈的病好了，只要同意，她可以和我们住到一起。"孩子没有留心他声音的忽然变化，贪心不足的马树亭干巴巴地继续表白："以前的事，我，我可以不追究。"谢天谢地，唾沫咽了回去，这句话终于说完了。

"那我们还等什么？"他和他妈妈当年一样地急切。当心，这个小脑瓜没准在想什么呢！

"你可得对我好，曲叔叔死了，我身边一个亲人也没有了。"孩子适时地抽咽起来。

"别哭，别哭。"他安慰他。孩子毕竟是孩子，马树亭叹了一声。

然而，生活已经教会了这个孩子利用每一个机会，并且对每一个人都抱有戒心。因为他立刻就抓住了这个老男人的弱点，利用了他的善良。他们走下国营饭店的台阶，向街拐角处看看。"对面冰糕店里的人可真多。"小孩子装作无意地说。

正要找机会笼络李颂国的马树亭果然心甘情愿地掏出一枚五分硬币，"想吃就去买一勺吧。"

"那是买白的还是买粉的呢？"小孩子将硬币在两手中间抛来抛去。

马树亭巴结地笑笑，"那就先买一勺白的，再买一勺粉的。"他又掏出五分钱放在孩子脏兮兮的小手里。

李颂国一跛一跛地向冰糕店里跑去，马树亭坐在台阶上抽着烟等他。马树亭的心里充满了喜悦。他尤其佩服自己的眼力，十年过去，他还会将那个小冤家的孩子一眼认出来。眼睛、鼻子，还有眉梢上若隐若现的忧愁，这一对母子几乎一模一样——他从来没有忘记她。她总是从红色油漆的气泡里、蓝色油漆的气泡里、黄色油漆的气泡里显现出来，背景是深绿色的夏天，悲恸欲绝的石子路，蚂蚁在集体搬动一片马蹄莲长着斑点的花瓣。炽热的阳光下，街口蒸腾着臭烘烘的沥青，城建工人光着膀子往交通岗亭旁边涂沫着这种新玩意。她左手抱着孩子，右手挎着一个包袱，比嫁给他时带来的东西更少，她头也不回地走了，她的一个口袋里装着一张离婚证书，印章鲜红，如愿以偿。而他呢，就像一块抹布一样给扔掉了。他回到家里，屋子里的东西一样没少，一条尿布还在幔帐杆上滴着水，散发着甜丝丝的尿臊味，一堆衣服整齐地放在床头，可能是李淑兰觉得欠他的太多，走前将他的脏衣服集中洗了一遍。从她提出离婚到她搬走，她尽职尽责地做了一周令人称道的妻子，不管她怎样厌恶，她仍然曲意逢迎地满足他。她走了，却把女人的全部好处留在了他的记忆中。李淑兰留下的还有那个旧信封，里面是她短暂的知青生活能收集到的好看的商标。在做了半个月的思想斗争之后，马树亭决定以交还这个信封为借口去见一下李淑兰，李淑兰辞职了。这意味着她彻底走出了他的世界。不留一丝痕迹，不留一点幻想。

前后算起来，马树亭的婚姻生活刚刚超过一个月。但结没结过婚就是不一样，打那以后，马树亭尤其喜欢填写各种履历表，他总会郑重其事地在婚姻状况一栏写下"离异"两个字。随着年龄增大，他没有机会，也不再考虑组建家庭。婚姻成了畏途，他唯一的渴望就是认养一个儿子，这种想法实现起来注定有难度，谁肯把孩子送给一个愁眉苦脸的老鳏夫？

命运总会显现出善意的一面。十天前，马树亭从一个熟人那里无意中听到了李淑兰已经住进精神病院的消息，而"他的儿子"就和他住在同一个厂区。他等在那孩子上学的路上，毫不费力地将他从一百二十个孩子中间剥离出来。正当他盘算怎样和那个公认的脑子有了毛病的外科医生交涉，说服他让孩子和他马树亭一起生活时，却获知了医生的死讯。

阳光照到生产饲料公司的玻璃窗上，反射回来，映在红旗饭店的台阶上，也映在马树亭的红脸上。他低下头，恰好一只小鼠从水泥台阶下面的石头缝里钻出来，见到旁边的黄胶鞋，它愣了一下，没等马树亭抬起脚来，小鼠已如投出的石子一样向饭店的库房蹿去，消失在大墙墙角黑褐色的老苍子下面。老苍子是一种能结出黑褐色果实的植物，果实长满硬刺。马树亭蓦地一惊，那孩子逸出了他的视野——他从冰糕店的门口消失了。

一定是出了岔子。老鳏夫摇摇晃晃地斜穿马路，脑子里抱着孩子出走的女人和方才那只倏然不见的小鼠的图像交替出现。一辆心怀叵测的老吉普车在他前边戛然而止，庆幸没有出事的司机脸色苍白地探出头。冰糕店里弥漫着凉爽的香精和水果混合的气息，老头慌乱得都忘了提提鼻子嗅一嗅。长着一口龋齿的大眼睛服务员否认她看见过那个小孩子。"我亲眼看见他走到店门口。你怎么说没看见呢？"马树亭的鼻子尖渗出凉津津的汗珠。

那孩子却出现在对面，他正在台阶上站着东张西望，他在那等

長勢喜人

他！马树亭的鼻子一阵酸楚。

"我还以为你走了。"小孩子埋怨说。

"我去看看你吃没吃完。"老头尴尬地说。

"我没去吃冰糕。"小孩子怀疑地看看老头的表情，"我改主意了，去那边吃了一个油炸糕。"他用袖子抹抹嘴唇。

"你还想吃冰糕吗？"

"改天吧。"小孩子轻松地说，"现在咱们去哪？"

"回家，咱们回家呀！"马树亭急切地说。

"不行。"小孩子摇摇头。老头紧张起来。

"你想哪去了？"和他妈妈一样精得像只兔子。"和你走可以，我总得去曲叔叔那收拾一下东西呀！"眼泪忽然涌上了眼圈，悲伤这时候才真正地袭上心头，他抽咽起来。

已经有工厂和机关的门口挂出了挽联，挽帐中间挽着大大的白绢花。萧瑟的秋天更加肃穆。头顶的天空仿佛低了，浓重悲哀的气氛压迫着人们的神经。天幕低垂，伟大领袖永垂不朽。

"孩子，咱们得先悼念毛主席，然后再去看你曲叔叔。你曲叔叔的爱人叫什么？赵剑苹，市医院。"马树亭记住了，在他把领养的手续办完之前，他打算先不让颂国和那一家人见面。

行人的胸前佩戴了白花，两个听到哀乐还在课堂上打闹的孩子被揪出来送到校门口的松树下罚站。

颂国跟在马树亭的身边，这一对残腿的人短的却不是一条腿，每走一步身体都往外歪斜一下。小孩子听着衣袋里那两枚硬币不时地撞出悦耳的响声，暗自庆幸老头没有察觉他的花招，他只是出去转了一圈，他把两枚硬币存下了。他把小手伸进衣袋里，想象着硬币上密布着的一排排的小水珠。

五七馆，这里曾举办过一场又一场的乒乓球比赛，现在已被布置成一座悼念领袖的灵堂，松树枝覆盖着暗红色的板门，里面发出移动物品的空洞骇人的回音。再往前走，是一片砖木构造的简易房屋，矮屋中间耸立的三层水泥构造的洋房是汽研招待所，并排而立的二层小楼被叫做阿尔巴尼亚小楼，是当年来华工作的阿尔巴尼亚专家的寓所。由于中苏交恶，这里早已人去楼空。但这附近的住户仍然时常记起那些高鼻梁深眼窝的外国人。他们十分友好乐观，总是笑眯眯的，一有空闲就聚到楼前的草坪上踢足球。那时候，楼顶的喇叭里总是回荡着同一首歌曲："北京地拉那，中国阿尔巴尼亚，英雄的人民，英雄的国家。"这歌声同样激动着大鼻子的外国人，这时，他们会停下那不知疲倦的双腿，随着广播和围观的中国人一起合唱，他们白短裤下伸出的长腿上密布色斑和发黄打卷的汗毛，踢踏着和着节拍。有一天早晨，他们和苏联专家一起提上笨重的行李，集体乘上了门前的大客车。直到第二年春天，才有小孩子小心翼翼地爬上一楼的窗台，草坪上的草长疯了。

　　李颂国立刻就喜欢上了这里的一草一木，他尤为高兴的是，马树亭的家就在阿尔巴尼亚小楼的后面，和小白楼仅隔着一条街道。马树亭力图使李颂国相信他曾在这幢四周墙上涂着蓝漆的房子里住过，李颂国很快对这个新家产生了亲切感，因为马树亭准备将堆放杂物的房间腾出来给他做卧室。马树亭鼓励男孩自己设计房间，然后匆匆走出了家门。

　　马树亭走后，李颂国独自在房间里走来走去，一道白光忽然从眼前划过，李颂国真的感到自己确实就在这座房子里住过。他毫不费力地从放杂物的木头格子的顶层找到了那个旧塑料编筐，里面团着一小团破布，当然，奶味和尿臊味早已消失，但他知道这是他当年用过的东西。他还想起了自己躺在床上的情景，母亲刚洗过头，头发还湿漉漉的，一滴水滴在他的脸上，一直流到他的耳郭，他的眼睛追逐着母亲的身影，李淑兰梳着粗粗的两条长辫子，走动时，辫子晃来晃去。他还记起了十几年前的马树亭，猥猥琐琐，十分愁苦，闷坐在床边的矮凳上。没有谁能记得襁褓中的事，可当年的情景就在眼前晃来晃去，他当然不会想到这是马树亭的暗示在起作用，他只被这些发现搞得大为头痛。

他来到大门口，没有钥匙，他不敢走得太远。他只能看见草坪的一角，有人在上面晾了三条床单，一条是草绿格子的，另外两条是蓝底白花的。街上几乎没有什么行人，他在门口的石头上坐了好长时间，只有两条狗，在小白楼的墙下面跑来跑去，后来它们便公然交媾起来。那两条可怜的畜生刚连在一起，隔着两户人家的黑大门猛地开了，有一个老太太抢着一把煤铲向狗奔去。狗恐惧地拱起腰，哽哽叽叽却撕扯不开。煤铲准确地砍向两条狗的连接点，两条狗凄惨地吠叫，徒劳地做着回身扑咬的动作，一边躲着煤铲转圈。老太太却一声不吭，只顾用力砍着，铲头砍到公狗的后胯上飞了出去，她发愣的工夫，狗已分开了，那条公狗伤得不轻，惨叫着一跳一跳地逃开。

老太太弯腰捡起铲头，安上木把，倒过来顿了几下，她倒提着铲走回家去，并且将门狠狠地带严。那条母狗这时才贴着墙根跑到公狗旁边，公狗在草丛中藏了半个身子，狗头抵进草棵里全身不住地哆嗦，时而发出一两声哀婉的呜咽。

天黑了，马树亭还没有回来。李颂国没有点灯，任由屋子里的光线黯淡下去。他两手挂着下巴坐在饭桌前面，真要命，他一连打了五六个寒战，然后开始头疼，四肢也开始酸软，倦意像蚂蚁一样在骨缝里爬来爬去，他嗅到一股烂山楂的味道，喷嚏好像随时要喷鼻而出，自己又无法迫使它打出来。他渐渐失去了耐心，和衣倒在床上。自来水的水龙头有节奏地滴响水池，隔着间壁能听见邻居家的挂钟敲响六下……尸体在水波中荡漾。尸体翻过来，成了一个自由自在的仰泳的人。陌生的湿头发粘在眉毛上方，双唇盖不住的牙齿……猛地惊醒了，房间里反而不像刚合眼时那样黑暗，能看见地桌上的茶杯和暖水瓶，还有一架塑料壳收音机，邻居家的自鸣钟嘀嘀嗒嗒，和厨房的滴水声混为一体。他的眼皮沉得撑不开，就像两块浸满水的旧雨布。

李颂国再次从惊悸中醒来，房间的灯亮着，老头神情悲伤地坐在床前，表情像受伤的狗一样哀痛。

"你的脸怎么这样红？"老头这时才注意到孩子的脸色异样。他摸一摸，吃惊地说："你发烧了，我去给你找两片药。"

马树亭在屋子里转了两圈，两手空空，回到床边，表情变得迷茫，他好像忘了自己想要干什么。

晚上，李颂国迷迷糊糊地听见有人在低声抽咽，老头压抑的哭声就像缺少润滑的喑哑的风箱。

第二天一早，高烧不退的李颂国注意到马树亭的眼睛红肿。马树亭已经去过颂国住过的地下室。地当中放着一小堆属于男孩子的物品、书包，不多的衣物，他几乎没有什么玩具，一小堆木头块也给搬来了。那个大个的纸箱里的东西属于男孩的母亲，最上层的鞋盒子里放着用了大半的友谊牌香脂和蛤蜊油，一把断齿的化学梳子，一扎没用过的皮套……一样不少。马树亭甚至没有忘记把挂在门后的软檐帽也取了来，马树亭告诉男孩，他原来的住处已经空

长势喜人

了，曲建国的遗物被他家人取走了，他还得到对方的许诺……这个时候外科医生的妻子没心思顾及一个毫不相干的残疾孩子。也就是说，他不必再惦记什么了，可以安安心心地在这住下去。

马树亭宽慰男孩，说他会托人把假条捎到学校交给老师。他安顿颂国吃下一碗油汪汪的鸡蛋面条，然后才赶去单位参加悼念毛主席的集会。中午，老头又匆匆忙忙地赶回来，给男孩准备午饭。他还带回了老师的准假条，学校也在开展悼念活动。

持续的高烧让李颂国在床上躺了七天，又不幸引发肺炎，他不得不住进马树亭享受优先待遇的职工医院。在医院里度过了寂寞的十天。他出院的时候是十月初，他特地去了五七湖一次，湖水更加枯瘦了，蒲草被人点火烧过，在曲建国的尸体被发现的地方插着一根竹竿，上面缠着一个黑布条，布条在风中像旗帜一样飘着。

李颂国有点渴望乱哄哄的校园生活了，病后初愈，他踏进校门时竟感到十分激动。校园里贴上了一条条新的标语，这回揭批的是"王张江姚"，四个在北京想篡党夺权的人。

李颂国上学的第一天就参加了全市规模声讨"四人帮"的大游行。游行的队伍行进得十分缓慢，壅塞了街道。李颂国所在的队伍来到地质宫广场时，集会演讲早已开始了。为了看得更清楚些，有人爬上了广场的杨树，李颂国和他的同学们则上了身后的坟头，那是十年前在造反武斗中阵亡者的坟墓。忽然叫声一片，有人将坟头踏出了窟窿。李颂国十分兴奋，喊口号喊哑了嗓子，他看见许多人的脑门都汗津津的。广场上掀起了一阵阵排空的巨大声浪，高举的拳头如墨绿色的海洋里等待盛开的一眼望不到边的黄色花蕾。

炉灰线区有三所幼儿园，一所叫做红星，一所叫做红旗，另一所不怎么知名的幼儿园在一天夜晚毁于一场大火，大火险些引燃附近的一处堆放化学物资的仓库。肇事者很快就被查出，他们是四个习惯于逃学的中学生，晚上跳进幼儿园里偷着吸烟，结果留下了火种。他们被拉出去游斗了三天，街头歪戴帽子的小流氓和爱斜眼看人的"马子"们就都有些收敛了。解放牌的大卡车仍是游街的专用交通工具，孩子们看见它就想到了游街。

阿尔巴尼亚小楼前面的草坪有几处被锄去了荒草，有勤快的人开垦之后种上了苞米和豆角，一小片一小片庄稼让草坪有了透气的感觉。还有，人们又能看上外国电影了，罗马尼亚的《雪地英雄》《夜袭机场》，朝鲜的《难忘的人》《金刚山的姑娘》。有电视的人家还可以看到又臭又长的朝鲜电视剧《无名英雄》和《火车司机的儿子》。总之，除了那场不大的火灾，一九七七年春天的头开得不错。背阴处昨天还有黑乎乎的残雪，第二天便是一片葱茏。杨树最快速度地摇落了紫红色的杨花，再看时，碧绿的叶子被露珠浴过，新绿欲滴，亮得晃人的眼了。在学校里，白衬衫蓝裤子仍然是流行的服装，学生们还被要求使用礼貌用语，见了面要说"对不起、请、不客气"。因为掀起了学雷锋做好事的高潮，七十一栋的小张瞎子每天都有人接送了，并且由开始的一个人变成了七个人的护送小组。小张瞎子生下来就双目失明，一直是孩子们讨厌的角色。但更多的孩子却经常为没有好事做而苦恼，他们为了得到表扬，常用的做法是把自己家的东西交给老师，说是捡的。家长们也常常因此找到学校。李颂国对这些人的做法嗤之以鼻，他坚信自己会找到一件大家都没有想到的事情去做。他拿上一把笤帚跑到红旗饭店，他来晚了一步，已经有三个孩子等在那里了。孩子们争抢着抡起了笤帚，他

75

长势喜人

们的笤帚悄悄地慢了下来，客人们吃着的花卷和羊杂汤的香气愈来愈浓。李颂国看看，那几个孩子也和他一样，在观察着别人的表情，他们好像患了集体性感冒，吐噜吐噜地提着鼻子。孩子们的心情渐渐地发生了变化，几乎是不约而同，四个孩子笤帚抢起来，饭店里立刻尘土飞扬，正在吃饭的客人们先是皱眉，然后纷纷用袖子盖住汤碗。饭店的负责人跑出来大声嚷嚷，他们跑了，跑出很远才敢回头。他们发现自己真的做到了做好事不留名。

垂头丧气的李颂国在回家的路上遇见了王婵，小姑娘眼前一亮，立刻跑了上来。自从外科医生出事以后，他们差不多有半年时间没有打过招呼了，即使见到，也迅速避开。他们的年龄还不能洞悉一切，但他们已能隐隐约约地感到外科医生的死和自己有关。王婵比以前瘦了，高了十几厘米的样子。

"李颂国，李颂国，"王婵说，"我这有一本好书你看不看？"

"不看。告诉你，我们约好了不和女生说话。"李颂国想，她一定又在打什么主意。

果然，小姑娘继续诱惑他，"你听说了吗？五七馆看电影实行敞门入场。"

"那又怎么样？"他警惕地打量对方。

"你就不想去看电影？"小姑娘说话时习惯性地偏着脑袋，"听说今天上演的是《熊迹》，捉苏联特务的片子。"

"你有票？"他可不会轻易上当。

小姑娘脸红了，摇摇头，"我的钱给敬老院的大娘买水果了。"

"你撒谎。"李颂国一眼就看出了破绽。

小姑娘的脸更红了，"我没有，我就是买了。"

"我得走了，我们说好了不和女生说话。"他想，电影院敞门入

长势喜人

场的消息他知道得太晚了，今天无论如何得去看一看。

"你别跟着我，我现在要去看电影了。"他学着王婵的口气说。当初她就是这么对他说话的，她说："你别跟着我，今天我想去跳绳。"李颂国的心里充满了报复的快意。

那个女孩没有跟上来。李颂国赶到五七馆，门口果然没有人收票。敞门入场，是炉灰线区采取的倡导文明礼貌的措施之一。然而，电影院的负责人明显高估了人们的文明程度。一九七七年，花两角钱看一场电影毕竟还要算是一项奢侈的消费。当时的普通酱油每斤九分钱，优质的是一角一分，因为里面加进了味精。他们不买票，既然敞门入场，即使被清出场外，他们也并没损失什么，碰巧还能看个满场，何乐而不为呢？

李颂国挤进去的时候，电影院里早已爆满，有的座位上甚至坐着两个人。拿着手电的工作人员一边查票一边吆喝，几柱手电光交叉着在场内扫来扫去，他们和混进来的人发生了争吵。他刚找到一个地方站好，西北角的方向忽然大乱，有人厮打在一起，满场立刻发出嘘声和口哨声。灯亮了，女孩在尖叫，座位上的人都站了起来。李颂国试着挤了两次，他无法更近距离地观看是什么样的人在斗殴。他十分扫兴，接下来，人群开始骚动。电影被迫中断，负责清场的工作人员增加了一位，他只好提前退场。

王婵竟在电影院的门口等他，这大出李颂国的意料。

"我没骗你吧？"小姑娘讨好地说。

"那又怎么样？"他像一个硬汉一样转回头。

王婵说："李颂国，明天我去接你上学好吗？"

他警惕起来，"你等我就是为了说这事？"

小姑娘声音热切起来，"我去你新家门口等你，我还可以为你背书包。"小姑娘强调着"新家"的字眼。

原来如此，这小姑娘被做好事的想法逼疯了，竟会想到这个主意，她把他当成小张瞎子呢！他的脸色登时变得通红。

"你怎么了？"女孩担心地问，她立刻恍然大悟，"我明白了，一定是有谁和你说过了，对吗？这不行，我是班长，我更应该关心残疾同学。"

她在污辱他，他最好立刻走开，走得远远的。他走了，脚下的路却更加不平，她一定在看他的左腿，它现在僵硬得就像一根棍子。

那小姑娘却不依不饶，"你说话呀？"她跟在后面，一副不达目的不罢休的架势。

他站了下来，他的脸色肯定把女孩吓着了，她差不多已做好了逃跑的准备。

"好吧，我答应你。"他咬着牙说。

王婵如释重负，"太好了，我去过阿尔巴尼亚草坪，我知道你住在那。"

"不过，你得为我做一件事。"李颂国想起了那个遥远的梦境。

"什么事？"王婵的嘴唇湿润润的，阳光正在红领巾的下面驻足。他觉得声音涩涩的，"我让你亲我一下。"

女孩的眼睛瞪得老大，不敢相信自己的耳朵。"你不要脸。我，我要告诉老师，你，你流氓。"

男孩残忍地笑了，"你去告吧，我也会对老师说，你根本就没给敬老院买什么水果。反正我无所谓，可你是班长，班长撒谎就不称职。"她真不是他的对手，他一句话就扭转了局面。他转身走了，书包不争气地一颠一颠。他不想让她看见自己的窘状，赌气地把左腿踢抬两下，期望它长出来。

那个女孩追了上来，小胸脯剧烈地起伏，脸红得就像一个熟透的西红柿。

"到树后去，就一下。"女孩坚决地说。

他本来想说就在路当中，可是他屈服了。他来到树后，做出一个在树枝上发现了什么的动作，女孩左右看看，在五十米开外的地方有一个卖雪糕的老太太，生意不好，有些昏昏欲睡的样子。女孩假装从男孩身边走过，头迅速一扭，她的嘴唇甚至没有碰到他，可是他的脸颊一阵痉挛。

"现在，"女孩命令说，"把你的书包给我！"李颂国乖顺得就像一只养熟的猫。

杨树在地下的根系长疯了，树与树之间伸长的根须扭结成抛撒在空中的旧渔网。艾倒了几次之后，五七湖边的蒿草长得更加茁壮，绿色的蒿秆没过夏天就黑得可以冒充盆景中的核桃树。疯长的还有社会上的传言和各种时髦。打鸡血治百病，红冠子紫吊坠的大公鸡倒了霉，鸡血被注射进人体虽没有什么明显的副作用，效果却远不如传说中那么明显。接下来流行的是甩手疗法，走在街上摇头摆臂的人从对面走过来，你可千万不要吃惊，他们的手绝没有被开水烫着，如果回头，十之八九你还可以看见街的拐角处修鞋摊上有人做着同样的动作。医院里患肠道疾病的人忽然多了起来，那是因为又开始流行喝生自来水，喝坏的只是信奉喝生水可以治病的人中间的一小部分。

一个时尚就是一股风，整座城市像患了瘙痒症。小胡同里，洗晒的打有补丁的衣物从铁丝拉成的晾衣绳上往下淌着水，身穿防空

长势喜人

头巾似的棉布衣服的孩子们兴高采烈，挨家挨户地品尝着谁家的红茶菌好喝，这是城市里又开始流行的一种新时尚。红茶菌的主要成分是醋和糖精，黑色的小坛子盖着红布盖，里面漂着一层坏掉的酱油般的霉斑。各种时尚都为了一个目的，都是为了治病。人们甚至不知道自己有什么病。可那些深夜还打着手电读看大字报的人仍然习惯性地捂着腹部，这为数不多的脑力娱乐让他们吐酸水。朦胧的月光下面，街道两旁都是刚挖出的泥土，市政部门又在挖掘下水道，整个城市如同涂了一层铅粉。即使没有人往深里想过，但这个社会肯定又在等待着什么。

李颂国等待着马树亭带他去探望母亲李淑兰，老头好像把当初的许诺忘掉了。这晚他没像往常那样听完男孩对母亲的回忆，这是每晚都要进行的必演节目，马树亭总是不厌其烦地要求男孩描述他母亲的生活细节。"那次，就是你们上街买雨鞋的那次，你妈跟你提到我了，她是怎么说的？""对了，你跟我说过她喜欢吃甜食，这种习惯我可不知道，要不我在医院侍候她的时候一定给她买两斤红糖。"可是那晚他打断了男孩，疲倦地背过身去，很快打起了呼噜。此后，马树亭开始避开李淑兰的话题，他好像力图让李颂国也忘记她。这当然不可能，他们一起生活了三个月以后，当时正在吃晚饭，李颂国终于忍不住了，"你忘了吗？"他放下筷子，将汤碗推开。

"我忘了什么？"

男孩歪着头看着他，老头的表情迷茫慌乱，透着心虚。

"你没忘，你只是不愿意。"

马树亭放下饭碗。"过些天吧，"他歉疚地说，"最近厂里实在太忙了，我抽不出时间来，过些天我一定带你去看你妈妈。"

"你说话不算数。"男孩决心不再克制自己。

"别哭了，别哭了。你是个懂事的孩子，对不对？我给你钱你去买瓶汽水喝。"

马树亭实在是缺乏处理此类问题的经验，他不知道怎么应付这个孩子。过了十天，李颂国又把这件事提了出来，马树亭惊慌得像只受惊的兔子，他出去转了一会儿，回来告诉孩子说他的厂里没有准假，李颂国知道他撒了谎，他没有揭穿他，他收下了老头给他的两角钱。

最后的一次是他们已经到了火车站，排队买票的时候，马树亭突然犯了胃疼病，他捂着肚子，后来干脆在厕所里蹲起来，一直蹲到误掉了那班火车。他磨磨蹭蹭地走出来，李颂国眼睛红红地坐在候车室的水泥地上，他担心孩子会哭闹起来，可他没有。作为补偿，他又拿出两角钱让他去买汽水喝。这一次，李颂国把这种补偿提高到了五角。

李颂国用两角钱买了一小缸菱粉糖和几块叫高粱饴的软糖，这种糖是淀粉制成的，外面裹着一层糯米皮，他把剩下的三角钱藏了起来。他看穿了马树亭一直在哄骗他。从车站回来，他没有随老头一起回家，没背书包直接去了学校。他在校园的篮球架下面坐了那么久。直到一个皮球滚到脚下，他抬起头，操场上奔跑着孩子们，已经下课了。

他把皮球捡起来，给第一个跑过来捡球的同学一小块菱粉糖。他的身边很快就围上来十几个人，都是他本班的同学，外班的根本凑不上来。李颂国没想到他这么容易就成了核心人物，他让他们站排，他们就站成了一列，并且互相揭发谁站得不直。包括公认的坏小子刘冬生也站进了排里，瘦弱流鼻涕的高春阳绰号叫"蔫淘"，被

长势喜人

排在了最后。

"每人只能吮一口，"李颂国拿出一块软糖，"我就剩这一块了。"伙伴们流露出的贪婪的目光让他忘记了马树亭带给他的创伤，他的眼神瞬间跳动起恶意的快活。

"听着，都听颂国的，谁也不准多吃。"张金耀站出来警告大家。

"谁多吃烂舌尖。"有人慌忙附和。

李颂国看了一圈，有五个人在舔嘴唇，吐噜一声，是高春阳在吸口水。

"'蔫淘'脏，不给他吃。"张英提议。大家纷纷响应。

王斌说："颂国，快点开始吧，一会儿上课了。"他没有遵守诺言，在糖上面留下了一小颗牙印。第二个人已急切地用脸把他拱开。有人咬到了李颂国的手指，他正要叫出声来，他碰到了"蔫淘"的目光，他的心头一凛，那是怎样的目光啊，委屈、渴求，蕴着泪光。这一刻，李颂国相信感到甜味的不是那些吮到糖的伙伴，而是没有尝到滋味的"蔫淘"。

铃响了，伙伴们一哄而散，只剩下"蔫淘"还站在那里。

"李颂国，""蔫淘"发誓说，"我早晚要报复你。"他跑了，故意将左腿一拐一拐。

李颂国在老师走出办公室之前离开了学校。这个世界这样经不住诱惑，他大失所望。他用一块糖就摆布了十几个同学，一个人没有尝到甜头就发誓要报复他。他残疾的左腿被女孩用来大做文章，不是因为怜悯和同情，而是为了获得表扬，为了虚荣，那个骄傲的女孩在树后面吻了他。李淑兰、曲建国、马树亭，许多人的脸在他的眼前晃来晃去。对这个世界的困惑在他的身体内部冲突着，失望、仇恨，报复心引起的征服欲，还有身体的某处悄然聚集的一股

长势喜人

力量在小腹处蠢蠢欲动。为什么他生下来就没有父亲？为什么那么多人进了医院麻痹的顽症偏偏摊上他？有十万个为什么需要解答，他相信自己可以问出更多个为什么来质问这个世界。

他来到五七湖，坐在湿乎乎的岸边，身下的泥土还有些许温热。湖上纷飞着蜻蜓，西边的杨树林的树梢在风中摇动，吃力地托着慢慢沉落的夕阳。一片草叶拉伤了他的手指，他抽咽起来。

哗啦一声水响，一个人从水里冒出来。

李颂国吓坏了，他骇得双手蒙上了眼睛。

"怕什么？小兄弟，你不认识我了吗？"

苏文兵拨开蒲草走上岸来，苍白的脸上挂着的水珠闪闪发光。

苏文兵穿上衣服，在李颂国的身边坐下来。他们开始了交谈，"我把你吓坏了？你肯定是看见了我被抓走时的狼狈相。"

李颂国点头，蝉声的间隙，他的大朋友呼吸极不均匀，胸膛在剧烈地起伏。几条很细的云仿佛是看不见的手抽落在人间的鞭子，炊烟白白地浮荡着。

"事实证明，我没有错，苦难只能给一个坚持真理的人增加一份经历，让他更加坚强。"苏文兵的眼睛熠熠发光，打定主意准备演讲一番。他还没有忘记在开始之前肯定他的听众。"颂国，"苏文兵说，"你能问为什么，说明你已经开始思考。"

苏文兵说："在监狱里，我像你一样，思考了许多东西。为什么我们的国家这些年来运动一个接着一个？是我们的人民天生好斗吗？为什么善良人被善良人迫害致死？是什么泯灭了人们的良知？信奉斗争理论没有错，为什么斗争了仍然没有好日子过？我们为什么要革命？为什么革命永远也不会结束？"

李颂国皱着眉头，必须承认，他听不懂对方在说什么。

苏文兵习惯地舔舔红色的薄嘴唇，他的声音颤抖，就像湖面上泛起的一小圈涟漪。

"是梦想，对新生活的梦想。"苏文兵拍拍李颂国的脑门，示意他的小朋友和他一起思考。"可是我们实现梦想的做法可不大对头啊，"他说，"我们生下来不是为了学会爱，而是为了学习仇恨。"他停顿了一下，一架飞机的翅膀在天空中闪着银色光芒，飞机拉着一条白线，"飞机为什么会飞？不是空气，不是钢铁，而是人类的智力教会了它像鸟一样地飞翔。可是充满灵性的人类又把天空变成了一个新的战场。自私、贪婪、残忍、好色，这些坏习惯人们没有哪一样不是无师自通，可是爱呢？他们怎么也学不会。"

"你是说爱？"

"对，爱是可以学习的一种技能，一种生活的本领。"

他自顾说下去，全然不顾那孩子不解的眼神。他听不懂，不能喝彩，也不能指出他的错，他只是一个听众，孩子还无法理会他的大朋友悟出的所谓道理，但他看出了他的大朋友脸上的失望，他用胳膊肘小心地碰碰苏文兵，巴结地说："我给你背首诗吧！"

"你会背诗？"苏文兵半是惊讶半是哂笑。

终于让对方对自己产生了兴趣，这孩子的鼻尖汗津津的，结结巴巴地说："我开始背了，你听完了可不准笑。"

一个黎明的黄昏

有一个年轻的老头

手里拿着一把崭新的旧菜刀

杀了一个活蹦乱跳的小死孩

这事被一个瞎子看到了

瞎子告诉了哑巴

哑巴告诉了瘸子

瘸子飞快地跑到公安局

公安局开着没有轮的摩托

用泥捏的照相机拍下了一个个场面

李颂国满以为苏文兵会笑出来，可他的大朋友肩膀抽搐起来，"都颠倒了，全都颠倒了。"

如果你想看晚上七点的电视新闻，那你必须在六点四十分把电视打开，你必须面对二十分钟让人难堪的画面。电视荧屏的正中间有一口红色的棺材，一个女人趴在棺材上大声号啕。能不能不听这哭声？不看这糟糕的画面？答案是不行。如果你中间将电视关掉，那么还要从头再来，因为程序就是这样设定的。据说彩色电视机显像管的设计者正是画面上的女人，享受她产品的人也必须同她一起祭奠她死去的丈夫二十分钟。彩色电视机在当时，还只是听说。那时候长春刚刚生产出梅花鹿牌的黑白电视机，样子十分蠢笨。因此，听说这个有关彩电故事的孩子宁愿相信这是真的。还有人传言这是为了抵制进口新加坡彩电。还有，卫生路有一处房子谁也不敢去住。即使你把自己绑在朝南房间的铁床上，不管绑得多牢，第二天一早，你也保管会发现自己躺在地板上。一九七八年就是这样，人们乐于传播各种各样的小道消息。

一九七八年，开始掀起了文学热，几乎所有的青年人都热衷于文学。杂志上开始对人性进行挖掘，并且第一次突破了爱情禁区。

长势喜人

政府开始对过去十年的冤假错案进行平反，但留长发和唱校园歌曲仍然会被视为不健康。

汽车厂的外事活动又多了起来，李颂国就读的学校是每批老外必到的地方。老外来的前几天，全校开始大扫除，各班的男同学轮流刷洗所在楼层的厕所，小便池都用抹布擦得锃亮。外宾通常被几辆大面包车拉到校门口，收发室立刻按几下楼内设置的按钮，短促的铃声骤然响起，按着事先内定的班级，老外由校长领着进行教学观摩。那些涂着浓浓香水、穿得花里胡哨的男女大鼻子立即被孩子们的天真热情和聪明感染了，闪光灯不断地亮起。高文军在前面做珠算题，被吓得把几天前演练好的结果硬忘记了，老外还是拉着他的手有说有笑。老外接下去观看文艺队表演。桂艳红和王婵她们此时是最辉煌的。桂艳红和王婵一样长着一张漂亮的苹果脸，双眼皮大眼睛，梳两个羊角辫，舞跳得棒极了，她们跳得最好的是藏族舞《哈达献给华主席》。表演通常在大会议室进行，从那里传来的歌声和掌声让教室里的每一个孩子都心里痒痒。桂艳红她们经常得到老外给的礼品，不过每一次都毫不犹豫地上缴了。

有一天，李颂国在放学的路上遇到了苏文兵，他差不多有一年多的时间没有见过他了。苏文兵竟然长出了络腮胡子。他穿着一件跨栏背心，白背心上印着"先进工作者"的字样，他已经是汽车厂成品仓库的一名临时工，正在巴望着能够转成正式工。厂区附近每一次出现反动标语，他都提心吊胆好几天，生怕有人会怀疑他。天安门广场事件刚刚得到平反，可没有谁把他看做"四五"运动的英雄。在人们的心目中，他还是一个危险分子。他渴望爱情，并且开始迷恋诗歌，每天夜里都忍受着性欲的折磨，对手淫的恶习深恶痛绝，工作时走神，每当有女性从身边走过，就陷入自卑之中。

長势喜人

李颂国兴奋极了，在苏文兵之前，还没有谁和他认真交谈过。他央求苏文兵和他在一起多待一会儿，央求着去看看他的大朋友工作的地方。苏文兵怜悯地看看这孩子，说实在的，他对这个孩子已有点厌烦，他发现自己一点也不喜欢他略向左斜的眼睛。苏文兵迟疑了一下，还是决定带上这孩子去工厂转转。李颂国高兴得双脚在地上搓来搓去。

李颂国被要求和他的大朋友保持五六米的距离，苏文兵走得太快了，李颂国几乎是小跑起来，一步一颠，书包拍打着他精瘦的小屁股，他气喘吁吁，甚至来不及细看两边的风景。专用线上堆着翻砂的废料，远处笨重的火车喷吐着白汽，脚下的沙土路受到震动，他担心会一脚踏空。

成品仓库里有一排排的解放车，车上蒙着厚厚的灰尘。这个车间只在某个大人物来视察的时候才会用水集体冲刷，过后则会更脏。地上汪着一小摊一小摊的机油，好处是人在摔倒时可以毫不防备毫无觉察，摔下去也并不重，只会衣裤上沾满油污。

空旷的成品仓库上面是漆着蓝绿两色油漆的铁架子，有的还缠着不知是哪一次大人物来视察时留下的瘪掉的汽球，靠门的地方挂着一个巨大的排风扇，发出呜呜的啸声，抖得十分厉害，让人担心会将窗玻璃震碎，看上去，只要它一天不停，就没有人想去修理它。而门上永远悬着旧帆布的门帘，同样沾满油污，有些地方露出棉絮。

这就是那个上了全国粮票的地方，李颂国充满了新奇和敬畏，尤其是一下子见到这么多的汽车，他对苏文兵羡慕不已。苏文兵隔着一排汽车一边用拖布擦着水泥地面，一边催促李颂国看看就走，可那孩子就像一块粘牙的胶皮糖，不但不走，反而攀上一辆车的脚踏板向驾驶室看来看去。

长势喜人

"那是谁？你想干什么？"一个穿着一身新工作服的中年人向这里走来。

"该死，你非给我惹点麻烦才高兴吗？你快下来呀！"苏文兵急得跺脚。

李颂国吃惊不小，忙不迭地往下跳，他结结实实地摔在地上。等他爬起来，那个中年人已经走到近前。

"小苏，这孩子是不是你带来的？"中年人以责备的口吻问道。

"主任，不是我带来的。"李颂国简直不敢相信自己的耳朵，他瞪大了眼睛。

"告诉我，谁带你来车间的？"中年人脸色阴沉。

孩子的泪水在眼圈里打转，他吓坏了，求救地看着他的大朋友。"你看我干什么？你可不要说我认识你。"苏文兵心虚地说，他站在主任的身后着急地向李颂国使眼色，示意他快走。

李颂国已经失魂落魄，不光是因为害怕，更因为遭到了出卖。他怎么也不相信苏文兵会这样无耻，他竟然说他们毫不相识。他跺了一下脚，甚至不肯看上那个叛徒一眼就向门口跑去。跑到门口摔了一跤，往起爬时，他清楚地听见苏文兵在后面说："哦，还是个小瘸子，主任，你看见了吗？他有一条腿短。"

"我再也不想见到你了！"李颂国跑到一条河沟边，把头埋进草棵，两手使劲地抠进泥里，一直抠出淤泥的腥味来，叫鸡爪子的草根被他攥出了黄色汁水。这是一个炎热的夏季，汗水和泪水一直流到下颏。一只屎壳郎在他的头顶嗡嗡地盘旋，散发着黏树汁的苦味和翅翼的腥味。河水淙淙流淌，蝌蚪迎着水头嬉戏。他停住眼泪，双手揉着太阳穴。他想起了母亲，孤独漫上嘴角，他不得不仰起头大口呼吸。

长势喜人

第五章

一条电车道在汽研招待所前面的石子路中间穿过，一直伸向郊区的百货公司仓库，那里是有轨电车的终点，终点的前方是一片农田，长着茂盛的向日葵，阳光下一片金黄。向日葵秆上长着细细的茸毛，花盘上白嫩的葵花子刚刚定浆，可以用来接雨的蒲扇一样的叶子在有风的天气里像碧浪起伏。

沿着那条电车道，可以一直走到纺织厂。可他从来没到过那么远的地方，他总是压不住要去探一探险的心情。坐在汽车厂三校的墙头上，孩子们耷拉着脚开始一天的功课。不用说，李颂国已经成了绝对的主角，他对大家的许诺是给他们买菱粉糖。

"今天，我给你们出一个谜语。"刘冬生用手挖着鼻孔，将鼻屎捻成小球弹向墙下面的杂草丛中。

"打开花被窝，伸手往里摸。掰开两条腿，就往眼上搁。"刘冬生出完谜语得意地看看李颂国。

大家都猜到了这不是一句好话。可是谜底完全出乎意料，"你们别净往那坏地方想，我告诉你们，是眼镜。"

大家恍然大悟，"唔，是眼镜。"

高春阳又高又瘦，他谁也打不过，现在孩子们将他绑在手压井旁边的那棵大树上。李颂国亲自往他的脸上涂红墨水。"蔫淘"在大家的要求下开始装扮《红色娘子军》中党代表洪常青。只有在这个时候，高春阳才能成为大家注意的中心。记得刚演完《牛虻》那阵，大家要推举一个挨揍的人，最后李颂国一锤定音，"高春阳最像牛虻。"帮腔的老好子立刻大喊一声："挺起胸膛，挺起你意大利人的胸膛。"高春阳挺起了瘦嶙嶙的胸脯，可是老好子一拳下去，他就弯下腰，哭了。

现在老好子点起了一支火把，他不知从哪弄来了一小张油毡纸。李颂国跟在老好子的身后，大家开始围着大树转圈，一边转一边唱起了《国际歌》。倒霉的高春阳一次次把脸躲开凑上来的火把。他的眼泪和红墨水混在一起滴在衣服上，他忽然高叫："打倒反动派，中国共产党万岁！"

为了安慰倒霉的"蔫淘"，大家破例准许他一起去女孩们常玩的地方撞拐子。大家一边撞拐子一边唱："鸡蛋壳，鸭蛋壳，谁先倒了谁老婆。"

在他们旁边，那些女孩子正伸腿拉胯地跳皮筋，或者玩着跳格子的游戏。她们边跳边叨念："洗脸、刷牙、叠被，吧唧吧唧炒白菜。"

李颂国庆幸的是马树亭从来不要求他做这做那，如果他高兴，完全可以三天不洗脸，五天不刷牙，十天不叠被，而且从来不吃炒白菜。

还好，她们换了新词，"要哪位？要红花，红花不在家，要你们姐俩仨。"

長勢喜人

在那些女孩中，跳得最好的还是要数王婵。她灵巧地活动着好看的长腿，圆嘟嘟的脸上竟长出几小堆雀斑，如果晒黑了就看不出来。

李颂国的目光追逐着王婵，胸膛像有一千根草在随风摇曳，脸上更像长了湿疹，他回味着春天时被那女孩触碰的感觉。

今天，高春阳新弄来三个中华"烟喷儿"，老好子他们十分眼红。近一段时间，能够自由出入汽研招待所捡烟盒纸的只有高春阳一个人了。那里看门的是一个叫王老八的门卫，留分头，穿鸡肠子裤子，脚下是少见的三接头皮鞋，他的腰里总别着一把手枪、小馒头一样的子弹，他喜欢抱着小男孩亲嘴，边亲边摸他们的小鸡儿。知道了他这种嗜好，大家便轮换着到门卫室去转移王老八的注意力，其他人乘机跑进去，直奔楼层厕所的垃圾箱。汽研招待所新住了一批外来的专家，其中还有一个外国人，不过他的鼻子不高，脸像一块被谁踏过一脚的玉米饼，他吸的是一种外国牌子的香烟。这种烟盒叠成的"烟喷儿"要价最高，在十五万左右，其次中华十万，新吉林二万，最差的是蝶花和迎春，这种香烟盒随便可以捡到。烟纸叠成三角形，摞成一沓，用嘴吹气去喷，这种小把戏总是让人乐此不疲。"王老八，水里吧喳，洗脚水烀地瓜。被窝里吃被窝里拉，被窝里放屁爆苞米花。"

王婵她们停了下来，坐在一边开始收听有线广播。阿尔巴尼亚小楼的楼顶上有一个高音喇叭，现在播放的是一出叫《小艾丽的星期天》的广播剧。故事是这样的：小艾丽的爸爸失业了，动物园的老板找到他，动物园的一只猩猩死了，老板让他披上猩猩的皮每天去荡秋千。小艾丽听说动物园来了一只懂事的猩猩，就一次次央求爸爸带她去动物园，她爸爸哪能领她去呀？后来她妈妈抱她去了，她还向猩猩扔了苹果。结果这只猩猩哭了，猩猩荡的秋千越荡越高，猩猩被抛到狮子园里去了。眼看着狮子扑了上去，人们害怕地闭上眼睛。这时那只"猩猩"听见狮子趴在他的耳边说出了人话："朋友，我看你是人，我也是人。"人们睁开眼睛的时候，看见那两只动物已经剥掉了身上的皮。然后，罢工开始了，人们发出愤怒的呼声。资产阶级老板，包括动物园的经营者们缩成一堆惨叫着："我的钱，我的钱。"

李颂国看见刘冬生在王婵她们那蹲下了。李颂国知道他想干什么。这些人中间，只有刘冬生这样无耻和明目张胆。那几个女孩正在兴高采烈地玩"嘎拉哈"（猪或羊的蹄腕骨），她们坐在地上，两腿分开，全都把裙子撩起来，有的撩到大腿上面，只有王婵做得彻底，她将裙子堆到肚皮那，这样她暴露在外面的小花裤衩就尤其醒目刺眼，只要稍稍换个角度，她的裤衩里面就会给看得十分清楚。而王婵正玩得忘乎所以，根本没有注意这些。

刘冬生蹲下来，多了观众，女孩们玩得更加起劲。"蝴蝶蝴蝶你落，你妈上草垛。"这群女孩就是炉灰线区的花蝴蝶。"学习雷锋做好事，帮助老头卖冰棍，老头吃俩我吃仨，气得老头直叫妈。妈呀妈呀水开了，把我的脚丫烫歪了。"伙伴们越喊越起劲，李颂国呼吸越来越急促，满脸通红，他在替王婵害臊。

女孩们站了起来，向五七馆方向跑去，李颂国知道，又有人吵起来了。

正是盛夏的中午，太阳晃在汽研招待所的玻璃窗上，那些玻璃窗成了一千块火镜，贴在路边树上的标语也仿佛要燃烧起来。肥胖的绿头苍蝇，在垃圾箱上面团团转，有线广播开始播发一篇义正词严的人民日报社论。他冲过那些声浪，一直跑向热气腾腾的人群。

吵骂声乱成一锅粥，更像一个让人找不到头绪的乱麻团。他终于听清楚了，那两个当事人骂的是同一句话："你是养汉老婆。""你是养汉老婆。"太阳的灼热只能给人们火上浇油。有轨电车拉响了铃声，正在枝头栖着的昏昏欲睡的麻雀被惊醒后，认真地舔吮似已烤出腥焦气味的斑点羽毛，然后重新开始歌唱。栅栏边的牵牛花开得蓬蓬勃勃。吵吧，吵吧，这个世界越乱越好。

李颂国早已习惯了这条街上各种各样的叫骂声。有时他和伙伴们还故意招惹叫骂，看着对方愤怒涨红的脸取乐。尤其是那个卖菱粉糖的南方人可是吃尽了苦头，南方人长着很高的颧骨，薄薄的嘴唇，挑着大个的肮脏的塑料袋子，走街串巷。"菱粉糖，菱粉糖，五分钱一大缸。"结果拿出来的却是一个很小的茶盅，只能装五六块指甲盖大小的棉花糖，黑长指甲的大拇指伸进去还要占一块糖的地方。只要小贩一出现在学校门口，孩子们就会立刻围上去，将事先安排好的孩子往前一拥，乘机将装糖的袋子摁倒。这时，大家一拥而上，能抓几块抓几块，然后四散逃走，卖菱粉糖的小贩无可奈何。这种场面通常是李颂国一个人设计，看见伙伴们扑上去，他总是压抑不住一种恶意的快活。于是，有一天那个南方人改弹棉花了。就在五七馆的杨树趟子里支出一个塑料棚，棉花房的前面摊开雪花一样的棉絮，里面则堆着一床床破旧的棉被套。南方人照例要先收定钱。去年秋末，有一天棉花房忽然蹿起了火苗，等到把火扑灭，许多人家找到了自家送来的棉被套。弹棉花的小贩早已离开，这个南方人临走时还没忘记点上一把火来发泄他的怨气。每一个上了当的女主人都会站在街头不停地骂上一个下午。只要你竖起耳朵，你总会捕捉到哪儿传来的叫骂声。骂声一起，各家的妇女大都出来了，没出来的也推开窗户。有的腋下夹着一个毛线团，一边打毛衣一边观战。她们早已熟谙了那种阿尔巴尼亚平针，闭上眼睛也不会织错。有的手上还沾着面粉。

这次捉对厮杀的是老魏婆子和老孙婆子。看两人怎么比试：

> 一个偏头短发，一个长脸倒挂。一个常对邻里泄愤，一个惯从风中放泼。说破鞋指头乱点，骂养汉唾液飞扬。一个唇薄利齿势难挡，一个脸厚迎头叫声长。一个矛头直指胯下，一个出口不离裤裆。顷刻间见分胜负，霎时间要见英豪。虽是两个街头妇，也要悍勇争一强。

当时艳阳高照，群情激昂。一架飞机在蓝天拉起一条白线。燕子翻覆穿梭。正斗间，老孙婆子大喝一声："我×你八辈血祖宗！"老魏婆子一愣，分明被击中了要害，她没料到老孙婆子会这样无耻。她当然不肯示弱，使出绝招回马枪，"我，我×你。"

老魏婆子骂完得意扬扬，和身后的几个人交换眼色。老魏婆子扬起右手，胜利的旗帜迎风飘扬。

"你×我，你得长那个玩意儿。"老孙婆子眯缝着眼轻蔑地说，习惯性地抿抿裤腰，她忽然激动起来，"你×我？对了，你说你想×我？来吧！"她将裤带一下捯开，露出了大红裤衩。迟疑了一下之后，她一把将裤衩扯到腿弯，"我告诉你，姓魏的，你今天不×还不行了！"人群一下子静了。转眼之间，胜负已定。老魏婆子呼哨一声，卖个破绽，拨马就走。人群忽然哄笑起来。

王婵狠狠地打了李颂国一个耳光，他毫无防备地给她打了一个跟头。当时，李颂国正为老孙婆子的英雄壮举惊得目瞪口呆，他张着嘴，就要窒息了。王婵不识时务地问他："你刚才说什么？"

長勢喜人

王婵扯住他的耳朵，"你说刘冬生干了什么？"

"你叫他给看了。"李颂国咧着嘴说。

"他看了我什么？"

李颂国终于把气喘匀，"你撩起裙子，刘冬生看了你的——"

不等他说完，王婵抡起巴掌狠狠抽在他脸上。

老孙婆子的裤子给人帮忙提上了，李颂国的眼前仍是一片白光，王婵强行将他的脑袋扳过来，李颂国惊讶地发现，他成了另一场好戏的主角。他的脸这会儿才红起来，他羞臊极了，恨不得找个地缝钻进去。他只想迅速离开这个是非之地，他向外冲去，险些将看热闹的老孙婆子撞倒。

他听到了人群的笑声。笑声一浪高过一浪，他张开双臂，像麻雀一样掠过街道。街道不平，左高右低，呈四十五度锐度。他磕磕绊绊，像一只被阉后拎着一条后腿的小公狗。他掠过草坪。他飞过草坪。

李颂国躺在五七湖边，蜻蜓、苍蝇、麻雀、燕子，所有的生物都比他幸福，它们越是安闲他越是悲伤。他对自己失望透顶，他想他再也不会看见王婵的笑脸了。他揉揉左腮，脸上仍在发烧。他揉了一会儿，忽然想起挨打的是右腮，这个发现让他怔了好一会儿。后来，反帝广场的有线广播将他吸引了。

有关"毛孩"的报道："毛孩"一家是个四代人的大家庭，在"毛孩"出生后的第一百四十二天，他的头发一直长到额部，与长长的眉毛相连，他的头发和眉毛几乎无法辨认。他的面部除了鼻尖、嘴唇上无毛外，可以说都有些毛。身体尤以肩部的毛最长，达四点六厘米……

他把尿水撒向湖中，他意外地发现，自己的下体长出了几根黑色的毛发。他的头嗡的一声，天哪，我会不会成为一个"毛孩"？

"你当然不会成为一个毛孩，"苏文兵说，"以后你会长出更多，就像我的一样。"他解开裤扣，一边向李颂国展示，一边说。

"你还为那天的事生我的气吗？我已经说过'对不起'了，你还要我怎样？你不知道你给我添了多大麻烦。"

"你知道，我去那里上班该有多不容易，我可不想因为这点小事就砸了饭碗。"

他原谅他了，其实苏文兵完全没必要说这些话，只要像以前那样刮一下他的鼻子，他就会感动得几乎落泪。可是他的大朋友没有，苏文兵的两手重新插回工装裤的口袋里，像刚才出现在他身后时一样的轻松随意。

他们像一年前那样在湖边坐下来，可是苏文兵已经不再像以前那样滔滔不绝。李颂国还发现，苏文兵开始吸烟了，猛吸一口，烟从鼻孔里淡淡地冒出，他抖动嘴巴，烟圈就像跳舞一样上下舞动起来。

渐渐地，那孩子终于又开始喋喋不休起来，苏文兵越是不加评价，李颂国讲得越起劲。李颂国下定决心，不讲中午发生的事，可是不行，那些故事仿佛具有生命一样，自己溜出了嘴巴。苏文兵终于有了反应，他感兴趣地转回头。

"那个叫王婵的女孩长得好看吗？"

李颂国迟疑了一下，故作鄙夷地说："不怎么好看。"

"不对，你在撒谎。"

李颂国脸红起来，他不知道自己为什么要脸红。

苏文兵拍拍他的肩膀，"你一撒谎我就能看出来。你告诉我，你也经常对女孩那么干吗？我是说，像什么冬生那样，那样偷看。"

"这可不好，"得到肯定的答复，苏文兵对那孩子说，"这可不好，这是耍流氓，你知道吗？以后不要这样干了，听见了吗？"

李颂国羞得恨不能找个蚂蚁洞钻进去，他胆战心惊地说："你不会告诉别人吧？"

"当然不会。"苏文兵拍拍他的肩头。

"那拉钩上吊。"李颂国伸出小拇指，他的手心已经出汗了。

苏文兵敷衍地伸出手指，他关心的是别的事，"你说你给那个王婵打了个耳光？"

"我得替你报仇，把那个耳光打回来。"苏文兵好像想了一想，"不行，打她耳光不太好，总之我们得报复她一下。"

李颂国离开五七湖的时候，苏文兵正撒一泡长尿。仿佛是一个闸门坏掉的水龙头，苏文兵撒得酣畅淋漓，浊黄的尿液向湖里抛洒，他故意一耸一耸，迎合着树林那边的火车汽笛。李颂国向他道别，他也没有回头，只是向后摆摆手。李颂国知道那是苏文兵的习惯手势，意思是说，就这么定了，说好了的。

路虽然不平，可是比来时好多了。现在，李颂国已经不关心路边树上忽然飞起的腊雀，要在往日，他一定会拽出弹弓来。他有更重要的事情要做。他必须在星期六的下午将王婵带到纺织厂附近的一个小湖边去。不只是为了报复那个女孩，更要表示他对友谊的珍惜。说到底，苏文兵是为了给他这个朋友出气才这么做的。朋友，朋友，这个称呼让他热血沸腾，温暖几乎溢出了嘴角，和口水一起流到了下巴。

"你放心，我不会伤害她，但必须吓她一吓。嗯，反正在我警告她以后，她就再也不会欺负你了。不过，这件事你对谁也不能

97

讲。我们是朋友，我才帮你，别人知道了，会说我大人欺负小孩子，你懂吗？"

"我懂，"李颂国信誓旦旦，"我对谁都不会说，就是马树亭给我一块钱让我说，我也不会告诉他。"

高春阳气喘吁吁地跑来，他将李颂国带到反帝广场，李颂国一眼看见了王婵，高春阳拉住他的手一直向前走。"你们讲和吧！"高春阳说。

王婵骄傲地仰起脸，那是一张似乎是毛茸茸却又十分光洁的脸。高春阳将王婵的手拉过来搭在李颂国的手背上，"好了，现在你们讲和了。"

王婵答应和李颂国讲和，是因为她对高春阳的探险计划感兴趣。

一个下雨天，19 路车刹车突然失灵，就在汽研招待所的 19 路车站点附近，车头将一个男孩挤到一棵树上，树折了，孩子也血肉模糊。当时，男孩打着雨伞正在等候做纺织女工的姐姐归来，这起车祸被讲了数年之久。直到一个更大的新闻出现才被人们遗忘了。64 栋有四个孩子，他们都是汽车厂一校的学生，平均年龄在十岁左右，他们沿着去纺织厂的电车道一直走到宽平大桥，桥下面的铁路线两边杂草丛生，长着密密匝匝的灌木丛。有一小片荒坟，隆起在野地当中，坟的旁边还有一个小湖。那四个孩子在野地里寻找人参，他们找到了几把蒿草和地环。后来他们在火车道上坐下来。隆隆的火车突然驶来，其中三个孩子被轧死了。这件事令家长们一度十分惊恐，他们不允许孩子们离开厂区半步。更何况通往纺织厂的有轨电车的路边玉米地发生了一起谋杀案，两件事相隔仅仅半

長勢喜人

个月。

在孩子们的眼睛里，纺织厂一直是一个谜。早晨上班的高峰期，去纺织厂上白班的工人们都挤在汽研招待所的站台上，当一辆有轨电车嘎啦嘎啦摇晃着驶来，人群立刻蜂拥而上。伴随着纺织女工的尖叫声、伴随着饭盒里勺子的叮声、伴随着售票员的吆喝声，一部分人塞进了车厢。而车下，总有几个小青年不屑地看着这一切，就在电车启动的一瞬间，他们勇敢地冲上去，在能搭上脚的地方，车尾的铁盖子上，或者两侧的车门，将手搭住，将身体挂上去，另一只手在空中摆着，黄色军用书包在屁股上颠来颠去。下班的时候，那些小伙子仍然这样挂着回来，在车停下之前，他们抢先跳下来，并随着车体前行跑上两步，手快的还要拽一下连着电线的绳子，车弓离开电线再弹上去，车顶便闪出一股蓝色火苗，在司机的咒骂声中，有个女工大声叫起来，那是下车时被人群夹住了辫子。那些调皮的小伙子甚至不肯斜睨一眼就扬长而去。他们是孩子们心目中的英雄。

有轨电车驶去的地方正是炉灰线的孩子们心中的神秘之地。

现在，他们来到了那个小湖的岸边。湖水清清亮亮，湖边长着碧绿的蒲草和水葱，鸡头米的叶子在水面上一小片一小片地铺开。炎热夏季的午后三点，湖里的淤泥和腐烂的草根仍然散发着淡淡的腥味。湖的一边堆着一座长方形的垃圾山，里面有瓦片和烂掉的铁皮水壶的壳子，碎片反射着阳光。湖的另一边杂草葳蕤的野地铺展开去，水蓬棵开着粉嫩的花朵。二十年后这里将建成一座供人游玩的电影城，专门放映球幕电影和进行恐龙模型展览，这在当时怎么能想到呢？

像苏文兵描述的那样，站在这里，可以看见纺织厂红黑色的烟囱，升着淡淡的白烟。矮趴趴的灌木丛，长满短刺的圆叶小槐树，肆意无忌地伸长着的爬藤缠绕着柳毛棵子，艾蒿的叶尖穿透了去年的落叶。那几棵红色的果实竟然是野生的枸杞。这是他们能找到的除地环和叫鸡瓜子的草根以外最可贵的"宝物"了。李颂国和高春阳将找到的"宝物"都交给王婵。小姑娘用裙子兜着"宝物"，渐渐放松了警惕。

"你们怎么那么缺德？"王婵仍然对前天的事羞愤交加。

"谁缺德？"李颂国明知故问。

"还有谁？你们呗。"

"好心当作驴肝肺。"李颂国心虚地嘟囔。

"你老实告诉我，"王婵的脸红红的，"你是不是也这样干过？你们男人没一个好东西。"她说的是男人，男人，不是男生。

她叹口气，"我还一直以为你是个好人呢！"

李颂国羞愧不已，比前天中午当众出丑更甚。"是你偏要问我。"他无力地辩解着。

"算了，"她看着他，口气的成熟正好配得上她的两条长腿，"别跟他们学。"王婵说："男人没有一个好东西。"她停顿了一下，"女人也一样。"

李颂国不满她的口气，"我妈妈就是好人，你敢说你爸你妈不是好人？"

"你真是个孩子，我没什么跟你说的了。"她又一次叹气。

"我不是孩子，"李颂国赌气地说，"你信不信？我，我找不到更合适的语言，我甚至可以追你，和你搞对象。"

"你追我？男人应该保护女人，你能吗？"她嘲讽地抿住嘴角。

長勢喜人

100

"我当然能。你不信吗？我可以做给你看。"

她忽然笑起来，她的笑声就像一块弹弓打落的玻璃。她夸张地弯下了腰表示她笑痛了肚子。"高春阳，高春阳。"她边笑边喊。

高春阳的叫声比她更响，"你们来呀，看看我找到了什么！"

高春阳找到的是一个捆扎着的塑料包，他在一棵小杨树下面发现了它，并将它挑到毛毛道上，他用棍子挑着系着死结的黑布条，不敢贸然将其打开。

"你敢打开它吗？"高春阳狡黠地问李颂国。

李颂国正为王婵的笑声激怒着，"我当然敢！"

"不是炸弹吧？"高春阳胆怯地说。

李颂国从他手里夺过木棍，已经戳了下去。木棍噗的一声，穿透阳光下晒得软软的塑料，一股腥臭扑鼻而来。

"是一个小死孩。"他捂着鼻子。

"是吗？我看看。"高春阳凑上来。

"你敢扎吗？"李颂国知道他胆小，如果他不敢，正好证明他的勇气。

"我敢！"高春阳出乎意料，他接过李颂国手里的木棍，比他扎得更深。

几只苍蝇飞来，他们轮换着扎下去。他们很快发现耳边的嗡嗡声响成了一片，附近垃圾场的苍蝇正在成群结队地向这里飞来，他们这才恐惧地扔下木棍。远处的火车拉响了汽笛。

他们在铁路旁边追上了王婵。"为什么要这么对待别人，"她奇怪地泪流满面，"你们别跟着我，真让人恶心。那可是个——是个孩子。"

"天哪！好好的人怎么都变成了小兽？"

長勢喜人

"王婵,你怎么哭了?我们不是来探险的吗?"

李颂国追上王婵,"我们回去吧!"他环顾四周,还好,苏文兵没有出现。"我们回去吧!"他不想报复她了。他更怕苏文兵会伤害她。

那个戴宽檐草帽的男人忽然从路边冒了出来,他的手里捏着一把打草的镰刀,穿着一件汗水溻坏的跨栏背心,两只裤脚一只挽在膝上,一只散着。他就那样笔直地走过来,光脚板踩着路基上泻下来的不规则的石子,加快了他倒换双腿的频率。他先是拦住了女孩,然后又把两个男孩挡在一小段铁路桥的上面。他有粗黑的眉毛,鼻子里伸出几根鼻毛,左眼下面有一颗泪痣,这多少影响了他的容貌。"告诉我,小姑娘,这两个小子欺负你了吗?"他皱起了眉头,"如果是这样,我非揍扁了他们不可。"

"不关他们的事,是我自己愿意哭。"王婵回答说。

"对,是她自己愿意哭。"高春阳连忙应声,他的表情就像一只被主人赶跳过灶台的猫。

"是这样吗?"那个男人问李颂国,一边向他眨眨眼睛,示意他配合,天哪,苏文兵化了装,险些就认不出他来。苏文兵的脸色沉下来,"我可听见你们喊叫了。这不好,这不文明。"

他向四周望望,一辆卡车驶过宽平大桥,在毛纺厂前面被一辆驴车拦住,附近的一个小树林里有两个拾柴火的人还在向这里张望。

"我,我明白了,你们一定是偷工厂汽水的那几个坏孩子。"

"你们不承认没关系,我仍然要惩罚你们。"他的表情忽然严肃起来,手指试着镰刀锋。李颂国没想到他真会这么干,他一时间觉得苏文兵陌生极了。

"我准备把你们送到学校去，你们可以不告诉我你们干了什么，总之是做了坏事。"

苏文兵说："你慌什么？你慌就是心虚。"他摸摸高春阳的脑袋。

"你是谁？我们凭什么要你管？"王婵试探着问。

苏文兵转回头，"这个问题问得好！我是谁？你们猜呢？"

"我猜你是个便衣警察。"高春阳接着说。

"你真聪明，看来我的化装并不成功。"听到对方夸他聪明，高春阳心花怒放。

"这样吧，"苏文兵叹口气说，"我可以不送你们去学校，但你们必须每人写一份检讨。嗯，"他沉吟一下，"也别写检讨了，你们每人写一篇作文，题目嘛，就叫《记一件有意义的事》。"

他四周看看，目光最后落在不远处的小电站泵房，他指指那里，"女生和我到那里去写，你们两个男生就在这块大石头上写，注意要小心火车。"

"我不想写，我们什么也没做。今天半天课，我们下午放假。"王婵边说边求救似的看李颂国。

"我最不喜欢不诚实的孩子，"苏文兵愠怒地皱起了眉头，"看来我必须和你谈谈，你敢给你们学校打电话证明你们没有撒谎吗？"

"打就打。"王婵倔强地说，很显然，她对李颂国的表现失望极了。

"我和这名女生去前面打个电话，在我得到证实之前，你们两个男生还要在这里写作文。注意，你们不能互相商量，先完成的人我还要给予奖励。"苏文兵说完转身走了，见王婵没有跟上来，他不高兴地招呼，"你当我是坏人吗？"

王婵不情愿地跟在他的后面，虫豸在草丛中拉着长声，一只田鼠从路基上跑过，它好像给晒热的铁轨烫着了。走出十几步远，苏文兵站住了。"你们过来一个。"他招呼说。

高春阳屁颠屁颠地跑上前去，苏文兵说："我警告你们，在我回来之前不准离开，你们要学列宁同志，做一个诚实守纪律的孩子。"他把一个纸团塞到高春阳的手里，"如果实在写不出来，你们可以参考一下这张纸上的东西，不过只准商量不准抄袭，你们应该互相监督。记住了吗？"

王婵恨恨地说："还应该加上一条，就是不准写捡钱包，不准写擦玻璃、扫楼梯，不准写踢足球砸碎了玻璃，然后承认错误。"

宽檐草帽赞许地点点头。

"她凭什么这么干？不写捡钱包让我写什么？"高春阳看着王婵的背影一口一口地吐口水。

一列火车隆隆地驶来，车头像一条狗一样喘息着，吐出一团一团的白汽和愤怒的声音。

"高春阳，你真想写什么作文吗？"李颂国扯了一下这头蠢猪的耳朵。

"那怎么办？"高春阳愁眉苦脸地说，"我最不会写作文了。"

"记一件有意义的事，他妈的什么事是有意义的事呢？"高春阳咬着铅笔头冥思苦想。

"我觉得刚才那个人不是警察。"李颂国暗示他的伙伴。

"你别烦我，你是怕我比你写得快吗？"高春阳把手背起来，驼着背开始踱步。

"你说那个人会不会干坏事？"李颂国担忧地看着那座红砖砌成的泵房。

"真倒霉，倒霉透了。不让咱俩写捡钱包，我敢说她是自己想写捡钱包。"

"高春阳，你这头蠢猪。"李颂国恨不得踹他一脚。

"你干吗骂我？"高春阳的脸色一下子白了，"你，你是说那个人不是好人？你干吗不早说？那样王婵就要倒霉了。"

"李颂国，可是你让我替你去找王婵讲和的，说来探险也是你的主意。你肯定不会出事吗？"

"现在还不能肯定，"李颂国说，"让我看看那张纸上写的是什么。"他真希望那是苏文兵给他的一封信。

高春阳认真地打量他，然后不情愿地将纸摊开。

常用词词典

两字句：横行死党篡改扼杀挥舞阴谋搞垮阉割打倒鞭挞粉碎窃取枪毙掌舵爱戴粉碎叫嚣炮轰鼓舞盛大揭发颠覆霸权公贼破坏妄图流毒狂吠迫害丑化所谓万恶妖风走狗货色画皮罪行高举暴露捍卫雷鸣震撼伎俩

三字句：开倒车大毒草照妖镜眼中钉肉中刺野心家煽阴风点邪火黑心肝绊脚石

四字句：举国上下磨刀霍霍罪大恶极洪水猛兽口诛笔伐乘胜前进狼狈为奸祸国殃民英雄气概更待何时满怀信心滔天罪行进行到底心潮澎湃阔步前进坚决响应倒行逆施阳奉阴违圆满成功横眉冷对一派大好热气腾腾炮声隆隆愤怒声讨捷报频传无耻背叛掀起高潮紧密团结滔天罪行丑恶嘴脸狂妄叫嚣复辟倒退高大形象怒气冲冲内奸公贼乌云翻滚光辉灿烂高呼口号心头之恨可耻下场莺歌燕舞壮志凌云满怀豪情最大光荣无比仇恨恶毒诬蔑阴谋陷害千刀万剐倒打

一耙批倒批臭狼子野心大肆散布颠倒是非恬不知耻原形毕露千仇万恨摇唇鼓舌摇身一变丧心病狂包藏祸心十恶不赦出尔反尔

　　五字句：阴暗的角落历史垃圾堆大批促大干可笑不自量除之而后快安的什么心一棍子打死花岗岩脑袋痛打落水狗

　　他们向那个水泵房奔去，一片片巨大的云影在绿色的田野里移动着。

　　远处有线广播里的歌声时而清晰时而模糊。他们跑到那座房子前面，水泵房竟然上着锁。木头门板蓝漆斑驳，门缝里涌出一股潮湿的霉味。

　　高春阳气急败坏地说："他们把我们骗了，他们早走了。"

　　"没准已经出事了。"李颂国跌坐在门前的石块上。

　　"警察不会说咱们杀了她吧？"高春阳急得快哭了。

　　"现在还不能这么说。"李颂国握住高春阳的手说，"你能保证不把今天的事说出去吗？"

　　"我能，"他急不可耐地说，"拉钩，上吊。咱们怎么这么倒霉呀！"

　　雨后，汽车厂三校再一次成了乐园，低洼处积的水没过了小腿肚。"雄赳赳气昂昂跨过鸭绿江"，高春阳的声音老好子的声音李可红的声音孟卫东的声音张衡的声音。他侧耳分辨着学校的院墙里面传来的嘈杂的歌声。他知道，用不了多长时间就会传来哭声，肯定会有人被泥水中的玻璃片扎坏脚掌。

　　刘冬生顶着一片很大的葵花叶，像一张纸片飘来。"我给你们出一个谜语。"刘冬生仍然没有改掉挖鼻孔的坏毛病。"毛挨毛，肉挨肉，一宿不挨就难受。"

他猜到了这不是一句好话，可是谜底完全出乎他的意料："你们别净往那坏地方想，我告诉你们，是眼睛。"

"眼睛包括眼毛和眼皮。"他进一步解释说。

李颂国恍然大悟，"噢，是眼睛。"

今天，刘冬生在转身走开之前，又多问了一句："你的眼睛看见了什么？"

李颂国看见了王婵，她像纸片一样飘来。他注意到她的胳膊上有好几块擦痕。其实她脸上的雀斑不像想象的那样难看，她的裙子下面的小腿白得像葱白一样，他咳了一声，又咳了一声。她站住了。

"好狗不挡道，挡道无好狗。"

他说："王婵，那天我真担心死了。"

她的脸红了，又白了。"你也是一个坏人。"她轻蔑地说。

"那天，那天你们干了什么？"他问出了他和高春阳一起猜了无数次的问题。

她的脸白了，又红了，声音有些惊慌，"什么也没干，对了，我也写了一篇作文。"

"你的作文题目是什么？"他肯定她在撒谎。

"《记一件有意义的事》。"她恢复了镇定，"你还想问什么？"

"事情就这么简单？"事情绝不会这么简单。

"我想我应该再打你一个耳光。"她扬起手。

李颂国叹口气，可怜巴巴地说："我病了。"

她得意地笑了，嘴角纹里都溢出了报复的快意，"我想，你

107

一定是得了白喉，你知道吗？你们这群坏人中间一半人都得了白喉，这种病一夜之间就会肿得把嗓子封住，然后，你就像狗一样地死去。"

这太可怕了，他骇得捂住嘴，瞪大了眼睛。王婵仰起头走了。他看见她的肩头在不停地抖动。她一定开心死了。

天啊，我的嗓子真的开始灼痛、发胀、胀痛。他的呼吸开始困难，他把手指伸进口腔，他的嗓子真的肿了。他试着咽唾沫，他的脖子不得不使劲地伸，伸，伸——我要完蛋了，我真的要完蛋了吗？

長勢喜人

第六章

　　没有什么事比涨工资更能牵动人心了。这次涨工资的人数是建国二十八年来最多的一次。政府还将涨工资作为一次深刻的路线教育，想让职工们和过去的十年进行比较，"谁更关心人民的生死？"这还用说吗？从去年冬天开始，厂里就开始进行民主评议，马树亭当然会在第一批涨工资的名单之列，但他向组织递交了申请，表示要将他的名额让给更困难的工人。马树亭的做法受到了广泛的赞扬，工人们将他推举为职工的评议代表，每天忙得不可开交，夜半从厂里回来，也会有人轻叩他的房门。李颂国在十几天里竟然见到了几十个谦卑的男人，他们通常会带上两斤苹果，或一匣点心，来向马树亭诉说自己的工作和困窘。第一个人上门，马树亭受宠若惊，他还从来没被人这样恭敬对待过，更何况他也有机会收受礼物了。没等对方将话说完，他就表示尽他所有的能力帮忙，生怕对方怀疑他的诚意，他恨不能当场写下书面保证。如果他会写字，也许他已经这样做了。

　　将来客送走，马树亭长时间地对着桌子上堆放的苹果和点心发呆。自从他结婚那天接受过徒弟们的贺礼，几乎再没有人给他送过礼。即使镜子他擦了又擦，由于背面的水银大面积脱落，在五年前就斑驳发暗，而那对带"囍"字的暖瓶壳干脆烂出了窟窿。十几年过去，生活像旧镜子一样越来越黯淡无光。还好，他终于有了儿子。他最担心的是这孩子会和他母亲一样无情无义。当初，他还盼望着李淑兰有朝一日能够痊愈，为这个孩子，也肯定会和他生活在一起。

在将李颂国接进家的第二天，马树亭就曾瞒着那孩子单独去过李淑兰就医的松风医院。

秋天。通往医院的狭窄的沙土路两边，是成熟的等待收割的庄稼。褐色的豆荚，黄色的玉米，黑色的老牛在啃食河沟边的红茅公草，每一次都需要长时间的咀嚼。没有风，汽车跑过，搅起空气和沙尘的涡旋，一只活跃的田鼠飞快地横穿公路。那边的高粱地已经开始收割了，一排排红色的高粱穗慢慢地倒下去了。庄稼地里，一个男人声嘶力竭地唱着粗俚小调。

一群腊雀扑簌簌掠过医院的墙头，飞向右前方的向日葵地。马树亭的鼻子忽然一酸。

可他被院方拒之门外，他除了一纸离婚书，再没有任何手续和材料证明他和病人的关系，而离婚书又是拒绝他的最恰当的理由。

"没准她会想起我，你告诉她，我叫马树亭。"他试图说服门卫给他一次机会。

"你还是走吧。"门卫说，"医生说李淑兰想不起你是谁。"

"他是不是把名字说错了？我叫马树亭。"他还怀着一线希望。

"医生说他不想病人受到任何刺激。你还是走吧。"门卫不耐烦地说。

"你能告诉我李淑兰的病恢复得怎样？"

"看你也够可怜的，要不这样，你把你的地址留下，有关李淑兰的情况，医院会通知你。"

奇迹没有出现。反正失望也不是第一次。在梦中他常常健步如飞，心中充满了欣喜。也有沮丧的时候，他知道自己是做梦，为了能多体会双腿健康的感觉，他一刻也不愿停下来。从梦中醒来，他摸摸残腿，披上衣服爬起来，走去李颂国的房间，这孩子会和他做同样的梦吗？李颂国的双腿也在被里轻轻地抖动。他会梦见他的母亲吗？他找各种借口推迟带他去看他母亲，他藏着心眼，他想让这孩子习惯他，离不开他。还有，他已经在医院碰过钉子，他不想让这孩子感觉到他马树亭和李淑兰实际上已毫无关系。有一天，他半夜起来小解，顺便去看看那孩子。李颂国的睡相十分不安，喘着粗气，仿佛正在经历一场噩梦。他小心翼翼地把压在孩子胸口的右手拿开，孩子长出了一口气，脸上的表情舒展了一下，他正要放心地离开，那孩子忽然说了话："你别动墙角的罐头盒子。"

"你说什么？"老头转过身来。

"我说不准你动墙角的罐头盒子。"

孩子翻了个身，均匀的呼吸告诉马树亭，那孩子在说梦话。

马树亭在墙角的空罐头盒里发现了孩子在梦中透露的秘密——李颂国在偷偷地攒钱，把零花钱十分艰苦地攒起来，并且已经攒够了五块钱。他吃了一惊，将钱放回原处，从此留起心来，那孩子有两次确实动了离家出走的心思，甚至有一次已经到了火车站。马树亭躲在厕所旁边盯着他，心提到了嗓子眼。他看见小孩在售票口徘徊，小手揣进口袋里，表情焦虑地下着决心。候车室里忽然传来了打斗的声音，几个人向售票口这面追打过来，那孩子给跑过来的

长势喜人

人撞了个趔趄，双手抱头蹲在地上发抖。马树亭几乎就要走过去了，那孩子已站起来，快步走出车站。

那天下午，李颂国是在胜利公园的猴山旁边度过的，他一次次捡起小石块向猴子掷过去。他瞄准的是那些抱着小猴的母猴。一直到天黑，那孩子才垂头丧气地走回家。老头提前五分钟打开了家门。

他没有戳穿他的谎言，小孩子向他的监护人撒了个小谎，他说他在学校做作业了。他没有责怪他，又给他一角钱让他去买算术本和红蓝铅笔。还好，这次李颂国没有偷着攒钱，他给这些零花钱派上了新用场，他开始试着利用这些零钱换取同学们的尊敬和地位，果然连最坏的坏小子也围着他团团转了。李颂国成功地成了孩子们的中心人物，并且似乎放弃了再次离家出走的可怕念头。

这给了老头以启发，因此，当他成了喷漆车间工资评议的工人代表，他决心利用好这个机会。有四个人登门造访过，马树亭的自尊心开始膨胀。来了十二个人之后，他已开始将没带礼物的人拒之门外了。

在开评议会的前一天，马树亭推着一架手推车走进工厂。他将那些烟酒和糕点卸下来，然后一样一样地搬到党委书记的茶几上，摞起高高一摞。马树亭将李颂国写的一笔一画的送礼人的名单交到党委书记的手上。马树亭再一次成了先进典型，工厂展开了学习马树亭的活动。马树亭对自己玩弄的把戏暗自得意，他不在乎工友们对他的敬而远之和公开的敌意，马树亭的心中有一个更大的目标，全国各地正在选派代表去北京瞻仰毛主席的遗容，能够见到毛主席，他宁愿被打断他的一条好腿。

在单位里，马树亭极力表现，甚至很少说话。回到家里，他便会说个没完，他安慰颂国，许诺下星期开资会给他买糕点和苹果。"那些苹果不能吃，"他教育孩子说，"这是糖衣炮弹，是对工人阶级的腐蚀。"他尽可能把话说得动听，他向孩子许诺一旦被选成代表进京，他会给他补偿，给他买北京产的糖果和糕点。私下里，马树亭却忍不住心痛，舍不得那些上交的礼物。

电车只能通到几站外的纺织厂，洪水一天前就没过了百货公司仓库的窗口。

自从刘冬生在学校操场上捉到了一条一尺长的鲤鱼，淘小子们便开始每天在没腿肚的积水中拉网。李颂国将马树亭放在墙角的纱窗改制成渔网，一次他和高春阳还真捞到了两条老头鱼，更多的时候，网到的是蝌蚪和蟾蜍。天时晴时阴，晴天水里温吞吞的，蹦跳着扁担钩和水蛐蛐，校长室的门外水浅处生出了青苔。学校停课早过了预计的十天，收音机播放的天气预报说，近两天还将有一场中到大雨。马树亭从工厂回来，上衣搭在胳膊上，他已经穿上了新发的白背心，上面的"抗洪抢险"四个大红字十分抢眼。他给李颂国准备了一盒糕点和香肠，放在壁橱的底层，他生怕在他参加抗洪的时间里这些东西不够那孩子吃。还好，过了两天，上面通知下来，险情得到控制，并且第一批上去的人也开始回撤。马树亭白得了一件抗洪的背心，他这才想起来放在壁橱里的东西。好东西可等不到它发霉，壁橱里空了，李颂国不知何时将这些东西一扫而光。马树亭呆坐良久，他猜不透那孩子想什么，但他感觉出这不正常。

近一段时间，李颂国比以前更加孤独，除了高春阳，几乎不和别的孩子在一起玩了。有一次他突然想组织伙伴们搞一次百米赛跑，他买了十块高粱饴做奖品，自己当起了裁判。他摔响一个纸炮，伙伴们一起冲出去。看着看着，他的心忽然刺痛，那些孩子跑回来时，李颂国将糖块扔在起跑线上，已经离开了。那次游戏使他自尊心大伤，对伙伴们贪婪巴结的目光深感厌倦。他在马路边一直坐到点路灯，然后把一盏路灯用弹弓打个粉碎，心里才感到舒服一点。

那段时间，孩子们最想喝的就是汽水，当时，在工厂的车间里，只有重体力劳动的工人才能喝到。汽水基本的成分是糖精和醋，装在巨型钢瓶里，午休时分，孩子们带着饭盒和捡来的贴着葡萄糖注射液的空瓶，翻过工厂的院墙和栅栏，最快速度地冲到钢瓶前面，拧开阀门。在看厂门的老头和工人们发现之前，迅速操作，然后四散奔逃。这样的事淘小子们已经得手过多少次了，但最近一段时间却屡屡失手，有时他们还没走近钢瓶，院墙外就会传来几声怪叫，那是望风的李颂国在向他们发出有人的暗号。不到十天的时间，没有一个人没受过伤，被摔碎的瓶子扎坏了脚趾是最轻的代价，有人翻下院墙时摔得鼻青脸肿，扭伤脚踝，一次刘冬生还险些将腿摔断。他们当然不会怀疑李颂国，一次大家聚拢回他身边的时候，他的鼻子被人打出了血。

那鼻子是他自己故意撞破的，因为他怀疑高春阳发现了他在故意怪叫。他巴不得有谁被捉住。破坏欲和恶作剧像两粒稗草籽扔进了粪堆，生根发芽，然后长出粗硬的草节。

114

在家里，他明知道不该对马树亭充满敌意，老头是他现在唯一的依靠，可他就是控制不住自己。他故意和老头作对，又装出无辜的样子，让马树亭内疚。有一次他甚至找了一个图钉，尖朝上放在马树亭的床上，但他在老头准备上床前将那东西拿开了。

李颂国闯了一次大祸，那是在半个月以前。一天中午放学，他忽然记起弹弓还放在书桌里，他返回去的时候，教室里只有王婵一个人在打扫教室，那女孩弯着腰在够墙角的一个纸团，没有发现他走进来。一开始李颂国只是想吓她一跳，不知为什么，他的一条短腿竟抬起来踹去，王婵就势趴了下去。王婵转回头，她没有骂他，也没有喊人，女孩的眼睛里蓄满了屈辱的泪水。忽然，她蹙紧了眉头，她的裤子里流出了鲜血。那是一个下雨天，闯了大祸的李颂国像一条落进陷阱的小鼠东一头西一头地撞来撞去，有两次他险些给迎面驰来的卡车撞倒。

他一气跑到家门口，大门上那个充当摆设的邮箱竟然有人投进了一封信。真稀罕，谁会把信给老头寄到家里来呢？想也没想就将信取出。信封上赫然写着松风医院的名字，双手抖得厉害，好容易将信封撕开。坏消息像血浆一样喷出来——

马树亭同志：

　　本院很抱歉地通知您，病人李淑兰于六月十日突发脑出血，本院虽进行了积极抢救，但终因病情严重医治无效，于六月十二日死亡，请您代为通知家属与本院联系。谢谢。

他疯跑起来。等他清醒一点，发现自己跑到了荒芜的五七湖边。湖水漾到了反帝广场不远的一处变电所，淹没了杨树林间的小径。那条小径旁边有一条宽一米左右的水沟，现在成了一条河，汇流着附近的下水道里涌出来的浊水，向湖里注去。反帝广场上，有人在汉白玉塑像的周围叠了一米高的土坝，草包的缝隙渗透出泥水。李颂国抱着一棵杨树，烟雨迷蒙中，他看见五七湖上飞来了一群打鱼郎，正在灌木丛和蒲草尖上起起落落。那里正是往日湖堤的位置，湖堤上的几根电线杆歪在湖水里。雨水从树上滴落，在树冠的遮蔽下仿佛比外面的雨还要大。

雨水沾得他湿痒难耐，伏在树皮上的黑蚂蚁乘机钻进了他的脖领。他来到河边，河边的一棵树下竟然拴着一条小船，他解开缆绳跳了上去，小船在湍急的河水里打了一个转，然后向下游冲去。这时候，他才发现船上没有篙，也没有桨，他根本无法控制那条小船，小船迅速向湖里冲去。雨大了，前面一片迷茫。李颂国闭上了眼睛。眼看着小船就要冲进湖里，船体忽然一震，他给甩了出去，万幸的是他抓住了伸进河水的一条树枝。船撞到了一块石头，已经翻了。

妈妈死了。

妈妈已经死了。

你已经没有妈妈了。

雨停了。乌云散去，太阳暖洋洋的，等他平静一点，发现身边的世界仍很繁忙。他倦怠起来，在灌木丛中睡着了。他没等到夜露上来，就和五七湖哪个角落跑出来的鸭子一起踏上了归途。李颂国回头看看黑下来的湖面，忽然间想起蒙在毯子下面的曲建国，他的脚步慌乱起来，把那些鸭子撵得嘎嘎乱叫。在他身后的湖面上，太阳已经西沉。

他将那封信埋在淤泥里，他告诫自己不要将这个不幸的消息告诉马树亭，否则老头也许会抛弃他。

第七章

那是连雨天之后一个晴朗的上午，太阳照在马路边薄薄的一层淤泥上面，被冰雹打落的糖槭树树叶的霉斑变黄变硬，空气中弥漫着一股清香的潮湿的土味。

殡仪馆的车驶过东风大街，就停在五七馆后面的便道上。司机是个这年头不多见的胖子，戴着一副白手套，他还穿着一件医生穿的白大褂。显然，他已经不耐烦了，他倚在车门边抱着肩膀抽烟，不停地看表，大声叱责一眼照顾不到就用手触摸车灯的小女孩。

这是一辆黑色的面包车，就像刷了一层柏油漆，没有光泽，黑得透不过气来。

"我还有许多工作要做。要不是看在那小姑娘是这个居委会第一个申请火化的人，我才不会有这个耐心呢！"殡仪馆的司机嘟嘟囔囔地说。

"你不要性急，老王太太把居委会也请来了，正在做儿媳妇的工作。"和他讲话的老头巴结地劝说着，一边好奇地侧着耳朵，听那院子里传出的叫骂声。

長勢喜人

马树亭说："我儿子和那个吊死的小姑娘是同学。"

"我听说那个小姑娘死得挺蹊跷的？"

"这可不敢说，咱可不敢乱说。"

"孙女都没了，你还在乎你的那口棺材，你叫大家评评理。"王婵的母亲说。

"大媳妇，你不要这样跟我说话，这不是棺材的事。"王婵的奶奶人老得像一颗干枣。

"这口棺材我要定了，我不会同意把女儿送炼人炉。"

"你这骚卖的，你是要成心气死我呀！你要是把姑娘看住，也不会有今天，可怜我挺好的小孙女，唉，都怪你。真是有其母必有其女。"

"是你们家的种不好哎，你还说到我头上了，她死了，你还骂她，她死了，你还骂她。我可怜的小婵哎……我告诉你，我就要用你那口棺材殓我女儿。"

"我说了，这不是棺材的事。我已经和政府说过了。"

"从嫁到你们家也没看你这么积极过，响应号召，骗谁呢？"

"我就是要响应一回。我说了，这不是棺材的事。有些事我不能说呀，家丑啊！"

王家隐而不说的事早已经传开了，谁知道呢？那么大个孩子竟然怀了孩子！并且出现了流产先兆。王婵的母亲打了她一宿，坚持问那孩子是谁的，这孩子就是咬着牙不开口，母亲打累了，一觉醒来，她已经在门框上吊死了。

王婵死了。王婵死了。

李颂国在阿尔巴尼亚小楼前面的草坪上看见了高春阳。高春阳告诉他学校通知星期三正式恢复上课，然后神秘地问他看过王婵的骨灰没有。

"真没想到，人会烧成灰。你知道骨灰像什么样吗？"

李颂国摇摇头，他拿不定主意是否要去看看。

"像盐。"

"像盐？"

"像盐。和盐一样白，和盐粒一样大。"

高春阳说："你去看看吧，刘冬生他们都去了。王婵的骨灰就放在她家院子里被人参观呢！"

李颂国在汽车厂三站的站台上又坐了一会儿。54路有轨电车冒着蓝色的电火花。车停下，哐一声。小贩们挤满了站台。小贩们大多是一些中年妇女，脸色黑红，戴着一副花套袖，卖瓜子、口罩、鞋垫。山楂糕一毛五一块，上鞋底的大马蹄针一毛钱三根，叫卖声和电车的汽笛交织在一起。他最后还是决定去看一看。

王婵家的门口仍然排着长队，驶来了一辆红旗轿车和一辆蓝色的小解放牌卡车，即使空气中都弥漫着油漆味和汽油味的厂区，一辆红旗车竟会停在这条小街上也令人惊讶无比，立刻就有小孩子围上去。而大人们则注意到了卡车上的宣传板和一面系着粉色绸子的大鼓。宣传板上写着"火葬是移风易俗新风尚"。几个戴着柳条帽的工人手里拿着锣和鼓槌。他们在等待着大人物发出指令。那个穿干部服的胖子神色庄重地走进王家院子。二十分钟后，他在王婵母亲陪同下走出来，他向车上做了一个手势，鼓擂响了。大人物开始为王婵的母亲颁发奖状，报社的记者抓拍下她接过奖状的一瞬，她暂时从失去女儿的悲痛中解脱出来。她更关心的是大人物手中的红纸包，那是一笔数目不详的抚恤金。颁发的仪式过于烦琐，大人物在鼓声的间隙对记者发表看法，他号召向王家学习，富有想象力的

长势喜人

话是："如果现在不推行火葬，郊区的农民们就会在坟头上种玉米了。"王婵的母亲几乎坚持不下去了，她拿到了钱，眼中立刻涌出了泪花。她哭出声来，她没想到女儿会以这种方式报答了她，她想起女儿脖子上的勒痕，把那个红纸包塞进裤腰，一边猜测着里面会是多少钱。

锣鼓声被更洪大的声音淹没。街口处行来一支更大的游行队伍，高音喇叭播放着一曲歌颂张志新烈士的歌曲。张志新是辽宁省委宣传部的一名干部，一九七五年，她因为怀疑北京的大人物而被当局割断喉咙然后枪杀。"向张志新烈士学习！""向'四人帮'讨还血债！""喉咙断，真理存，革命精神永不灭！"

口号声、歌声汇聚着高音喇叭，声音如不透气的帷幕，把这个夏天整个包裹起来。洪大的声音震得糖槭树的树荚抖动起来，游行队伍的汗水和激动使空气变得湿润，马路上弥漫着一股潮湿的土香。下雨了，雨点打在姑娘激动的脸上和小伙子们的臂膀上，溅开一朵朵小水花。雨中，游行的年轻人更加群情激昂。"让暴风雨来得更猛烈些吧！""你们雷，你们电，你们一起来吧！"

李颂国躲在五七馆门口的雨搭下面，目送着东风大街又一次大规模的游行队伍在雨中走过。大街上有一个人蒙着衣服跑来，马路牙子下面已经有了奔忙的水流。19路车爬上三站附近的坡路，他看见一个人在车后奔跑，那个人裸着上身，一只手挥着湿衣服，显然已疲惫不堪，那个人乘公共汽车停在站台上的当儿超了过去，他边跑边回头，但看见19路车从后面开来，他又加快脚步。那个人竟然在和19路车比赛。李颂国突然间认出了那个人，是苏文兵，没错，就是他。他的双腿颤抖起来。生怕苏文兵会看见他。然而，没有。

在三十米远的地方，苏文兵摔倒了。

在汽车刺耳的刹车声中，苏文兵慢慢地爬起……

長勢喜人

第八章

那年夏天，李颂国长得很快，皮肤变黑，两腮变硬，下巴第一次出现了几粒小粉刺。更糟糕的是他的乳头处开始胀痛。他担心胸前会像女孩一样鼓起来，整日情绪低落，忧心忡忡。这是继两年前那个倒霉的早晨之后的又一次绝望的生理历险。那次情形还要更糟些，早晨起床，他看到左裤腿挽着裤脚，忽然想起自己的两条腿永远也不会一样长了，痛苦立刻淹没了他。他逃学了，下决心一到五七湖边就自杀。他向湖里走去，淤泥中的碎玻璃刺破了他的脚掌，回到岸上仍血流不止。他把算术本一张一张撕下来擦抹伤口，他确信自己已经用不着什么书本了。等血止住，他已经忘记了自杀，一步一颠地往回走了。倒霉的是这一次受伤的是右脚，他的心情恶劣极了，后悔刚才撕坏了作业本，极力克制着往回爬的想法——"我可不要像那些女生一样。"他烦躁极了。从前天感觉到自己乳头的胀痛开始，他的目光就从女生们瘦嶙嶙的小胸脯离开了。在上星期，他还注意到她们彼此指指点点时神秘羞涩的红脸蛋呢！李颂国拿不定主意该不该问一下马树亭，有几次在饭桌上话已到了嘴边，他捂着胸口抬起头，马树亭正在咔嚓咔嚓地吃着腌咸的地环，嘴里发出吧嗒吧嗒的声音。李颂国改主意了，决定长出李淑兰那样的大乳房来也不去问他。

事实上，马树亭也没有心情去管他，这些天，他早出晚归，回到家里就唉声叹气。在工厂里，他感到徒弟们不再像以前那样崇拜他了，他的班组里有三男一女四个青工，陈原和王红进做起了大学梦，正在复习，准备参加高考。那两个不参加高考的徒弟更难理解，自从看过日本影片《追捕》，孙华山的嘴里总是重复着"啦呀啦"的调子。一闲下来就诱惑林小曼脱岗和他去看电影。

担心林小曼会给坏小子们带坏，马树亭决心找她谈谈。一天晚上下班，他叫住了那姑娘。"你信任你的师傅吗？"他这样开头。

"你怎么这样问？"林小曼疑惑地看着他，她的脸上抹的一定不是雪花膏。她的眸子晶亮，眼角略微吊起，刘海齐在眼眉上方。这是一个十分喜爱干净的姑娘，工作服从来都是干干净净的。

马树亭发现自己竟然不敢正视女徒弟的眼睛。他结结巴巴地说："要是你信得过师傅，怎么说呢，我和你父亲的岁数一边大。是一样大吧？怎么说呢——"

"师傅，你到底要说什么？外面有人等我呢！"林小曼的眼睫毛很黑很长，这又是一个新发现。

"是不是孙华山？我就说呢，我看那小子每天都在打各种鬼主意，当心他把你给带坏了。"他感到十分气愤，怒气冲冲。

"你说什么呀？师傅，他会带坏我？"这姑娘的话让他瞠目结舌，"要说我带坏他还差不多。"

"师傅，要是没别的事，你就先走吧，我要换件衣服。"

转过身，马树亭的脚步变得有些踉跄，他没想到女徒弟会这样

長勢喜人

和他说话。他原打算和她好好交流一下。他的脚踢到一块擦机器的破油布，对。他就像这块破布，又脏又老，嘴里呼出混浊的臭气。

"师傅。"他听见林小曼喊他。

回头，看见的是林小曼的背影，那姑娘一边和他说话一边穿裤子。"你可别像我妈那样唠叨，要是在单位也有人天天管来管去，那日子可真是闷死了。"

天哪，她竟然没换好衣服——裤子——就招呼他，林小曼穿了一条浅粉色的内裤，他看得清清楚楚。他慌忙转回头，大步往外走，老脸发烧，心里咚咚直跳。走出车间大门，阳光似乎比正午还要强烈，他的工作服被汗水浸透了。他抬头看看，其时夕阳西下，他冷却下来，心中万分压抑。林小曼凭什么不尊重他？他是一个老头不假，难道他不是一个男人吗？他马树亭也是有过妻子的人。回家的路上，他的眼前交替出现两个女人的影子，但李淑兰发白发亮的脸怎么也不如刚才的一幕清晰，他想，他可能永远也等不到李淑兰出来了。

慢得就像蜗牛一样的 54 路有轨电车，从火车站的方向沿着市区转上一大圈，然后爬上两公里的慢坡才能开到炉灰线区。有轨电车的铁轨中间长着很高的蒿草，草叶上沾着电车上滴落的油污。阳光刺眼的时候，草尖反射出不正常的蓝色火焰。两边的树色很深，你听见电车哐哐的声音也不要急，它需要好半天才能爬到这呢！夏天湿乎乎地散发着油污和汗水混合的气味，粘在马树亭瘦嶙嶙的肋骨上。只要走进厂区，那件旧工作服就像长在身上一样，不管汗出得多少，有多难受，马树亭也不肯脱掉他的工作服。现在，他最喜欢待的地方就是车间的墙角，那是个阳光照不到的死角，散发着津津

長勢喜人

凉意，在这个角落，马树亭可以避免看见小伙子们结实的肌肉。机台那又传来林小曼的笑声，她笑得上气不接下气，马树亭叹了口气，他知道是孙华山又耍了一次怪态，这次他又用油污的大手在胸前按了手形？"她迟早会吃亏的！"他为那姑娘捏着一把汗。

"师傅，你说谁会吃亏？"王红进从杂志上抬起头，戴眼镜时间长了，他的一双近视眼眼泡发青，眼珠外突，他还长着一口龅牙，难怪他说不出动听的话。"你说林小曼吗？"小伙子神秘地笑笑，"你没看出来吗？我敢说林小曼是在勾引孙华山，用不了几天，他们就会搞到一起了。"

陈原眯缝着眼睛，垂涎地说："要是她那么对我，我早把她干啦，师傅，你干吗这么看着我——师傅——"

马树亭站起来走开了，走进洗手间，对着小便池一阵咳嗽。他的胸口胀痛，他打定主意明年七月到了时间就退休，他感到这个时代离他远了，年轻人玩世不恭，贪图享乐，身边的一切都让人看不惯，长时间的工作损坏了他的耳朵，可他宁愿听不见。他认为收音机里播放的歌曲不健康，演唱风格不严肃，来听听那些歌名吧，什么《甜蜜蜜》《初吻》《给我爱》——歌名就不正经，更不要说那"气嗓子"了。这样的歌曲装腔作势，勾引青年。他怀念原来的歌曲，那么高亢，快节奏，硬得就像工人的脊梁。

最后一次政治学习是在什么时候？现在，下班以后没有人再组织类似的学习活动了。时间一下子多得难以打发，马树亭怅然若失。他在房前开了一小块菜地，种了小萝卜和西红柿。他利用大量的时间看报纸。报纸上的观点让他欣慰，在青年人中大受欢迎的北京歌唱家李谷一被批评由"歌坛新秀"变成了"黄色歌女"，说明报纸还掌握在工人阶级的手里。最近，李颂国也让他伤透了脑筋，这孩子经常逃学，心事重重。没准把他弄回家是个错误，这孩子对他的依赖感正在减弱，看上去一点也不爱他。李颂国迟早会将线挣折，像风筝一样飞走。当这一老一少在一起的时候，马树亭絮絮叨叨，告诉这孩子做人要有情有义，知恩图报，心里却在揣摩，他们这种关系靠得住吗？也许他应该答应这孩子的要求，同意他退学，早一点学习一技之长。学什么呢？修理钟表？裁缝？烹饪好像比这两样更不适合。

林小曼和孙华山的关系有了突破性进展。他们约好了早些到单位，甚至到得比马树亭还要早。他们出双入对，一起下班，把饭盒和脑袋并在一起吃饭。自从林小曼明确了和孙华山的关系，她已不再接到电话就请假外出。找她的电话也比以前少了，靠电话最近的王红进已熟悉了那几个经常听到的声音，林小曼每次听电话，都努力地避开孙华山，尽量压低暧昧的笑声。

孙华山私下里向王红进打听都是谁打来的电话，王红进还没蠢到搬弄是非的程度，孙华山恨恨地说："你不说我也知道，又是那个男的。"

一个雨前的中午，旋风在街口刮起碎纸片和尘土，马树亭看见五七馆前面围着一大群人，他挤上去，人群中间倒着一辆自行车，车座和后轮沾满血迹，地上有很大的一摊血，血还未凝，看上去出事的时间并不长。他向周围的人打听，一个看热闹的中学生告诉他，汽车厂的一个青工杀人了。

"我看得最清楚，可是警察不问我。"中学生提提松松垮垮的短裤。他的脸色由于紧张有点苍白，但声音十分亢奋，"挨刀的男的和那个女的走得好好的，那个小矮个就从大树后面冲出来，二话没说拔刀就刺。就是那棵大树，你看，他就从那跑出来的。"

马树亭赶到单位，车间主任和支部书记早已等在那里，他们把一个胖子介绍给他，胖子是厂区派出所的所长，他向马树亭简单询问了几句，诸如孙华山平时表现怎么样，以及和林小曼的关系，等等。马树亭最关心的是事情严重到什么程度。胖子说："情形很恶劣，很严重。"一副不屑回答的样子，马树亭以此判断他破不了什么案。

下午传来消息，受害者已死在职工医院。受害者是纺织厂的保卫干部，姓王，二十七岁，妻子是市政府的打字员，有两个女儿。林小曼和保卫干部的不正当关系已传得沸沸扬扬。一种说法是林小曼从农村抽调回城，安排到现在的单位都是姓王的一手办的。本来一开始林小曼还指望嫁给他，可他的妻子拒绝离婚，还要到单位去揭发他。离婚的事情就拖下来，但他们一直保持着不正当关系。还有人说林小曼的男友不止这一个人，她认识的人中还有一个是总厂的出纳员。不断地有人来打探消息，王红进在车间门口挂了一块纸牌，"无可奉告"，可是这没有用，你可以不作答，但不能无视好事者探询的目光。

一个星期林小曼都没有上班，马树亭借口人手不够，到劳资科去打听，劳资科透露的消息是厂里准备对林小曼进行处分。"没准要打破饭碗。"劳资员同情地说，"林小曼也真是的，一个孙华山还不够吗？"她的话怎么听怎么有点幸灾乐祸。

高考成绩发布了，陈原和王红进同时考上了大学。这样，马树亭的四个徒弟两个考上大学，一个进了监狱，另一个被工厂开除。他找党组织谈话，要求不再带徒弟，支部书记是个南方人，说话口气很和缓，但坚决。他说孙华山和林小曼的事他也有责任，党组织还有许多拨乱反正的工作要做。当然年轻人的政治思想工作也不应该松懈。他讲了有半个小时，马树亭都不得要领，他怨恨自己的思路跟不上组织，再说他请求不带徒弟的想法并不坚定，连他自己也搞不清是不是在试探组织上对他的意见。最后，支部书记答应就他的问题进行研究，他一连几日忐忑不安。

研究的结果是马树亭被调到车间仓库做保管员。仓库距离车间有一百米，里面十分宽敞，散发着清漆和金属的味道。门前种着十几棵丁香树，在雨后十分清香。仓库的出库员叫马丽，一个很娇小可爱的女孩，喜欢吃零食，走路蹦蹦跳跳。马树亭比较了一下，马丽单纯活泼，性格和林小曼完全两样。

两个月过去，转眼已是秋天，林小曼事件差不多已经淡薄，很少有人提起。

那封信转到马树亭手里的时候，他简直有些不知所措。除了收到过李颂国就读的学校寄给他的家长意见征求表，再就是他的一个住在山东的远方侄子逢年过节会寄来一包花生或者地瓜干，他和外界已没有什么书信来往。信封的落款只写了两个字：内详。他想不出谁会给他写信。

信是林小曼寄来的。

如果你想帮我，就到我家里来。

如果三天后还没见到你，我就理解为这个世界上的最后一个亲人也不理我了。

信的背面有几行字写了又划，划了又写，马树亭只辨认出其中的两句话，一句是"师傅，请借给我五百元钱"，另一句是"永别了"。

他注意了一下日期，信是九月二十日寄出的，今天是二十七日，马树亭的心一下子提到了嗓子眼，林小曼约定的时间已经过去了三天。

风卷起落叶、纸片和尘土，电车就在九月底阴郁的大风天穿行。街上的行人一点也不见少，只是都低着头，来去匆匆。马树亭坐在靠窗的位置上，凉风从漏缝吹进来，他眯着红红的风泪眼，眼睛仍然看着窗外。他想那个姑娘八成已经没了，他既巴望着早点赶去她的住处看个究竟，又觉得已没有用处。有一会儿，他悲从中来，觉得林小曼白白地将他看成体己人，他辜负了她，心中有愧。车在铁路桥上停了一会儿，桥下面有一个女人仰躺在路基上，满脸是血，他紧张得心提到了嗓子眼。当然不会是林小曼，司机下去看了一回，和售票员通报说两分钟前出的事，一个妇女被一阵大风刮下桥去。马树亭看见了路基下面拧了麻花的自行车。下车时，那个女人血糊糊的一张脸仍然在他眼前晃来晃去。

解放大路一幢灰色四层旧楼里，林小曼住在三层朝阳的一个房间，走廊里散发着公用厕所和厨房的豆腥味，墙面十分杂乱，电线胡乱地爬进房间，挂在窗框上的尿布在向下滴水。一户人家的一个碗柜占了走廊的一大半，马树亭不得不侧着身子让那个半白头发的女人过去。他向她打听林小曼。

"你找小曼？她认识你？"她吃惊地打量他。

"我是她师傅，我姓马。"马树亭连忙解释。

"哦，是马师傅，我听小曼提起过你。我是她妈妈。"女人的表情松弛下来，她的嘴角下撇，眼袋很大。

"她没事吧？我接到她一封信。"马树亭的心又悬起来。

"我现在懒得管她，她在屋里，你进去吧。我还要到市场上去，就不陪你了。"马树亭看见她的步态蹒跚，边走边叹气摇头。

看见马树亭，林小曼一点也没有惊讶，仿佛料定他会来似的。惊讶的倒是马树亭，林小曼看上去并不像信上写的那么惨，她穿着一件长及膝盖的薄毛衣坎肩，胳膊光着，下面穿着一条白花的绿衬裤。她的眼泡浮肿，眼圈发黑，头发披散着，正在和一个小伙子打扑克。她摘下贴在脑门上的报纸条，薄嘴唇吹开贴在嘴角的纸条，打了一个很长的哈欠。她的口腔红得不正常，扬起胳膊时一点也不顾忌黑而软的腋毛。

"这是我师傅马树亭，哎，"她那样轻佻，随便地说，"你好像变胖了。"

马树亭尴尬地笑笑，一手捂住没有弹性的肚囊。他不知自己来得是不是时候，他环视着杂乱的房间，阳光从浅灰色的窗帘缝里照进来，立柜的反光照着墙上的发黄的水渍，桌子上还有咬了一半的黄瓜和一把小葱，屋子里混杂着香烟和樟脑球的味道。马树亭想他也许打扰了这对年轻人，他有点失望。

"你们接着玩，接着玩——"

林小曼已经下了床，从饭桌下面抽出一个木凳，"你坐，师傅，我知道你会来。"

马树亭压抑着的那点不快一扫而光。他想打听一下她的近况，她似乎不想现在就说，因为她将小伙子介绍给他，"我邻居，小李。我去烧壶水，你们先聊聊。"

小李终于走了。马树亭发现林小曼和方才已判若两人，头发失去了光泽，患着严重的口腔溃疡。

"师傅，我怀孕了。"那姑娘的精神涣散，瘫在床头。

長勢喜人

林小曼的手心冰凉，放在马树亭的大手里就像一个雪团。

"我想不出还有谁会帮我，我真的不知道怎么办。"

林小曼将手抽出，哆哆嗦嗦地抽出一根烟叼在嘴上，划了两根火柴也没点着。时光倒流十几年，马树亭想起了李淑兰，她们是多么地相像啊！

马树亭压抑着心跳，还从没有一个女人面对面地和他坐在一起，说起这样一个话题。马树亭极力地表现得像一个父亲。

"你妈知道吗？这事，我指的是你——怀孕的事。"

"知道，可是她帮不上一点忙。她除了叹气就是骂我，一坐到饭桌边就逼问我孩子是谁的。"她在凌乱的屋子里走来走去，想不起关一下散发樟脑味的立柜门，里面掉出一截粉色的卫生纸。

"我告诉她，我不知道是谁的，她气坏了，骂我不要脸，发誓要把我赶出去。即使不赶我，我也受够了。他妈的，我真的受够了。"她把苍白的手指使劲插进头发里，抱着头啜泣。

她说："我知道你现在想什么，你心里一定在说我不要脸。可我知道这个孩子是他的，是孙华山的，虽然我们只有一次。"

林小曼抬起头，眼神万分迷茫，"你知道吗，师傅，华山被判了死刑。布告就贴在胡同口。"

"可是我不能把这个孩子留下。"林小曼任由泪水流下来，"孙华山这个混蛋，他把我的一切都毁了。本来我和姓王的已定了婚期，他的离婚手续就要办下来了。可是孙华山杀了他。我们说好了的，我们在一起一次，然后彻底分手。"

"小林，这不是你的错。"马树亭实在想不出更好的话来安慰她。

"你不用这样说，你和我心里都清楚，这就是我的错。"

走廊传来吵闹声，马树亭听得出来，其中有一个就是刚才走的那个小伙子。果然，小李推门进来，他满脸通红，十分气恼，"小曼，我在和她们争电费的事，你家——你怎么哭了？"

"出去，"林小曼干脆地说，"我现在没心思和你谈电费的事，你爱怎么交就怎么交。"小伙子摇摇头，走出去。

屋里静下来，窗外刮进油炸麻花的香味，厨房水龙头漏水，滴滴答答，应和着地桌上马蹄表的声音。

"小林，我不知道我该怎样帮你，要是你需要钱——"马树亭嗫嗫地说。他的手又被林小曼抓住，林小曼的小手凉凉的，有些僵硬。

"不，我不用钱。"这倒出乎马树亭的意料。

"我想让你陪我去医院。"

"去医院？去医院干什么？"

"陪我去打胎。"

"陪你？打胎？"马树亭差点跳起来。

林小曼说："如果我一个人去，医院不会给我做手术。师傅，我没别的人可求，只好求你了。"

"可是，可是你不觉得我太老了吗？别人不会相信。"

林小曼急切地说："会相信，怎么会不相信？"师傅没有拒绝，她长出了一口气。

马树亭满脸涨红，"我想，你应该找一个年轻人，我听说你认识许多人。"

林小曼的脸色一下子白了，她站起身，看得出，她极力地压抑着自己的情绪，免得发作出来。

"你不答应也没什么，我知道你是怕别人知道。"

马树亭倒吸了一口冷气，他怎么没想到这个呢？汗水流出来，

长势喜人

他想，他肯定昏了头了，真的，如果被人知道，被人知道他陪林小曼去打胎，别人会怎样想他呢？

"男人，没有一个好东西，他们都只想占你的便宜，一边想着怎样占便宜，一边想着怎样脱身。如果你出了事，他们都变成了缩头乌龟，没一个肯出头帮你。我算看透了。"林小曼长叹一声。

马树亭善良而怯懦的心忍受不了林小曼的叹息，他做出了一生中最具有勇气的一件事。

"我不是说不肯帮你，我是说我太老了，我老得都可以做你的父亲。"

林小曼的表现真让他难堪，她竟然走到他跟前，两手捧住马树亭的脸。

"师傅，你抬起头来，你不老，你真的不老。"

马树亭眼泪唰地流了下来，莫名其妙地抽泣着，心里明白，可就是控制不住自己。林小曼抽回手，抱住他的肩头，轻轻地拍打，任由他哭成个泪人。

走在大街上，马树亭仍然羞愧不已。林小曼反过来安慰他，这事多么不可思议啊！

晚上，躺在单身汉冷冰冰的散发霉味的被窝里，听着窗外刮落杨树叶的风声，月光拓下的树影就在墙壁上摇晃，阳台的铁皮烟囱颤动着，不时地响上两下。马树亭抖个不停，明天的情形会怎样，他已设想了上千遍，每次都心悸发冷。他担心被人看见。虽然林小曼和他约好，一切都由她来回答，但万一医生要问他本人该怎么办呢？他想起陪李淑兰去医院的情景，现在又是林小曼，这两个女人肚子里的孩子都和他无关，可是都需要他去应下那个虚名，命运一而再再而三地和他开玩笑，他感到万分沮丧。后来他睡着了，希望黎明不要到来。可是凌晨四点他就醒了，窗外的麻雀在啁啾，刺耳的消防车叫着穿过街道，他的床轻轻地颤动。

马树亭站在百货商店门前的书报摊后面，看见林小曼在向他招手。他在人流和车流中横穿马路，巴不得斯大林大街宽些，再宽些。红灯，一辆公共汽车横在马路中间拦住去路，车窗里，一个年轻的母亲抱着一个两三岁大的女孩，女孩胆怯地扒着车窗向外看，马树亭的心深深地被刺痛了。如果林小曼肯将孩子生下来，如果她肯把孩子给他——车启动了，马树亭险些撞到一辆自行车。

林小曼穿着一件暗红色的方格凡立丁上衣，蓝裤子，脸色十分苍白，眼睛布满血丝。她的腹部还看不出有什么变化，马树亭第一次注意到她的臀部，总的说来，她的表情还算轻松，看上去十分漂亮。

"我还以为你不敢来了。"林小曼一笑露出一口洁白的牙齿。

"怎么会呢。"马树亭心不在焉地说，他极力掩饰着紧张，忍不住东张西望。

"如果有熟人看见，就说我们看病恰好遇上了。"林小曼拆穿了他的心思。

市医院的前厅有些阴凉，弥漫着医院特有的气息。林小曼在挂号窗口排着队，她的肩膀向前倾着，透露出胆怯和疲惫。马树亭想点上一根烟，导诊员及时发现了他的企图，她用眼神制止了他。

林小曼手里拿着病历和挂号单据向马树亭走来，她的脚步略显急促，"我一前一后都是挂妇科的，早知道这样我会换个时间来。"

马树亭安慰说："不要紧，我请过假的。"

"你说你到医院看病？"马树亭点点头，林小曼感兴趣地问，

长势喜人

133

"你说你身体哪不好？"

马树亭老实地说："痢疾，我一周前就到厂医那去说我坏肚子。"

林小曼笑了，但笑容转瞬即逝，她皱起眉头。

"我们也许应该托人介绍个熟人，可是真糟糕，除了咱们职工医院的那几个大夫我再没一个熟人。"马树亭自责地说，"你说师傅这辈子过得是不是太窝囊了？"

"以前一个邻居的女儿就在科里当护士。昨天我和她已经打好了招呼。"

马树亭感到慌张，他还从没来过一家大医院。马树亭觉得后背一阵发凉，回头，恰好赤面大脸的导诊员在指点他的背影，有一个清洁工也拄着拖把，饶有兴趣地眼神复杂地向他们看着。马树亭的手脚变得僵硬，试图和林小曼拉开一点距离，希望人们把他们想象成父女，或者毫不相干。

妇产科门口的长椅上坐着两个乡下妇女，她们衣着土旧，脸色惊惶，马树亭长出了一口气，他并不像想象的那样引人注目。林小曼进去找人了，马树亭不好意思探头看，他尽可能离门远一点，又怕林小曼出来找不见他。林小曼出来了，脸色很难看。

"那个熟人不在？"马树亭的声音干涩，压抑着咳嗽，"要不我们等一下，她是不是忘了时间？"

林小曼苦笑道："她也许在躲我，像我这样的人还有谁看得起？"她的声音孤单凄凉，就像冬天刚捞出的腌酸菜。

"可是，她不是答应了你？"

"答应了也不一定算数啊！"林小曼握握马树亭的手，"师傅，你的手心都出汗了，你不会也变卦吧？"

马树亭被林小曼一握，握出许多勇气来。林小曼乘机说："我们一起进去，自己试试怎么样？"

马树亭被林小曼拉着迈进妇产科门诊的一瞬，他感到自己被绑架了，他无端地猜测林小曼也许根本就没什么熟人，这一切都是她策划好的。但此时已不容他再退缩，他一生进过两次妇产科的诊室，这两次又是多么地相似啊。

妇产科诊室和职工医院的门诊并没有太大的不同，里面有四张办公桌并成两处，靠窗的一处有两个医生被三四个人围着。

林小曼几乎没在一男两女三个医生之间做选择，就直接坐到男医生的办公桌前。马树亭站在一步开外的地方，他的心提到了嗓子眼。

"你上次来月经是什么时间？"那声音平静得没有任何色彩，相反，倒像一杯冰水。

"两个月以前。"林小曼回答。

"说具体些。"

林小曼回头看看，马树亭慌忙移开目光，可是他的眼睛无处可看，他看见里屋挂着半截门帘，门帘上写着"人流室"三个字，他还看见里面立着一个屏风，门口的垃圾桶里，扔着染血的纸团。

"我在问你，上次月经是什么时间？"男医生又问道。

"七月三日。"林小曼轻声回答。

七月三日，恰好就是他们在外面聚餐的那天，他记得清清楚楚。

"是第一胎吗？你拿定主意了？"男医生转过头看看马树亭，"你丈夫来了吗？"

"来了，老马没意见。"林小曼半转过身子，她看见马树亭面色涨红，大汗淋漓。

诊室里静极了，一屋子的人都在看他，他们一定把他识穿了，

长势喜人

他恨不能找个地缝藏起来，他不该一时冲动答应林小曼，她为什么要选他到这里来丢人现眼？

早在旁边观察好一会儿的女医生站起来，"我想你们一定把结婚证带来了？"

"老马，你把结婚证拿给医生看看。"林小曼向他使个眼色。

"没，没在我身上，"马树亭结结巴巴地回答，她真不知害臊啊，不是说好了吗，不管医生问什么都由她自己回答，可她却这样问他。

"你真粗心，临出门时我还问了你一句。"林小曼埋怨一句，对医生说，"对不起，我们忘带了。"

"医院有规定，流产手术必须持有结婚证和介绍信，以免被不检点的人钻空子。"女医生似乎已看出了蹊跷。

"你什么意思？你说谁不检点？"林小曼站起来，她的脸白得像纸，她按着桌子的手在发抖。马树亭还是头一次看见她这样。

"别装了，"女医生嘲讽地说，"要真是夫妻，你们拿出证明来，或者，你让他说一声。"

马树亭想说，可是他说不出来，林小曼气急败坏，"我要找你们领导，这叫什么态度。走，我们去找他们领导。"林小曼急匆匆站起来，使劲一拉马树亭，马树亭不知所措，木在那里。

"怎么回事？"窗口坐着的那个中年女医生此时走过来，"小徐你不要吵，有话慢慢说。"

林小曼仍嚷道："还说什么？我要去找领导。"

那个徐医生抱起双肩哼道："这就是我们赵主任，你说吧。"

"你说，她这是什么态度？"林小曼的声音低下来，透出心虚。看得出，她巴不得快点离开。

马树亭和赵主任四目相对，马树亭认出她是赵剑苹。

赵剑苹下颏瘦削，两条很深的纹路一直斜向嘴角，面色和头发一样没有光泽。她的胸前挂着一个听诊器，两手斜插进口袋里，大拇指却露在外面不自觉地活动着。

"你们是夫妻？"赵剑苹斜睨着林小曼。

不等马树亭回答，赵剑苹吩咐那个徐医生："给她做了。"

林小曼疑惑地看看马树亭，又看看赵剑苹，然后随徐医生进了人流室。赵剑苹示意马树亭坐在诊椅上，那几个乡下人又围上来，其中一个乡下干部模样的妇女和她探讨起有关结扎术的问题。原来是她动员几个育龄妇女来做结扎术，结果到医院她们都变了卦。女干部一边大诉其苦，一边求赵剑苹去替她做门口那两个女人的工作。"乡下的计划生育工作太难了，"她说，"我告诉她们做这种手术不疼，可她们就是不信，赵主任，你去和她们说说。"

赵剑苹冷冷地说："是手术就不会一点不疼，结扎术不像做人流，做人流也不会不疼。这样的话我不能说。"

那个女干部仍然恳求她，她仍是不肯。其间又来了一个病人，不停地喘着。赵剑苹让她撩起衣服检查她的乳房。马树亭想回避一下，赵剑苹却叫住他，说有事要问他。

马树亭如坐针毡，又怕赵剑苹询问他和林小曼的关系，赵剑苹问他的却是："李颂国那孩子怎样了？"

这时，有人喊赵剑苹去听电话。赵剑苹走出诊室。马树亭借机站起来走到外面，他感到脚底下也被汗溻湿了。走廊的长椅上哭泣的乡下妇女离开了。窗外的葡萄架的叶子开始变黄，有人坐在下面的石凳上看报纸和嗑瓜子，墙角的蒿草变硬变黑，一只小鼠忽地跑过，林小曼出来了，站在他的身后，手术看来很简单，这么快就完了。

林小曼脸上没有一丝血色，嘴唇也有些发白。她不用马树亭搀扶，走路时两腿有些外分。他们来到6路车车站，林小曼无力地坐到冰凉的铁椅子上。马树亭脱下自己的上衣垫上，林小曼感激地笑了笑，她笑得真好看。林小曼确实是一个漂亮姑娘，马树亭慌乱地把目光移开，对面，市医院的门口被一辆急救车挡住了，急救车的顶灯不时地闪着蓝光。想起来了，他忘了和赵剑苹道别。

十月份过去，天气彻底凉了。京胡桃的叶子落光了，天幕毛虫的死尸裹在蜕里随风摇晃。三站也较前日萧条了许多，卖菱粉糖的南方小贩已打道回家。暖气要等一个月以后才来，室内十分阴冷。十一月份的第二个星期三，马树亭终于下定决心去探望一下林小曼，避免别人的闲话，他决定带上李颂国。这一老一少坐了半个小时的有轨电车，又在萧瑟的大街上走了二十分钟，来到了解放大路林小曼的住处。站在湿漉漉的过道上，马树亭却犹豫了，想不出自己为什么要到这里来。

三楼的一扇窗子开了，林小曼在向他们招手。马树亭气喘吁吁地站在林小曼面前，他发现林小曼的气色好多了，让他不快的是又遇到了那个姓李的小伙子，小李正在帮林小曼糊窗缝，他的两手粘满糨糊，一副心甘情愿的样子。

和前些日子相比，林小曼几乎判若两人。她脸上扑了太多的粉，还淡淡地点了腮红。他们的谈话注定会十分尴尬。他关心对方恢复得怎么样，又不知怎样才问得出口。林小曼呢，巴不得忘记那件事，而马树亭又恰恰是唯一的见证。她借口屋子里杂乱，将马树亭让进厨房。厨房很小，林小曼倚在门口，不安地看着外面，怕他们的谈话被外面听见。还好，邻居家养在走廊里的鸡十分帮忙，不断地打鸣，否则，厨房里散发着葱和酱油味的空气就太沉闷了。

"我腻烦透了，我妈整天唠叨个没完，就像你听见的那只老母鸡。"林小曼用手绞着一块抹布，指头缝里滴下几滴米汤一样的脏水。

这是马树亭第二次听见她抱怨自己的母亲，"你不该这样说你的母亲，她总归是关心你的。"

"你的口气就和她一模一样，我原来以为你站在我一边，对了，你们年龄差不多。你们这些老年人啊！"她无奈叹着气。

"你看我像个老糊涂吗？"

"像，简直就是。"

马树亭的脸一直红到耳根，这种半真半假的玩笑让他受不了。他怕冷似的缩着脖子。

林小曼厌烦地打个哈欠，她毫无顾忌地张开嘴，露出一口洁白牙齿。她的口腔却红得像染了腐烂的樱桃汁。

"你就是因为我老糊涂了才找我来帮你？"她太过分了，马树亭气冲冲地问，可是发出的声音却像一个软柿子。

她也发现这玩笑开过火了，她没有一丁点理由伤害他，她应该表现出感激。"你怎么当真啦？师傅，我是和你开玩笑的。"林小曼收敛起笑容，动情地说，"你知道吗，我给十几个人寄了同样的信。他们要么置之不理，好像压根没有这回事。更可气的，有一个家伙竟然以为我是和他开玩笑。写给你的是我写的最后一封信。"她打开橱柜取杯子，准备给师傅倒杯开水，可是当她转过身，马树亭已经不在厨房里了，她听见房门被重重地带上。

林小曼站在窗口向下看，她看见那一老一少急匆匆地走出楼门洞。马树亭缩着肩膀，李颂国跟随在后面，不时地回头向楼上看，他没有发现她。等她意识到马树亭受到的伤害有多深时，他们已拐

长势喜人

过楼角走到马路的对面去了。

新开了19路车，有轨电车里仍然十分拥挤。李颂国巴不得离开马树亭，老头一把鼻涕一把泪的模样让他害臊。还好，老头没有上车，否则他真不知道怎样才能在人堆里避开老头习惯性地按在他脑袋上的大手。砖墙上的标语口号斑驳不堪。城市住宅里杂乱的水泥烟囱口的白烟被冷气压着，像哮喘病人嗓子里的黏痰，吐出去费劲儿，可又咽不回去。

走到公共汽车站，马树亭仍然无法平复心灵的创伤，他感到自己受了侮辱，像小孩子一样给人耍了。同时，他还为这些日子的想入非非感到脸红。活到这个年纪，他还会动别的心思，这多么可悲呀！难道他动了别的念头吗？他的心里乱极了，搞不清自己是不是在后悔，公共汽车开来了，李颂国向他示意。马树亭双眼一热，借口风泪眼掩饰过去，装作忽然记起什么的样子。他让李颂国自己回家，目送着车在灰蒙蒙的街头远去，然后向地质宫广场走去。

冬日的午后，路两边花坛里的脏雪堆溢在马路边上，而柏油路面则满是汽车尾气和刹车油污的痕迹。地质宫的琉璃瓦反射着磨砂玻璃般的光晕。广场的灌木丛北边，有十几个大学生在椭圆形的冰场上学习滑冰。几年前，冰场那还是一片烈士陵园，埋着几十个"文革"武斗中阵亡的学生，清明节或国庆日，死者的亲属和战友们会来祭奠和哀悼，附近的几所小学也常在坟前举行红小兵入队宣誓，孩子们操着稚气的声音，发誓要继承先烈的遗志，将革命进行到底。"来到地质宫，走过青草坪。烈士墓前来了红小兵。举手敬队礼，献上花圈表忠心。想起当年风和雨，战场炮声轰隆隆。不是你们洒鲜血，哪有今天好光景。我们是红色接班人，不怕山高路不平。我们要踏着烈士的足迹，永远向前向前进。"

然而现在一对对冰刀在冰面上犁开一道道冰冷的伤口，那些嘎吱吱的声音仿佛是无谓的亡灵的叹息，叹息和怨恨变成气泡，冰面上便鼓凸起来，滑冰的人摔倒了，却爆发出一阵阵笑声。亡灵受到了嘲弄，巴望着再有人摔倒，果然有摔倒的人被别人的冰刀划破了额头，鲜血滴在冰面上，就像亡灵的眼泪。

马树亭站在一棵杨树下面，向冰场那看着，他的脑袋空空如也。后来，他注意起十米开外的那个女孩。她就在灌木丛中间的甬路上来回地踱着，围着一条长围巾，不停地跺着冻麻的双脚。她已经来来回回地走了一个小时，其间有一个男人主动和她搭讪，那个人穿着一身蓝色的中山装，风纪扣扣到喉咙，拎着一个公文包。她好像吓坏了，"公文包"匆匆走开。那个姑娘也发现了马树亭，她向他走来。

"姑娘，你没事吧？"

马树亭穿着一件黑呢大衣，戴黑呢帽，一双眼睛关切地看着她。

"你有火吗？"那个姑娘看上去不会超过十七岁。她掏出一支七星烟，手却在不自觉地哆嗦。女孩的表情终于舒展了一些，可能是老头的表现给了她信心。

"向你借个火。"她的嘴角叼着烟意味深长地一翘一翘，烟丝在唇间留下一丝苦味，"喏，帮忙点上。"

故意把脸凑上前去，将热气哈到老头的手心里。"几点了？"

老头抬起手腕，结结巴巴地说："两点。"他掩饰着极大的不安，好像随时都会逃走，可是脚却粘在原地。

她吐了一个烟圈，"大爷，我想向你问件事。"她往前凑凑。"你有一百块钱没有？"她轻描淡写地小声问道。

"你，你想干什么？"老头下意识地按住前胸，四周张望。

"你把钱给我，我陪你。"她喘不上气，像是窒息了。

"你，你陪我什么？"老头的眼睛仿佛要从眼眶里弹出来。

"我陪你睡觉。"她终于说出来了，原来这两个字并不那么难以出口。

"你，你……"老头打个趔趄。如果没有后面"爱护花草树木"的牌子挡着，他没准会跌进雪堆里。

女孩扫兴地唾了一口，向前迈了一步。

"你别过来。"老头压低嗓子喊道，"再往前走，我喊警察了。"

"你喊吧，"她说，"警察一来我就告诉他，说你想强奸我。"

老头愣了一下，显然对她的镇定估计不足，随即他软下来，几乎是甩起了哭腔，"姑娘，你放过我吧，我给你十块钱好不好？"

她唾了一口，准备走开了。

没有人会想到，包括马树亭本人也想不到，马树亭怎么会忽然冲动起来。

"姑娘，姑娘。"老头的声音像蚊子叫。确信没有人注意这里，"你刚才说什么？"老头的声音怪怪的，连脖子也红了。

"我好像听你说，可以——"老头的喉咙急急忙忙地蠕动着，嘴唇也在颤抖，"我听得没错，可是——"

"我知道你没钱，你走吧。"

"我有钱。"老头的喉咙蠕动着，脸红得像一块猪肝。一个人从那边的树丛转出来，奇怪地向这里看，老头忽然转回身干咳起来。

她的双手抱在胸前，看出他在演戏。

结果老头的泪都咳了出来，"我没干过这事，姑娘，我——你不会骗我吧？你好像还不到十八岁。"

她嘴角翘了一下，烟屁股弹到老头脚下，他穿一双军用大头鞋。"我们走吧。"

"去哪？"老头像一只受惊的兔子。

"去我家。"

"去你家？"

"那去你家也可以。"

老头的警惕变成半信半疑，"你家里不会有别人吧？"

"真是麻烦，我走了。"她的不屑果然刺激了对方。

老头忙不迭地说："我，我这是第一次，你别生气嘛！"

"我可不是第一次——"她的脚像是踩在棉花堆里，身后的人一脚高一脚低，脚步声十分沉重。

马树亭全身燥热，咬着牙跟上那个女孩，压抑着回身就走的念头，脑子里两个声音在大吵大嚷：马树亭，你要犯错误了，这叫嫖娼——犯就犯吧，去他的林小曼，去他的李淑兰，去他的劳模，犯就犯吧，犯吧，犯吧，犯吧——

女孩先过了马路，她圆圆的臀部故意一扭一扭。女孩在马路对面冲他招手，一辆车挡住了彼此的视线。短暂的昏头昏脑过后，马树亭大汗淋漓，他转过身子逃了。谢天谢地，他庆幸自己保住了晚节。

傍晚，马树亭身心俱疲地走回家，他看见李颂国正对着桌子上的花盆出神。花盆里的花有着碧绿的小叶片，绿得发亮的叶片上有着明显的叶脉。

"是林小曼送来的。"孩子告诉老头，"林小曼让我告诉你这花叫做君子兰。"

马树亭没问林小曼是什么时候走的，这已经没有必要了，因为这盆花就是她对他的最好的补偿了。

第九章

必须承认，在这个年龄再重新回到婚姻中去可不是桩容易事。她的两个孩子一个在读高中，一个在读初中。在过去的十几年，她独立感受着生活的艰辛，孩子们并没有因为她是医生就少闹毛病。相反，她们摊上过所有的流行病，包括麻疹和流行感冒。小女儿得麻疹的那次，她从外地开会回来，整夜坐在女儿病床前面，一边内疚，一边流泪。当晚，值班的是葛医生，他取笑她神经过敏，"你是去开会，难道你就不能有一点自己的时间吗？"葛医生是妇产科的主治医生，有着棱角鲜明的下巴和纤长的女性化的手指。他拍拍赵剑苹的肩头安慰她。而她呢，抽搐的肩头突然僵硬了，等她松弛下来，他走出去查房了。另一个病房里，一个临产的孕妇在大声呻吟，声音充满了恐惧和孤单。葛医生重新回到她的身边，他说起他们在北戴河开会的事。"你学游泳还真不赖呢，我还以为你小时候学过，敢情你是第一次下水。"

葛医生说："小赵，你应该重新开始一种新生活，再这样下去对身体可大大有害。"他叹口气，"其实我还巴不得像你这样拥有一次重新选择的机会。"

她吃惊地看着葛医生，这个大男人眼圈开始变红。她对他的印象一直不佳。她听许多人讲过他的事情。葛医生当年是乡下的赤脚医生，他和村支书的女儿订婚，被保送进大学。在大学里，他用了四年的时间追求学院一个副院长的女儿。除了这个沉浸在爱情中的意中人，头发焦黄面色灰黑的副院长千金，谁都能看出来葛医生的目的。即使到了四十岁，葛医生仍然是相貌堂堂的。葛医生如愿以偿，他摆脱了乡下的未婚妻，分配到市医院。

葛医生说："小赵，我从来没和别人说起我的初恋。"他的鼻音很重，很有磁性。说到"初恋"两个字时，喉咙颤动。赵剑苹相信他动了真情。

葛医生淡淡地说："其实你见过的，就是前些天在咱们科里住院，得了卵巢瘤的那位。"

赵剑苹记起来了，那个女人长着一张圆脸，细眼睛，长相比葛医生现在的妻子强得多。

那次谈过话以后，赵剑苹对葛医生改变了看法。她感到他们之间好像多了点什么。她想起前些天在北戴河开会结束时，葛医生邀请她在那里多玩一天。难道？啊，她的脸红了，心跳加速。她开始躲避他，葛医生感觉到了，科里开会的时候冲她笑笑，笑得很单纯随便。她反倒不好意思了，怀疑自己神经过敏。可是一个月以后，她又和葛医生值夜班，葛医生说着话忽然停住，走了出去。她正莫名其妙地失望，他又忽然返回来，他一下子抱住她，她感到浑身滚烫，葛医生熟练地用舌头去分开她的双唇，他刚用冷水洗过脸，头发上的水珠滴到她的鼻翼上。她拼命挣开，打了他一个耳光。葛医生愣在那里，满面通红。她几乎就要说对不起了，他已经走了出去。

葛医生很快调去外科，在医院里他们还常能见面，有时打个尴尬的招呼，有时装作没看见。不久，葛医生和一个女护士的绯闻传得沸沸扬扬。赵剑苹长出了一口气，既惆怅又后怕，她恨透了葛医生。从那以后，她对男人在她面前诉说生活的不幸十分敏感，总是让他们闭嘴，然后不自觉地边打嗝边发出压抑沙哑的笑声。

她的嘴角和眼角多了警惕的皱纹，防范之心和裙子侧面的拉链一样紧绷着。其实除了刻薄和古板，她还是很端庄的，她戴一副黑色宽边的角质眼镜，胸前挂着听诊器，习惯将手插在衣兜里，而把大拇指露在外面。她把全部的精力都扑到工作上，当了妇产科副主任。以后，社交范围大了，她结识了市物价局一个姓赵的局长，赵局长的老伴患了宫颈癌，已经是晚期，她把诊断告诉他的时候，赵局长像一个孩子似的哭起来。他就趴在她的办公桌上，秃顶像油浸过的葫芦一样油亮。"赵主任，我想带老伴到全国各地走走，你看行吗？"

她同意了这个遭遇不幸的男人的请求，为患者办了出院手续。

晚秋一个雨夹雪的天气，赵局长只身一人来到医院，他穿着一件黑呢子短大衣，围着一条黑围脖，戴黑呢帽。不用说，他的老伴已经过世了。"我不知道怎么就到这里来了，我有话也不知道和谁说。我就想起了你，赵大夫，你笑话我了吧？"

"怎么会呢？"她说。她真的不会，她为这个男人的感情打动了，有这样一个丈夫，女人该有多幸福。她想起了曲建国。

赵局长请她到外面吃饭，她同意了。过了一个星期，这个退二线的局长又来了。他们一共出去吃了三次饭。赵局长是个幽默的男人，知识渊博。同事们私下里谈论他们的关系，她竟毫不在意。她

长势喜人

当然不会对秃头的二线局长动心，他患着严重的糖尿病，还换过一个肾，她感兴趣的是赵局长家里的几棵君子兰。她的变化很大，连自己都感觉到了。她患上了哮喘病，半夜憋得难受，起来大把大把地吃药。她穿着睡衣来到户外，风不怀好意地掀起裙角，下夜班的男人骑车经过时一遍遍地回头。路灯光渐渐模糊，她流泪了。生活真不公平，她没有做错什么，没有，真的没有。可是命运为什么惩罚她？丈夫离她而去，两个女儿不争气，电饭锅里的饭总是烧煳，办公桌的抽屉总有人拉开看，未来的生活黯淡无光。夜露打湿了脚面，她的身体冷却下来。阳光比任何镇静剂都管用，白天，她恢复了一个干练的知识女性形象。她怀疑自己提前进入更年期，自己偷偷地进行指标检测。B超室操作仪器的小护士是个小广播，热衷于传播各种小道消息，今天她讲的又是君子兰。她想起几年前她带着薇薇去看君子兰花展，在公共汽车上，薇薇突然来了月事。帮女儿处理完，她就没了去看花展的情绪，没想到几年工夫君子兰竟然这样热起来了。

"养君子兰的那些人都发大财了。这年头，有钱就能有一切。有棵君子兰就等于有棵摇钱树。"小护士吧嗒着嘴，她怦然心动。

赵局长有三棵君子兰，他向赵剑苹炫耀他的宝贝。窗台上的三棵君子兰有着好听的名字，开花有八个花瓣的叫"八瓣绵"，花瓣内有一个小花瓣的叫"红菱艳"。"你知道世界上最名贵的花有哪些吗？"看见他的听众摇头，赵局长得意地笑了，"荷兰的郁金香，保加利亚的玫瑰，还有希腊和突尼斯的油橄榄。可是最名贵的是哪一种呢？"她猜到了。"你说对了。"赵局长大手一挥，"就是君子兰。君子兰可是中国的宝啊。"

赵局长说："君子兰是圣洁的，我看不起那些想借君子兰发财

长势喜人

的人。"赵剑苹的脸红了。"赵大夫，我会送你几颗花籽，你放心好了。"

有人敲门，来的是赵局长的几个当记者的"花友"，他们正在筹办一份《君子兰报》。他们还带来了一个生客，很怯懦的一个人，六十多岁，穿一身洗白的蓝工作服。没等介绍，他却先和赵剑苹打了招呼，"赵大夫，你不认识我了吗？"

那几个记者高兴地说："我说老马有名吧，人家是汽车厂第一君子兰大户，你看赵大夫都知道咱们老马。"

马树亭尴尬地说："我和赵大夫是老相识，和君子兰没关系。赵大夫，你，你还好吧？"

隔几天，赵局长来电话请赵剑苹到他家里去。赵剑苹一眼就看见老头摆在厅里饭桌上的几粒花籽，闪着紫檀色的光泽，十分圆润好看。老头把她请进书房，老头正患着牙疼，显得十分焦急。他向她讲起去世的老伴的种种好处，然后欲言又止。最后他下定决心，说："赵大夫，有一件事我说了你可不要见怪。"她猜到他可能要向她求婚了，心嗵嗵跳，想怎样回答才不至于让对方下不来台。果然，老头说："赵大夫，你一个人这么多年过得不容易，你就没有想过再组建一个家庭？"

赵局长说："你误会了，我咋敢有那种想法呢？我说的是另一个人，对了，你们是老相识啊。"

赵局长说："我说的就是马树亭啊，这些花籽就是他送给你的。这件事也是他求我的。"

雪像细沙一样打在玻璃窗上，窗台上花盆里的腐殖土冻成了泥坨，那几粒花籽会发芽吗？她一想秃顶的赵局长殷勤的笑脸就打冷战。单身女人的日子真是过够了，可是现在回到婚姻中去又没有中意的人选，她实在下不了决心。你猜薇薇那丫头怎么说："要找，就找个有钱的。他有钱吗？那我没意见。"这是什么话？这丫头越来越不像话了，她怀疑有许多事情自己不知道，一想到女儿已经学坏，她就感到心力交瘁。暖气烧得不好，水管可能冻了，总是发出嗡嗡的响声，像老年人打嗝。这个冬夜比以往所有的夜晚更加凄清。天亮时，她终于想通了，也许薇薇说的是对的。她已经不年轻了，既然钱比任何东西都让人温暖，见一见马树亭又有什么呢？

他们第一次见面还是一九七六年，曲建国死后不久，一个猥琐的老工人在医院门口等她，脸上堆着巴结的笑容。他絮絮叨叨，为了讲清他和那个男孩的关系，激动得嘴唇发抖，嘴角冒出白沫。

她可没兴趣听他唠叨下去，"直说吧，你想让我做什么？"这个人提出的请求竟是请她允许他收养和曲建国一起生活的那个孩子。

"这太可笑了，你说的是那个野种吧？他和我有什么关系？"说完，她奔进电梯。

第二次是马树亭陪一个姑娘到医院里来堕胎，她一眼就看穿了那姑娘肚子里的孩子和他没关系。她动了恻隐之心，她觉得他当时的样子太可怜了，又老又丑，心甘情愿提心吊胆地替别人背着黑锅。等一等，那个男孩怎么样了？他们还在一起生活吗？看来，如果他们相处，要解决的事还真不少呢！

赵剑苹接受了马树亭请她赏花的邀请，她请赵局长陪她去，赵局长一副不情愿的样子，勉强答应了她。马树亭住在汽研招待所后面的一处平房里，为她的到来激动不已。马树亭将朝阳的房间改成花窖，住处就变得很狭窄。房间里仅有的一个高低柜显然是拆迁市场拾来的旧货，镜子上贴着一张剪下的明星画，是刘晓庆，微微挑着嘴角，透着轻狂和倨傲。房间里有股说不出的味道，靠近床铺那更浓些。这股老年男人的腥味熏得赵剑苹头疼，加深了她的厌恶。赵局长却不肯给马树亭留情面，他扇动着肥大赤红的鼻翼，说："老马，你这屋里臭烘烘的，你不知道赵大夫今天要过来吗？"马树亭十分尴尬，赵剑苹知道赵局长是故意的。不用听诊器她也能听到这两个老男人不寻常的心跳。

　　结果那股味道是从花窖里溢出来的，同样一股味道，在不同地方闻到心情就不一样。马树亭的花窖有一百盆花，还有一个木头池子长出一层绿油油的花苗。阳光从花窖玻璃上照进来，地上铺着一层软木屑，锯末子散发着潮乎乎的热气。赵剑苹还是头一次看到这么多盆花同时开放。赵局长暂时忘掉了妒忌，指着其中的一株花大讲特讲。那株花开出一簇金红的花朵，真像一团凌空开放的焰火，光彩照人，美丽极了。那宽厚挺拔的圆头形的翠叶，青筋黄地的叶面上，有如提花毛巾上凸起的雕花图案，晶莹剔透。"这株花上过五次报纸了。"赵局长边比画边讲，仿佛他是这花的主人。马树亭始终赔笑着，赵剑苹第一次发现他也许并不那么讨人嫌。

　　花窖里人多起来，有几个人慕名来讨花粉，君子兰协会的一个干事也来了，商量去北京为挽救大熊猫搞义展的事。马树亭应付裕如，让赵剑苹刮目相看。刚把那些人送走，《君子兰报》的两个记者陪着一个穿着花哨的老太太走进来，是个日本人，叫真田浩子。赵剑苹懂日语，她发现自己不自觉地充当起翻译的角色了。她告诉马树亭，日本人说他的那株花会比一台皇冠车更值钱。马树亭额头冒出了汗珠，只是不住地点头。日本老太太撇下他，和赵剑苹又是一番叽里哇啦。赵剑苹指着两盆刚刚穿箭的君子兰，说老太太问马树亭要多少钱。马树亭结结巴巴地说，既然是日本友人，他可以不收钱。赵剑苹不满地皱起眉头，她不理马树亭的意见，自己做主把生意谈成了，马树亭满心欢喜地收了日本人一千元。

马树亭去送日本客人，一直被冷落在一边的赵局长凑上前来。"你看老马见到日本人那副德行。"啧啧，他摇头叹息，说，"赵大夫，真对不起，那天我还向你介绍他呢，你们的差距太大了。"

赵剑苹仍沉浸在方才交易成功的兴奋中，"真没想到，君子兰真会这么值钱，原来我还不相信呢！对了，你说什么？"

赵局长心里一沉，仍抱一线希望，"我是说，你不同意也没必要伤他，我知道老马这人，特要面子。也不怪你不高兴，他太自不量力了。"

赵剑苹的回答让他大吃一惊，赵剑苹说："我还得考虑一下，不过，我可以请假陪他去北京搞君子兰义展。刚才那个日本人说还有几个一起来中国的朋友去西安了，她让我带着样品到北京去谈，没准是笔大生意。"

灰白的乡村土路在冬日褐色的土地上就像一条条蜿蜒的河流。清晨七点，火车咣咣当当，迷蒙中还可以依稀辨出远处的山峦和灯光。奇怪的是那些横穿原野的毛毛道没有一条是直的，总是弯来弯去，标志着行走者辨不出方向时的迟疑。铁路边的电柱杆也静穆不动，骑自行车的人偶尔要抬一下头，颠簸时捏紧车把，然后小心赶路。一样的人流，一样的木然。车厢里像解冻的水一样活动起来，性急的人开始收拾行李，厕所前面的过道排起了长队，在行李架上练过睡功的山东人吆喝着跳下来，险些踩到放在茶座上的一块面包，那个戴眼镜焦黄头发的女人便大喊起来。她跺跺脚，恰好昨晚睡在座位底下的一个中年人正要钻出来，结果被她踩中了胳膊。她将面包放进方便袋。赵剑苹不满地看看马树亭，他双眼布满血丝，一直在埋怨组织者图省钱让大家坐硬板。没有补上一张卧铺票，他已经内疚了一个晚上。赵剑苹的任何一个小动作都牵动着他的神经。

赵剑苹叹了一口气，"老马，我快闷死了，你能不能把窗户开一下。"

马树亭忙不迭地开窗，却怎么也打不开上霜的窗户。赵剑苹说："算了吧，我先去洗把脸。"她站起身。窗户开了，凉气和煤灰扑面而来，马树亭慌忙关上窗户，被眯了眼的小女孩早已大哭起来。列车服务员大声呵叱："抬脚，闪一闪。啤酒白酒面包香肠烤鱼片五香花生米。说你呢，闪一闪。包子大饼嘞——"车咣一声停下来，却是著名的山海关。火车像一个腊月天出门解手的哮喘病人，大口大口地吐出满嘴的白汽，站台上驶过的行李车结着一层晶亮的霜芒。马树亭的表现差劲极了，赵剑苹十分烦恼。坐了一宿的火车，后背开始疼痛。

马树亭的手心不住地出汗，他想到站台上走走，生怕火车会突然启动。他的眼睛不够用，一个晚上他没怎么合眼，一会儿看看趴在桌子上的赵剑苹，一会儿看看行李架上的那三个宝贝饼干箱子。每只箱子里放着三盆君子兰，火车每停一次心都要狂跳半天。后半夜有个男人动了其中的一个箱子，他刚要喊出声来，那个人已从箱子旁边找出了自己的提包。

152

北京给赵剑苹的印象差极了，雨夹雪的天气使首都灰蒙蒙的。这次君子兰协会组织了十几个君子兰专业户进京参展，怕花冻坏，他们雇了一辆大客车。知道他们是东北人，司机十分饶舌，一边开一边打听"二王案"的细节。"二王案"是刚刚发生在沈阳的一起抢枪大案。他们住人大附中招待所，好像是教室改建的，条件十分简陋。赵剑苹吐了一气，她晕车了，没和马树亭打招呼就关上房门躺了半个小时，马树亭在她的房间门口走了一遍又一遍，房间的玻璃挂着布帘，里面黑乎乎的，没有一点声音。他不敢招呼赵剑苹，对两个人的关系已不抱一点希望。他们错过了早饭时间，马树亭去学校门口买早点，校园里的柿子树黑乎乎的。马树亭怕煎饼果子凉了，用帽子裹着塞进衣服下面。等他回来，赵剑苹的门开了，她刚洗过脸，仍很憔悴。"你也坐下来一起吃吧。"她对可怜巴巴的老头说。马树亭受宠若惊。

花展设在北海公园。第一天没有多少人来，赵剑苹按照那位真田浩子留下的宾馆地址联系了几次，最后得知老太太已经离开北京了。大家都有些灰心。协会的秘书长也是一个养花大户，姓郭，嘴唇鼓起水疱，一遍遍地让赵剑苹给他听心脏。

临睡，马树亭假装上厕所，看见赵剑苹的房间黑着，他猜不透她的心思，心里十分自卑，在床上翻来覆去。好像刚打一个盹，天就亮了。他感觉到一只手伸进了短裤，他差点叫出声来。他彻底清醒了，发现捂在小腹上的是自己的右手。短裤暗袋口的别针别得好好的，里面的东西也硬硬的还在，他长出了一口气，暗暗地佩服自己睡梦中仍没有放松警惕。

第二天下午，来看花展的人络绎不绝。一个衣着干净气派的老人一边看一边问这问那，大家都看出他有来头，不敢怠慢。他们猜中了，这是一位有名的将军。将军说："我家里也养了一些君子兰，可都比不上展出的这些花好。长春的君子兰真是名不虚传。"将军离开花展时提出要请他们当中的一个去中南海传授园艺，这可是非凡的礼遇，大家表面上谦让，心里都巴望着自己被选中。花展预计两天，晚上撤展时没见到将军的人来。这没什么可失望的，君子兰进了中南海，这个消息足够让他们一夜无眠。

在回来的火车上，马树亭主动要求替大家照看带回来的宝贝花。他坐在过道里，向经过身边的所有人微笑。赵剑苹躺在右上方的铺位上，心里涌动着激情。她思考着怎样缩短和马树亭之间的差距。临上火车时，马树亭拿着两个存折托她保管，存折上的数字超过了五位数，这可是一九八三年哪。她知道马树亭的用意，有点反感。她拒绝替他保管，又忍不住提醒他注意安全。她问他来时将存折放在哪儿，马树亭嗫嚅着说放在内衣里了。赵剑苹玩味着老头可笑的表情，他真的还很天真呢。

长势喜人

第十章

长春的秋天刮的仍然是西南风，进入十一月，铁路线两侧的树叶落光以后，露出了光秃秃的红砖墙，墙上涂着白油漆写的广告。夏天时，一座座苫着油毡纸的黑乎乎的房子掩映在繁茂的树后，阳光晒烫铁轨的中午可以听见虫豸的尖叫。冒着黑烟的五金厂的烟囱，积满灰尘的碎了许多块玻璃的水塔，从一列列火车上漏下来的哩哩啦啦的排泄物和油污，构成了铁路线上的特殊风景。几十年前，在"满洲国"的日本人的设计中，斜穿城市的铁路线就好像是这座城市的肺叶，可以让城市的空气流通起来。事实上，当时设计的这个城市的风口更像一个长满疮疤的气管，隆隆的火车声和刹车时的声声叹息，让城市变成了一个哮喘病人。

李颂国每天都会沿着铁路线走上好长时间，他工作的小饮料厂就在宽平大桥附近。那是一家生产桦树汁的小饮料厂，隶属于东风街道办事处，一共有四十几个工人。这家福利厂建于一九八二年，算起来成立了不到一年时间，大多数工人都有各种各样的残疾。工厂有一条简陋的生产线，形状总让李颂国想起曲建国的那架地震仪。女工们都戴着医院里护士一样的白帽子，穿着高靿雨靴，车间弥漫着铁锈的味道和甜丝丝的气息。

李颂国分在成品车间，负责搬运成品和送货上门，做完自己的事就帮助刷洗回收的玻璃瓶。效益不错，他第一个月就拿到了四十元的工资。厂长是一个淡眉毛高个子的中年人，戴着一副高度近视镜，他最愿意在车间里走来走去，他一走进车间，里面就热闹起来。"死老尹，把手拿开。"这声音一起，一准是他又拧了谁的屁股。老尹从不碰没结婚的姑娘。他的另一个爱好是组织大家学习各种身残志坚的先进人物事迹，每次读到一半都会感动得哽咽起来。他把报纸交给夏姐，让她代他读下去。夏姐身体壮硕，是成品车间的主任，尤其引人注目的是她的两只硕大的乳房，随着她的抑扬顿挫会晃动起来，夏天时，奶水会洇过背心。城市里奶水充足的女人已经不多了，她有骄傲的资本，儿子四岁仍不用断奶。

夏姐比一个普通男人还有力气，这让李颂国十分自卑。她可不顾他的情绪，习惯于对他呼来唤去。她叫他"小鸡崽"。有一次她又这样叫他，他恼怒地抗议说："你叫我什么？"她这才注意到他的神情。李颂国的脸涨得通红，嘴唇在微微抖动，他的嘴边长出微黑的胡髭。夏姐又大笑起来，笑得浑身乱抖。李颂国更加生气，她发现他真的受了伤害，就略带歉意地推他一把，讨好地说："好了好了，夏姐错了。"一切怨恨都烟消云散。为了这种小事委屈得鼻子发酸，你还真不算个男人呢！此后，夏姐在成品库换衣服的时候，总要避开他，他争得了尊严，却少了脸红心跳的刺激。

星期天，夏姐请他到家里吃饭，这是他第一次受到邀请。夏姐的丈夫姓郭，是一个残疾军人，他在乡下入伍，并且提了干，荣归故里的时候娶了在村里当会计的夏姐。儿子两岁生日那天，夏姐接到丈夫的来信，他已随部队开往广西边境。他没有参加对越自卫反击战，他所在的部队看守山坳里的一个军火库。军火库拉着电网，一个雨天的下午，夏姐的丈夫出去解手，结果被发现倒在墙根下面，他遭到了电击。没有参加战争，却被残酷地截断了双腿。郭雪亮无法忍受这无谓的牺牲，想到了自杀。最后由部队上协调，给夏姐在城里安排了饮料厂的工作，以便照顾她的丈夫。

　　这是十月的一个好天气，夏姐的丈夫郭雪亮坐在轮椅上喝着玻璃瓶里的桦树汁，给李颂国讲他在"前线"的见闻。夏姐在厨房里忙着，菜刀在案板上切出嗒嗒的声音，夏姐的孩子是个胖小子，他缠着李颂国陪他弹弹子。郭雪亮可能好久没找到忠实的听众了，他告诉夏姐他喜欢这个小同事。李颂国第一次真正喝了一瓶啤酒。晚风习习，李颂国眼前不停地晃动夏姐热烘烘的胸脯，和她丈夫笑眯眯的眼睛，心时充满了感激和自责。

　　利民水果店是李颂国送货上门的最后一站，店里的女售货员长得很好看，视力却十分微弱，几近于盲。李颂国把汽水箱搬进屋里，然后自觉地把白色和绿色的瓶子分开，这是这两个青年达成的默契之一。另一个默契是他放好瓶子就给她照看一会儿，好让她去上厕所。他相信，他们迟早有一天会约会，或者说他们已经在约会了。女孩的嘴里永远嚼着一块口香糖，她的舌头灵活诱人，吹出一个大大的泡泡，叭的一声，那泡破了，还来不及看，吧嗒一声，红色的舌尖将口香糖卷回去。有一次，徐宝兰竟将嘴里的东西吐到手心里递到他的面前，那是一个白白实心的胶团，沾着她的牙印和唾液。她的脸色绯红。一个顾客来买牙膏，她接钱的手还发抖呢！可他吹不出泡泡。徐宝兰扫兴地说："你吐掉吧，我才不要你弄脏的东西。"少女的心真像天边的云，他不知道她为什么生气，他发誓不再送她店里的货，即使送也将货放在门外。将货放在门里吧，坚决不给她分瓶子。就是分瓶子，也不和她说话。说话可以，可是不能替她看店让她去上厕所。算了，她绯红的圆脸又在他的眼前晃动，好男不和女斗，他不和她一般见识。因为，他是一个男子汉哪！

"哈哈，你爱上她了。"郭雪亮极有兴趣地听李颂国讲完，满心愉快地捅破了他心头的那张窗户纸。

"你别瞎说，哪有的事？"李颂国慌忙辩解，心却在狂跳。

"不过，她的眼睛可是大问题，以后的日子难着呢，你可别说大哥没提醒你。"李颂国的心一沉。

这会儿，他们走在吉祥大酒店的门口，马路对面是吉林大学的校园。校园里的灰色建筑被阴郁的天空压得低低的。

"我和老夏搞对象就是快上冻的时候。我们家的稻地和她家的隔一条小河沟。老夏当时围一条红围脖，挺好看呢。"郭雪亮开始讲他的恋爱史，为了提起他的听众的兴趣，他一本正经地说，"没准会给你的恋爱提供点参考呢。"

"后来才知道，老夏是有意穿得那么艳，吸引我的。她招呼我到她那休息一会儿，我就去了。我们一起坐在稻垛下面说话。我没跟你说过我们是小学同学吧？哪天我再给你讲我们小时候的荒唐事。我们唠着唠着，她忽然身子乱扭，说是一只蚂蚱钻进她的衣服里去了，她让我给她抓出来。我的手往里一伸，×，哪个男人能顶得住啊！"

"结婚那天我就后悔了。没想到，我当兵提干爬出了地垄沟，却回来娶了个农村媳妇，其实在我们部队驻地有一个小学老师暗恋我，几年前我还挺帅呢。"郭雪亮自我解嘲地说，"对了，你想恋爱得先学会送女人礼物，没有女人不喜欢送她礼物。开始你还不能送贵重的，假装是随便地一送，否则她不敢收。我说到哪了？对了，我说到后悔。我能不后悔吗？要是经得住诱惑，没准就能娶个比老夏有文化的。结婚的当天晚上，老夏脱光了我也不干。我喝多了，吐得一塌糊涂，第二天早上，听见枕头边有人哭，好半天才明白过来是结婚了。老夏委屈得哭了一宿，你知道我这人心最软。别等了，干吧，呱叽呱叽干到一半，你说老夏告诉我什么，她怀孕啦！这娘们的裤腰带算把我拴牢了。没看出来吧，老夏看上去大大咧咧，有心计呢。咦，你怎么并着腿走路？"郭雪亮大笑起来，"硬了，你肯定硬了。你要是看上你夏姐，你就找她睡。"

李颂国向前一耸，把手撒开，郭雪亮叫起来："快抓住我，我要摔倒了。"

"摔死你也不多，我让你乱说。"

"我和你开玩笑呢，老夏要是真叫你给睡了，我就是王八了。你刚才真吓我一跳。"郭雪亮笑嘻嘻地说，"你告诉我，在单位有没有人打你夏姐的主意？"

"要是有什么不对劲，你可得告诉我。我不放心老夏，她那人——"

他们的目的地是市民政局。郭雪亮让李颂国将轮椅停在台阶下面。李颂国费了好大劲儿劝说一个四十多岁的中年妇女到楼外来接待郭雪亮。他们来到门口，台阶下面围了一群人，郭雪亮拍着轮椅的扶手哭得肩膀乱动，"我是上过前线的，你们不能不管。怎么说我的腿也是为保卫祖国给截肢的呀！"李颂国觉得他陌生极了。

李颂国送郭雪亮回家，他没像往常一样留下吃饭，匆匆打个招呼就走。他设法不去想夏姐床上的形象，可他做不到。回到家里，一遍遍地给花窖里的君子兰浇水，花肥的臭味和锯末子热烘烘潮乎乎的气味仍无法平息他的喘息。等他静下来，他开始一个人玩牌，一边玩一边想送给徐宝兰什么礼物。

他决定送给利民水果店的盲女孩徐宝兰一盆盛开的君子兰。他自己曾有两盆花脸和尚，就是当初林小曼送给马树亭的那两盆花，前年马树亭将那两盆花送给他做了生日礼物。其中的一盆让他卖给了来家里看花的一个叫牟其中的四川人，他自己留下一盆放在房间里。

每天都在发生奇迹，一个不经意，生活就彻底改变了。不知那个林小曼现在怎么样了，她也许想不到她送给马树亭的两盆君子兰改变了师傅的命运。

昨晚下了阵清雪，早晨的空气清冽干净，满世界回响着鞋子踩在雪地上的咯吱吱的声音。李颂国要在上班之前将礼物送给徐宝兰。他几乎一夜未睡，双眼布满血丝，他的精神一直处于亢奋之中，心里咒骂着该死的怯懦。他赶到利民水果店的时候，阳光洒满了街道，屋顶上弥漫着薄薄的雾霭，分不清是炊烟，还是水汽。来应门的是一个满脸疑惑的陌生男子。"你找徐宝兰？你找她什么事？"

他慌得几乎说不出话。"我，我想送她一盆君子兰。"他结结巴巴地说。

"君子兰！送君子兰？"男人脸上的肌肉松弛下来，"你进来吧，宝兰，有人找你。"

男人拉开窗帘，水果店里明亮起来。徐宝兰出现在里屋的门口，她披着一件军大衣，露出睡衣下摆和光光的脚踝。没有梳洗，眼圈红红的，挂着泪痕。

"你叫什么，小伙子？"男人打量得他很窘。

"今天怎么来得这么早？上次送来的货还没卖完。"徐宝兰的声音冷冰冰的，和他想象的一点也不一样。

"我不是来送桦树汁的，我是——"

他把大衣包着的硬纸盒放在冰柜上面。的确是一盆好花，宽厚碧绿的叶子叶脉清晰，红色的花十分艳丽。

"真是一盆好花，这盆花值不少钱呢！"

"花开了吗？"女孩倚在门上，翕动着鼻翼。

"开着呢，上星期才开的花。"

"那我怎么闻不到香味？"

"君子兰花没有香味，它几乎什么味也没有。"

"你明知道我看不见。却送一盆花给我，还是一盆没有香味的花。"女孩泪水流出来，"我不要。"

"也不是所有的君子兰都没香味，我有过一盆花是有香味的，可是那盆已经——"

"李颂国，如果你不是取笑我，你就把花拿回去。"他听见女孩在里屋喊道，"要是你不拿回去，我们以后就不要再见面了。"

李颂国愣在那里，脑袋嗡嗡直响，没想到，他给拒绝得如此干脆。

"真该死。不懂好歹的丫头，小伙子，别上火，你把花留下，我转给她。我是宝兰的父亲。"

屋子里传出尖厉的叫声，"你要收人家的东西，我就死给你看。"

徐宝兰的父亲无奈地摇摇头，垂涎地看着君子兰重新被包起来，不甘心地说："你先拿回去，下次一定送来，我会说服她收下你

长势喜人

的花。"他想起了什么，"咦，你是怎么认识我们家宝兰的？"

凌晨三点钟，他被打在玻璃上的粗硬的雪片吵醒了，风在屋檐上吹着口哨。他把被裹紧，想起昨天在水果店的遭遇懊丧极了。

暖气片里响着哗啦啦的水声，可是一点也不热。再次醒来，已是早晨七点，马树亭站在门口笑眯眯的，"小子，太阳晒屁股了，再不起来我掀你被子。"

"我这就起来。"他下意识地压住被角。穿衣服时他的脸还在发烧，明明想的是徐宝兰，出现在梦里的却是夏姐。在梦里，夏姐的双腿使劲地顶着他的小腹。他清晰地看见了她的一对乳房，不管他怎样努力，就是看不见她的大腿。他发现她穿着一条衬裤，就试图把手伸进去，可她抓住他说她自己脱，然后摘下脖子上的一条红围巾蒙住他的双眼。结果眼前的红光是透过窗帘的太阳。他听见马树亭在门外说："昨晚下雪了，我还以为这雪白天还会下呢！你上午要出去吗？"

他想起来了，今天是星期天，他约好了去夏姐家和郭雪亮打牌。他多么渴望现在就见到夏姐啊！

马树亭的神情比他还要激动，说话结结巴巴。"我和她说过了，"声音从嚼着油条的牙缝里挤出来，"她同意了，嗯，你不用搬出去。"李颂国疑惑地等着下文，老头清了清嗓子，"是这么回事。我想你不会受到伤害。你也知道，马叔我活到六十多岁，我还以为不会有人看上我了。"

他看见小伙子笑了，鼓励的目光从豆浆碗的上沿看过来，他不知道，小伙子也被爱情激动着呢。

"你是说有人看上你了？不是邻居那个老太太吧？"

"你把我看扁了。你现在的马叔，有钱，是场面上的人物了。"马树亭得意地晃着身子。他咳咳，下决心把话讲完，"你还记得赵剑苹，就是市医院的那个大夫——"

"你是说我曲叔叔的——爱人？"小伙子放下碗，不相信地偏着脑袋，眼睛瞪得大大的。

"你放心，我和她说好了，你还可以住在这儿，晚上替我照看这些花。我们在前面买了一个两室的暖气楼。就是街对面新建的那幢。"

小伙子放下碗筷，一言不发地站起来，最快速度地穿上大衣。马树亭跟在他后面来到门口，小伙子系鞋带的手在激动地发抖。马树亭觉得自己像一个阴谋家。"原谅马叔。"他把帽子递过去，"赵大夫她们今天中午来这吃饭，我希望你——"

"你们吃吧。"小伙子已平静了一点，"我会很晚回来。"马树亭看见门口的镜子里李颂国满脸泪水。

他在街上冲动地走着，专挑雪深的地方走，最后干脆走进路旁的绿化带。净雪堆在松树枝上像结满了大棉花团。附近汽车厂技校的学生们挤在雪地里拍照，夸张地满心欢喜地笑着。有人故意推树，雪落下来，灌进人的衣领。有一个雪团打在他的胸前，对面的女孩歉意地吐出舌尖。女孩穿着一件大红羽绒服，和太阳一样鲜艳。太阳升高了，积雪开始融化，雪团塌下来，在晨练者扫出的甬路上溅起水点。这一切和他的心情是多么不相称啊，他想起了李淑兰，原来马树亭早已将她忘得一干二净，现在老头已忘记了几年前的许诺，而且是为了赵剑苹——他曾经在她冷冷的目光注视下几乎窒息。

"你怎么哭了？"一家汽车修配厂门前，一个戴着时髦的拉毛

長勢喜人

脖套的小男孩拉住他，奶声奶气地问。

他红红的眼睛把小孩子吓着了，小孩含着手指向后退去。小孩的母亲慌忙道歉说："对不起，你走吧，小孩不懂事，他乱问的。"女人又呵斥她的儿子："你要乱问，我就把你一个人扔在大街上。"

他站在门外，听见夏姐大声招呼："儿子，去看看是不是你颂国叔叔。你听没听见？去开门。"

来开门的还是夏姐，"我和着面呢，你来得正好，帮我看着田生。"夏姐双手沾满面粉。用脚把拖鞋踢给他，慌忙走回厨房。他有点失望，进门前，他还担心自己的红肿的眼皮会吓着她呢。

夏姐的胖儿子田生坐在卧室中间堆积木，眼皮也不抬一下，小孩子可能感冒了，喘气声很粗。

"你姐夫的钟表店今天开张了，颂国，你听见我说吗？"没听见回答，夏姐走到卧室门口，她吃了一惊，"咦，你怎么哭了，发生了什么事？"

"没什么，我走路眯眼睛了。"浓重的鼻音出卖了他，这问话让他更加伤心。

"颂国，有什么事你跟夏姐说，别憋在心里。"她终于发现他在伤心了，当着女人的面流眼泪是不体面的，可他说不出话来。

夏姐在围裙上掸掸手上的面粉，走到小伙子的面前，弯下腰用手腕攀住他的肩膀，"听夏姐的话，不管发生了什么事都没什么大不了的。你这孩子，哪像个男子汉！"她的身上有一股他从没闻过的味道，她隆起的胸脯就顶在他的脑门上。她没戴奶罩，那里软软的。他的呼吸加重，仰起脸在她的胸前蹭着。她的身体僵硬了，他已扯出系在裤带里的衬衣将手伸到她的胸前。他听见一个陌生的声音在哽咽着表白："我想你，我想你，夏姐。"

"别，别，"她慌乱地推他，手却越来越没有力量，她的身体向床上斜躺下去，他没找到她湿润的嘴唇，她喘着粗气说，"颂国，好颂国，别跟夏姐开这种玩笑。"

"夏姐，我想你。"他执拗地说。夏姐叫了一声，她一定给弄疼了。"孩子，孩子看着呢。"他感到夏姐的手劲大起来。他回头，小孩子左手拿着一块积木，右手大拇指含在嘴里，流着涎水，饶有兴趣地说："我喜欢看摔跤。"

"我正和着面呢。"她推开他，边说边理好衣服。

他倚着厨房的门自己喘息着，看得出来，她也并不平静，面盆不断地被粘离案板。等她的肩头停止抖动，她转过身来，一张圆脸红扑扑汗津津的，她突然咯咯笑起来，"你，你的脸，你去照照镜子。"

镜子里，夏姐正用手背将方才弄乱的头发撩上去。他的鼻尖右腮还有脸上都沾上了面粉，夏姐从后面递上一条毛巾，毛巾湿乎乎的。

夏姐用毛巾捂住小伙子的嘴角，"你什么也不要说，我们刚才就是开了一个玩笑。"

他已经冷静下来，脸开始发烧，无地自容。"帮姐把围裙摘下来。"她转过身去，将两臂张开，"等一会儿你姐夫回来就开饭，今天是他第一天出去工作，你陪他喝一杯。"她及时制止了他的冲动。他看见她颈窝里长着淡淡的茸毛，上面有个泥点。他懊丧极了，觉得自己被看透了，心肮脏得像一块旧抹布。

结果是他无耻地留下来，坐在郭雪亮的对面。夏姐哄着田生，给两个男人倒酒。他的心里翻腾着恶意，"夏姐，你告诉我，为什么给孩子起名叫田生？"

夏姐一愣，随即明白过来，她扯住丈夫左耳，半嗔半怨，"该死的，你和颂国说什么了？"

郭雪亮使劲挣着，给李颂国使着眼色。"你要再扯我可真说了。"这一招果然奏效。"你别把人家孩子教坏了。"夏姐把手撒开。

"你叫我小孩？明天我就会做一件让你们吃惊的事。"

"你越说越不像话了。你一定遇到什么事了，你不肯和我说，就告诉你姐夫。"她绕着弯子说话，眼睛里充满关切。

"我也觉得今天不对劲儿。"郭雪亮狐疑地看看妻子。

"马树亭今天相亲，你知道相的是谁吗？"他终于说了出来。

第十一章

空气中飘浮着闪亮的冰晶，天空是极淡极淡的蓝色。太阳越升越高，积雪消融，房檐向下滴水，街上稀溜溜的。这是冬天的假象，雪水下面还结着冰呢，只要刮上一小阵西北风，路上立刻就会结上一道道黑乎乎的冰埂。等在家门口的马树亭夹着双腿，和不争气的膀胱进行着抗争，等候赵剑苹到来的一个小时他去了四次洗手间，每次都尿不上几滴。偏偏听见门铃响的这次，小便像坏掉的水龙头想禁也禁不住了。赵剑苹穿着一件烟色呢子大衣，头上包着一条驼色围脖。手里拎着一串香蕉和十几个橘子。他殷勤巴结地接过东西，挡在前面，生怕她会发现裤子上可疑的湿痕。

"你不用向外看了，就我一个人。"赵剑苹抱歉地说，"两个孩子都有事。你不用忙，老马，恐怕我也不能在这吃饭。"

马树亭的谄笑凝在脸上，他想自己此刻的表情一定和烤鸭店那个厕所侍者巴结阴郁的表情一模一样。事情发生变化了，他想。

两天前，马树亭选在中午走进赵剑苹的办公室，这是从北京回来后的第一次约会。虽然事先通了电话，她看上去仍很吃惊。其他

长势喜人

医生都去了餐厅，病人要等到下午上班才能前来就诊，办公室里只有他们两个人，即使这样，也免不了有些尴尬。

见面的由头是马树亭的左鼻翼长了一个囊肿。这是他们第一次近距离接触，马树亭尽量屏住呼吸，生怕对方闻到他嘴里呼出的臭味。她捏住他的鼻孔，手掌又硬又凉。"放松一点，别紧张。"可是压抑的呼哧呼哧声越来越大。一个女医生在门口探头探脑，他大声咳嗽起来。

"王教授，你来帮我看看这个病人。"赵剑苹招呼道。

王教授的年龄和马树亭差不多，她看了两眼，故作惊讶地说："这是一个疖子呀，小赵，你不会连疖子也看不出来吧？"

"对了，我忘了你是妇产科医生了。"王教授笑得上气不接下气。

马树亭臊得满脸通红，赵剑苹一边赔笑一边将王医生推出门外。

他们在医院门口乘 6 路车到儿童公园南边的北京烤鸭店吃饭，对面财贸学院的操场上传来嘭嘭的打篮球声。马树亭点了满满一桌子，赵剑苹客气地说太破费了，但虚荣心得到了满足。她喝了两杯啤酒，答应星期天带两个女儿和他一起吃饭。到底李颂国是个绕不过的话题呀，马树亭拿不定主意怎么说，他去了两次厕所。厕所里站着一个年纪比他大一点的侍者，堆着一脸巴结的笑容。马树亭不敢使用他递过来的手巾，怕对方向他要小费。看着哩哩啦啦的小便，他感到十分自卑。

"你看，我都准备好了。"马树亭指着水果蔬菜不知所措地对赵剑苹说。后者连大衣也没有脱，欠着身子坐在椅子上，一副尽量维持礼貌的样子。

"我们前天不是说得很好的吗？你得告诉我发生了什么事。"尴尬过后，马树亭感到受了污辱。

"是这样，老马，你别想得太多。我们的事，嗯，可能得往后推推了。"赵剑苹很快地说。

马树亭长出了一口气，只要不是翻脸变卦。"昨天我已经定下了房子，就在街对面那栋楼的五楼，我还准备一会儿带你过去看呢。"

赵剑苹抱歉地说："本来是可以像我们说的那样，只是昨天我的工作发生了一点变动，院里提我当了科主任，我这人一直是事业第一的。"

"事业第一好，事业第一好啊。"他附和着。"哦，你当主任了？"他恍然大悟地说。

"老马，我是说——你不必等我，有好的你可以，可以解决自己的个人问题。"说出了不好说出口的话，她一下子轻松了。

最可怕的终于来了，马树亭脸色苍白，"你要是因为那个孩子——"

"老马，你想哪去了，我只是觉得我们是不是太草率了。我们也许没有共同语言，也许没有——"

马树亭打断她，羞愤地说："是我想得太天真了，我是一个退休工人，你是一名医生。我们原本就不般配。可是你为什么一开始同意和我相处呢？"

这正是问题的关键。说实话，她也问过自己上百遍了，她问自己的问题比这更进一步，和眼前这个人相处值吗？到现在她也没拿定主意。

她说出的话连自己都吃惊，"我没有说我们没有相处的机会了，我是说——"

有人敲门，赵剑苹如蒙大赦，她抢先站起来，"有人来了，我去开门。"马树亭听见赵剑苹惊讶地问道："薇薇，你怎么来了？"

169

赵剑苹叱责道："你太不像话了，你应该告诉我你要来。"

"你既然来了，"她无奈地摇头，"老马，我介绍你们认识，这是薇薇。你们认识？"

两个人都在发愣，眼睛瞪得老大。赵剑苹狐疑地两下打量，"你们见过？"

"没见过，怎么可能见过？"曲薇薇忙回答，"妈，我是来告诉你，我要出去打工的事。我先走啦。"

"你不是来看花的吗？"赵剑苹皱起眉头，她怕马树亭误会，女儿太不懂礼貌了。"老马，薇薇早就说来看花。"她替女儿遮掩道。

"看花？看吧，看吧。"老头脸色苍白，他看见那个不速之客冲他匆忙地使个眼色就闪进花房。他的额头渗出汗水。

"你没事吧？老马，你看，我这女儿太不懂礼貌了。"赵剑苹很难堪地说。

"没什么，真的没什么。"马树亭的心提到了嗓子眼。这几乎是不可能的，他马树亭正正派派做人做了一辈子，只有一次被勾引得魂不守舍，没想到这个女孩现在竟走进了他的家门，而且，而且是赵剑苹的女儿。他懊丧极了，他多希望自己前年冬天被那块石头绊倒以后没爬起来，怎么没摔死呢？

"老马，你没事吧？"赵剑苹关切地问。

"妈，你来一下。"曲薇薇在花房里叫道。

不知道这小妖精用什么事绊住了她母亲，自己却闪进他的房间，她倚着门框，烫着一个飞机头，一副松松垮垮的样子。"喂，"她招呼说，"怎么会是你？"她压低声音说："我们的事不要叫她知道。"

"我们的事？"老头就要崩溃了，几乎哭出来。

"我妈知道了我在外面那样，她会杀了我。"

一只被粘住的苍蝇终于挣扎着飞起来，一边抖着翅膀。一条躺在淤泥里的鱼终于蹦到水坑里，痛苦地摆动尾巴。

马树亭的双腿有了力气，他擦擦头上的汗水，卑怯地说："你放心，我不会告诉你妈妈。"

曲薇薇冷笑道："说了对你也没好处。"苍蝇重被粘住，水坑又已干涸。"你放心，我还不会去公安局告你，不过，也说不准哪，就看你怎么做了。"姑娘的嘴角露出嘲讽的微笑，"现在，你还想给我当爹吗？"

"你们在谈什么？"赵剑苹出现在女儿身后。

"马叔要送我一百元做见面礼，我说我不要。"

"老马，这不行，你不能给孩子钱。"看见对方欲哭无泪的表情，赵剑苹既厌恶又怜悯，她想她对这个可怜的人的打击太大了，"老马，我想我得走了，有事你到医院去找我。"

晚上七点钟，李颂国走进家门。他看见老头将被蒙住脑袋，全身抖得就像风中的树叶。他准备回自己的房间去，老头的声音从被子底下传出来，"儿子，你给我倒杯水，我快渴死了。"

他端着水杯回来，马树亭的神情吓了他一跳，老头的脸色苍白，端水杯的手也在颤抖。

"你病了吗？"

"没有，我只是魇着了，我梦见——我没事，你去睡吧。"老头挥挥手，他看上去疲惫极了，和早晨判若两人。

凌晨三点，李颂国被一种奇怪的声音惊醒，他悄悄地起床，花窖的灯亮着，马树亭站在花盆前面，他竟在咀嚼君子兰叶。

第十二章

十一月份一个晴和的冬日，街头的树木都沐浴着阳光。太阳光打在脸上，仿佛是大人对挨了打的孩子歉意的抚摸，上个星期虽然没怎么下雪，可是毕竟太冷了，让人感觉三九天也不过如此吧。李颂国提前半个小时来到单位，他在空旷的车间里走了两圈，使劲地嗅着空气中的杏仁味，他嗅到了一股油炸食品的味道，才发现仓库保管员已经上班了。

"你好啊，瞎子。"他心情愉快地和保管员打招呼。

保管员放下手中的油条戴上高度近视眼镜，他的左眼是假眼球，可他已习惯了人们不敬的称呼，一点也不生气。他呵呵地笑起来，"你在车间里走来走去干什么？要闻骚味得等到那些娘们上班才行。"

"你说话可真难听，油条也堵不住你的嘴吗？"

"我说话难听？好听的咱也有啊。你来这么早，是等着你夏姐回来给你喂奶吗？"

"瞎子，用油条塞住臭嘴，你乱说什么？"他脸红起来，庆幸对方眼神不好。"我这么说她你就生气了？我敢说这厂子里的女工没一个比她更像女人。"保管员笑起来，露出丑陋的粉红色牙床。"吃醋也轮不到你呀，你还是个生荒子呢！"他压低声音说，"你等着吧，今天有热闹看。"

"什么热闹？"小伙子忍不住发问。

"就是你那个夏姐，和咱们厂长一起出差，走了一个星期。你想，他们昨晚才回来，一男一女，走了那么长时间，不出事才怪呢！我告诉你，你可不能告诉别人是我说的。唉，你干吗用豆浆泼我？小兔崽子，你想找死啊！看你淋我这一身，这豆浆可是我花钱买来的。我说他们，关你什么事？"

用豆浆泼已经算是克制了，他的耳边嗡嗡直响，径直走进成品车间，使劲关上门，一屁股坐在塑料箱子上。一坐下来，他就冷静了。瞎子说得没错，他做得太过分了，瞎子不知会怎么编派呢。会不会像讲厂长和夏姐那样讲他呢？他的好心情全给破坏掉了。必须承认，他受了伤害。他这才承认早早上班就是为了夏姐。夏姐出差前许诺会从南方带礼物给他。瞎子说的会是真的吗？你为什么也这样猜疑她呢？他自责起来，该不该把这些话告诉她呢？办公室那面传来热热闹闹的说话声，他听出那个好听的笑声是夏姐的。他的胸口被那笑声堵住了，憋得难受。他忽然觉得，他一点也不想见她。

门开了，她就站在门口，奇怪地打量他。"我听瞎子说你来了，为什么不跑出来见姐？"

"又不是没见过，哪那么热情？"说出这样的话，连他自己都吃惊。

"咦，怎么这副德行？我得罪你了吗？亏我还想着大老远地给你买东西。"夏姐把手里拿着的一个手提袋往地上一扔，转身走出

173

長勢喜人

去。小伙子站在原地不知所措，他听见外面又传来夏姐的笑声，他将脚下的包装袋使劲踢开。"谁稀罕呢？"他嘟囔道，人却已弯下腰去捡。夏姐给他买的是一件绿色T恤衫。

他被分派刷瓶子，夏姐和保管员一起清点仓库，不是碍着那个瞎子，他早就低声下气地赔不是了，可是该死的瞎子一副死皮赖脸，不占便宜死不休的模样，就是不肯走开。

李颂国终于找到了一个机会，他从厕所回来，恰好有一个女人走进大门。"小伙子，你帮我找一下夏桂芝。"那个女人冲他喊道。来人穿一件时髦的雪花呢长大衣，戴着一副大口罩，眼睛红红的，眯缝着。

"夏桂芝来没来上班？"女人又问道。

"她在车间呢，我带你去找。"李颂国想这下好了，他正愁找不到机会和夏姐说话呢。走到车间门口，他忍不住回头打量一下，女人的眼圈是红的，呼吸粗重起来，他察觉到不对劲，可是已经晚了。身后的人粗鲁地把他一把推开，自己冲了进去，他只来得及向里面喊一声："夏姐，有人找你。"

肯定又是他的喊声帮了倒忙，他跑进车间的时候，那个女人正和迎出来的夏姐走个对面。

"你找我，你是谁？"刚才一定又遇到了什么开心事，夏姐脸上的笑纹还绽着呢。

"你不知道我是谁，我可知道你就是勾引我们老尹的那个骚×。"女人把口罩摘下来，李颂国看见夏姐的脸色一下子变得苍白，夏姐张口要说什么，女人的耳光已狠狠地掴在她的脸上。

"喂，你凭什么打人？"李颂国冲过去拦在中间，多亏他有所防备，否则他肯定给推个跟头。"小崽子，你给我闪开。夏桂芝，看我今天不撕了你。"

"大嫂，你听我说……"夏姐结结巴巴。

"你们都来呀，都来看看你们饮料厂的烂货。你欺负到老娘头上了。"女人破声地大喊起来。车间里到处都是咚咚的脚步声。李颂国忽然明白这就是早晨瞎子说的"热闹"，他稍一松劲，女人右手抓住夏姐的衣领，咬牙切齿，左手又打过去。

李颂国使劲抓住行凶者，扭回头，夏姐满眼泪水。小伙子大声提醒："夏姐，你快跑啊！"夏姐一惊，使劲一扭，然后毫不迟疑地向门外奔去。女人回手一把又将她拽住，李颂国没看清夏姐怎样摆脱对方，就和女人一齐被推倒在地。夏姐跑出门去，他只记得她肥大的臀部一扭一晃，难看极了，狼狈极了。

李颂国感到脸上挨了一下。"你凭什么打我？"他叫起来。

"谁让你放走了胖骚×，我打死你，我打死你。"女人的拳头劈头盖脸，又有一巴掌打在右耳朵。"李颂国，你快点撒手，那是尹厂长的爱人。"他一下子清醒了，双手撒开。他不知道是谁把他从地上拉起来，等他清醒过来，发现自己一个人坐在成品仓库的箱子上，耳朵嗡嗡直响，鼻子有点痒，他随手一抹，手上一道血痕，他竟给抓伤了。外面仍很喧闹，他一句也听不清，他唾了一口，他的牙床也给打着了，不停地冒血。那个撒泼的厂长夫人还在大吵大闹，所有的工人都围着她面面相觑。老尹好像在世界上消失了，李颂国离开单位时也没露面。李颂国想，他无法再在这里干下去了。他以为自己迈出工厂大门时会很难受，等他反应过来已经走在铁路线上。他顺着平日送货的路走下去，好天气原来是这样容易过去，中午时分，天空阴云密布，飘起雪花了。

李颂国一直走到利民水果店，水果店上着窗板，他觉得有点不

长势喜人

对劲，原来是水果店的招牌不见了。走到近前，门上挂着一把锁，锁下面用白灰写着一个大大的"拆"字。他在水果店门口站了好久，盲女孩徐宝兰没给他留下任何联系方式。有一会儿，他恍惚起来，他竟然记不起徐宝兰的长相了。他极力回忆，终于想起徐宝兰努力眨动眼睛的细节。

下午三点钟，风雪在汽车厂三站的站台上打着旋飞舞。李颂国走下有轨电车，他跺跺几乎麻木的双脚，这时，他听见有人喊他。在人行道对面，郭雪亮在轮椅上把手乱摇。他戴着一顶棉军帽，脸冻得通红，肩膀上落了不少雪花。

"我估计你会在这下车，我等你一个小时了。"可能在雪里太久了，郭雪亮的口齿有些不清。

"跟我去我家，你夏姐想见你。"郭雪亮急煎煎地说。

"她想见我？有什么事吗？"李颂国一边用嘴哈哈冻疼的双手，一边判断郭雪亮是否知道工厂发生的事。

"有事，到了你就知道了。"郭雪亮更加急切。

"可是，我这会儿有事。"李颂国下决心不上他的圈套。

"好吧，我实话实说，是我请你到我家里去。你夏姐要和我——离婚。她可能会听你劝，你去替我劝劝她。我这副德行，如果再失去她……只要她答应和我一起过。颂国，你帮帮姐夫的忙。"郭雪亮可怜地流出了眼泪。

李颂国叹了口气，他有点动恻隐之心了。"恐怕我帮不上你什么忙。"他试探说，"她为什么提出和你离婚呢？"

"咱们不要猜哑谜了。上午的事老夏已经和我说了。"郭雪亮咬咬牙，"真该死，她竟然跟那个姓尹的——我真想杀了那个王八蛋。我多希望老夏不承认，哪怕她骗骗我，告诉我她受了冤枉。可是，

长势喜人

176

她清清楚楚地告诉我，他们搞在一起已经好几个月了。我他妈变成了活王八。呜呜——"郭雪亮哭起来，右手把轮椅的扶手砸得啪啪响。

"我知道我又想错了，你一定是看不起老夏，也看不起我。你不劝她也行，我们认识一场，你总得把我送回家吧。"李颂国求两个中学生把郭雪亮连人带车一起抬上有轨电车，郭雪亮仍不死心地继续央求。"你明天来，你明天一定来啊！"郭雪亮闪着泪花冲车下的小伙子挥手。

"你放心吧，我明天一定去。"李颂国一跳下车，车就开了。他目送着电车驶下前方的慢坡。灰色的冬青树中间，电车的车顶不时地迸出钢蓝色的电火花。他知道他不会再去见那对夫妻了。这一天发生的事情对他的打击是毁灭性的，他的人生中，一个重要的阶段已经宣告结束。电车在视野里消失了，站台又聚了一群放学的中学生，一边等车一边疯闹。他想，他该回家了。

失业在家的日子里，李颂国担负起照顾马树亭的工作。为了挽回损失，他必须及时阻止老头咀嚼君子兰花叶的恶习。他对声音变得极其敏感，总能及时捕捉到马树亭偷偷吞食花叶的咀嚼声。李颂国敲响厕所的门。李颂国掀开马树亭的被窝。李颂国把马树亭从风雪里拉回屋子。马树亭的嘴角漾出君子兰叶子的绿汁，可怜巴巴地捂着疼痛的咕咕作响的肚子。无休无止的猫捉老鼠的游戏耗尽了这一老一少的精力。李颂国没收了老头花窖的钥匙，可是老头总能像变戏法似的再摸出一把。李颂国决心来个大搜查，他在老头枕头底下找到一把钥匙，在厨房的煤气罐下找到一把。他淘米做饭，结果米袋子里还藏着一把。他绝望地发现，这屋子里肯定藏着十几把花窖的钥匙。他给花窖换了一把新锁，半夜醒来，马树亭正拿着一把斧子站在花窖门口，肥大的裤腿里伸出的瘦腿打褶的皮肤闪着磷光。还好，他还没打定主意劈开房门。李颂国相信老头没有神经错乱，他只是压抑不住嚼食花叶的念头。"儿子，我的胃火烧火燎，你就让我嚼一片叶子吧，就一片，就一片行吗？"马树亭犯烟瘾一样浑身发抖。李颂国妥协了，他叹口气，打开房门，然后闪在一旁。

十二月底下了两场暴风雪。暴风雪在城里并不多见，可来得正是时候，像盐面一样给生活这一锅无味无望的汤里增添了一点滋味。不错，坏天气会干扰人们正常的户外活动，会让小孩子放爆竹时为保护火种伤透脑筋。可对于没什么户外活动可安排的人，有机会欣赏一下天地皆白的景致倒是不坏的消遣，尤其是想到那些无法外出急得团团转的人，内心说不定还会得到一种奇怪的平衡呢。糟糕的是东风大街有一处自来水管冻裂了，水龙头像老太太干瘪涸竭的泪腺，一拧开，声音大得吓人，像三叠纪扁肯氏兽的叫声。漫长的裸着红色泥土的巨大石块的旱季；雨季，世界又恢复成一个灌满水的猪尿泡。动物们有着钢铁一样的鳄齿和石柱一样的性欲，为生存而战，在危险和强敌的环伺中加紧繁殖，在逃跑之前吃掉幼兽。当白垩纪的巨型食肉恐龙迈着水泥柱般的巨腿，轰轰隆隆地走来的时候，这本该死的吸引人的《动物世界·三叠纪》到了最后一页。侧耳听听，马树亭在房间里传来轻微的鼾声，床板响了一下，一定是老头在睡梦中又吓了自己一跳。然后是牙齿磨出的声音，断断续续的咳嗽声。李颂国下决心一有时间摆脱马树亭就去书店寻找那套迷人丛书的第三册、第四册。在漫长的冬天里，他靠那几本翻烂了的《动物世界》打发时间，他并不烦躁，因为，动物世界要进化到他活在世上的这天还远着呢。

春节过后，马树亭的病情大有好转。一个鲜明的标志就是他由嚼食花叶改为嚼食茶叶了。在床上躺了半个冬天，马树亭像刚刚结束冬眠的熊一样迫切地想参加集体活动。由于他的"嗜好"在花友中间传播很广，没人通知他参加君子兰协会的活动，可是原来的单位终于适时地记起了他这个五六十年代的老劳模，邀请他参加新老劳模的元宵节茶话会，并且，他荣幸地被选为代表去南方的兄弟厂参观、交流、考察。一九八四年元宵节，冬天的阳光一下子明媚起来。匆匆忙忙地打点行装，连治痔疮的麝香膏也来不及装进提包，站在"欢送老劳模赴南方参观考察"的大红横幅下面，对年富力强的新领导班子赞不绝口，感激涕零。火车冒着大团大团的白色蒸汽，急急忙忙地载着马树亭驶离长春站，煤烟味消散在料峭的下午的寒风中，送站的人群早已散去。李颂国从火车站送别马树亭出来，大口大口地呼吸着有点拉嗓子的新鲜空气，生活像幻灯片一样，轻松地转换到了下一页，却是一个空镜头。除了看《动物世界》总得干点什么，待业青年的滋味不好受。

下午的阳光暖洋洋的，天气在一瞬间变暖了，一个冬天都没那么蓝过的天空廓清了所有的云翳，蓝得像一块穹形的玻璃。随微风回荡的是车站广场里传出的富有磁性的男中音，庄严、高亢。许多人驻足倾听。长春市召开宣判大会，宣读了对犯有严重强奸、流氓罪行的程小蒙等人执行死刑的命令。程小蒙是一家杂志社的记者，他的两个同伙一个也是一名记者，另一个则是香料厂的一名工人，这三个人都是干部子弟，他们从五年前开始以黑灯舞、贴面舞和调动工作为幌子，诱骗妇女进行强奸，被他们糟蹋过的工人、职员、教师、护士、演员、大学生共有五十一人。那条消息的结尾是法院驳回了程小蒙的上诉，并将其押赴刑场执行死刑。李颂国正在思考

长势喜人

"上诉"是怎么一回事，一个水点砸在他的鼻尖上，他抹了一把，手上沾的是红油漆。他抬头，站在身后脚手架上的手拿油漆刷子的人冲他歉意地摆摆手。出站口的广告牌正在更换一条新标语，这回换的是"打击流氓犯罪，维护社会治安"。并不急着回家，提前一站下了公共汽车，然后走回家去。

穿过节后有点冷清的农贸市场，穿过铺满鞭炮纸碎屑的小巷，穿过扬眉吐气在风中微微哗响的公园的桦树林，尽情享受一下刚刚摆脱重负的轻松，到家时已是下午三点。从容不迫地打开房门，撕下一块旧报纸，一边解裤子，一边直奔厕所。两年前，小区为每户居民改造了室内厕所，这是生活变化的新象征。厕所门口有一个鼓鼓溜溜的牛仔包。手搭上厕所的门把手，他一下子怔住，不对，这个包他没见过。

長勢善人

第十三章

用不着回头，挂历旁边的镜子里，正有一个人站在房门口，烫着高刘海的长头发，白白的一张脸，穿着一件军大衣，抄着手，两腿叉着，倚着门框。

"你是谁？"急促的撕裂的声音，下水道钻进了扁嘴兽，惊恐万分，回忆起来，让人脸红。

"我不耽误你撒尿，告诉我，老头在哪？"她真不知道害臊，一个姑娘，竟然——确信这屋子里的不速之客只有她一个人，定定心神，岑着胆子又问一句："你是怎么进来的？"

"我有这屋子里的钥匙，老头给的。"姑娘举起捏着的钥匙，"他去哪儿了？"

"他怎么会给你钥匙？你到底是谁？"

"你不认识我，我可认识你。"姑娘东张西望，一脸的嘲讽，"小子，你还没告诉我老头在哪儿？"

得到答案，那姑娘竟然高兴起来，"正好我可以住在这里。你那么看我干什么？喂，家里吃的够不够？这几天我不准备出屋。"

"什么，你要住在这？"

"不行吗？"

"这屋子只有我们两个，你不怕……"

"怕什么？你还敢强奸我？"

不管她是谁，从哪来，他是这房子的主人，容不得她放肆乖张。他要教训她，接住她的话头，挑衅地说："我不敢吗？"

出人意料的是她夸张地笑起来，"你敢强奸我？吓死我了。"

他给彻底激怒了，"别笑了。你听见没有，别笑了。你要住这可以，起码得告诉我你是谁，问问我同意不同意。"

"好吧。"小妖精瞪大眼睛。"你听好了，曲建国是我爸，要不是本姑奶奶惹了麻烦，来避避风头，就你这个猪窝，"她不满地唾了一口，然后，换上一副不计前仇的表情，"姓李的，我爸爸白白给你叫了一两年，让你帮忙是给你个还人情的机会。你要敢把我躲在这儿的消息透露出去，喂，你在听我说吗？"

每一句话的每一个字都像子弹一样准确命中靶心，尿意彻底消失，小便迅速转变成汗水源源不断地从全身的汗毛孔渗出来。"你，你在哪儿见过我？"

曲薇薇的回答振聋发聩，如果不问，也许还能保存一点儿尊严。可是——"我不但见过你，我还知道你当年是个尿炕精，你还记得那些天挂出去的床单吗？你一直认为是我爸爸干的，可你猜不到吧，那是我的杰作。赵剑苹拿了我爸爸一把钥匙，被我找见了，那些天我特想见我爸爸，可只见到你的湿床单，每次见到我就把它挂出去。"

谜底连带疮疤，一块揭开的还有生活发酵后长出的苔藓般可怜的自尊。他的脸抽搐起来，像一只被挂在农贸市场出售的剥掉皮毛的兔子，精赤条条，开膛破肚，一滴滴血从不知羞耻的尾巴根往下滴。

"过去的事我他妈根本不去想了，我捉弄过你，你帮我的忙，咱们扯平了。现在，"曲薇薇开始发号施令，"帮我收拾一下老头的屋子，把我的东西拿进房间。除了招呼我吃饭，不要再跟我说一句话。"

生活变成一辆倒开的列车，唧唧唧唧地奔驰着回到从前。岁月的膻味弥漫在空气中，尊严像垂死的翼龙一样咝咝啦啦地喘息。空药盒扔到凳子上发出屁一样的声音，痰盂滚到饭桌底下，用脚踢出医用的白瓷器到了脚底下才注意到原来是那么一副咧开嘴的丑样子。紧接着，老头铺了二十年的狗皮卷成一卷也给顺了出来。"你不能这么干，老头下周日就回来。"他忍着牙疼，试图制止她的无理。

那个无理的人手指往薄嘴唇当中一竖，他立刻闭嘴，他记起来，除了招呼她吃饭，不准说一句话。

这房子里尴尬的沉默给曲薇薇自己打破了。在饭桌上，曲薇薇用筷子头点着咸菜碟子示意他抬起头，小妖精换上了另一种的表情，"好啦，别把脸拉那么长，我再不气你了，老头回来之前我离开这。"

"你说你惹了麻烦？"李颂国赔着小心。

"少问。"她的脸说变就变。对面伸过来的筷子敲的是饭碗，曲薇薇叹口气，"我的事情走时再告诉你，现在帮我个忙好吗？晚上七点钟，你找一个公用电话往这个号码替我拨个电话。"她环视一下屋子，抱怨说："你们为什么不装部电话呢？"

七点四十分，李颂国挟着一身的寒气回到家里。他跑了两条街才在一家食杂店里找到公用电话，可那个号码无人接听。往回走的路上，他想象着曲薇薇失望的表情暗暗高兴。她有什么理由支使他呢？可她就那么厚颜无耻。咱天生就是一个不会拒绝的人哪！他一边掏钥匙开门，一边还在给自己的懦弱找自欺欺人的借口。她背对着门，看上去是被那台十二英寸的黑白电视吸引住了，脖子僵硬地仰着，瓜子壳吐得满饭桌都是，她竟然不肯收拾一下碗筷。

"他问没问我在哪？"

还有比这更可恶的事吗？他在这大冷天里给赶出去半小时，她总该表现出一点礼貌吧。他憋着气走进厕所，刚才路上还尿急着呢，解开裤子反而尿意全无了。他拉响水箱，无情无义的小妖精，这会儿却过来敲响了厕所门。"喂，你没听见我问你吗？"她的声音急切，不像刚才那样漫不经心。

"什么？没人听电话？"她的脸一下子白了，"你没撒谎？"她的头偏着，大瞪着眼睛，如果不抱偏见，她微微吊起的眼睛，不但漂亮，而且一点也不邪恶。

"怎么会这样呢？"她跌坐在椅子上，脸色一下子变白了。

"颂国，你陪我出去一趟，我得到那去看看。"

时间一下子静止不动。她的神情感染了他，那些焦虑、惊恐、急煎煎从乌黑的头发丝奔泻而出。还有蛇一样盘上来的胳膊。

他幸灾乐祸，尽量不让愉快露出一星半点，收拾碗筷时假装咳嗽。他吓了一跳，曲薇薇站起来，攀住他的胳膊。隔着毛衣的温热，菱角秧的根系缠住了泳者的双腿，一直把他拖向湖底，小伙子即将窒息而死。终于，他蹿出了水面，吐出搅起的淤泥的腥味。毕竟，她的焦急和他没一丁点关系啊。他慢吞吞地说："那你先告诉我，那个人是谁？"

长势喜人

她表情变化会那么快，简直可以用喜怒无常来形容。她用鼻子轻声地哼了一下，然后几下穿起她的大红羽绒服，他乖乖跟了上去，几乎不假思索。

晚上八点钟，街上已经没有多少行人。最后一班电车的尾灯在东风大街的交会处闪了几下，便寂灭在清冷的夜色里。曲薇薇似乎在有意地避开路人，专拣黑暗僻静的路走。他们穿过了一个空旷的黑乎乎的公园。然后远远地看见在蓝靛一样的天幕下凸现的一个高大的烟囱，烟囱里冒出若有似无的烟雾。

"到了，就是那。"他们的目的地是一家私人轧钢厂的锅炉房。

攀着结着霜花的防火梯扶手，薄铁板焊成的铁家伙嘎嘎吱吱摇摇晃晃，冒着一脚踏空的危险，提心吊胆地站在锅炉房二楼配电室的门口，按着曲薇薇嘱咐的暗号拍门的时候，李颂国发现手掌给铁梯子的倒刺拉坏了。啪啪啪，水泥房檐掠过一只蝙蝠。啪啪啪，煤堆旁边的暗影里，曲薇薇感激地向他招手。原来周围的一切并不那么黑，金黄的大个月亮正从烟囱后面露出半拉脸来。门锁咔嗒开启的声音，门开了，一束手电光照在他的脸上。"乔哥，是我让他上去的。"曲薇薇压低的声音及时传上来。对方关掉手电，眼睛给方才猝然闪动的亮光晃花了，眼前的人比他要高出一头，面目隐在阴影里。防火梯的最后一块踏板痉挛一般颤动，曲薇薇已经跑了上来。

二层的锅炉房像一只蹲着身子目光逡巡的野猫，亮着灯的窗口，那发出绿光的眼睛，此刻像电视屏幕一样出现了两个抱在一起的上半身。李颂国瞪大眼睛，呼吸急促。那两个人的手开始在对方的身上乱抓——他们解开对方的衣扣，然后，自己脱自己的，曲薇薇脱掉了她的套头毛衣。紧接着，灯灭了。哗啦啦的声音，在脚下的煤堆滑泻之前，他及时跳到平地上。那个黑洞洞的窗口传出奇怪

185

的声音，李颂国脸红心跳，膀胱几乎爆炸。尿水及时射出，溅起了煤屑，等全身松弛下来，他发现他听到的声音并不是那个窟窿一样的窗口发出的，风正在摇动煤堆后面的一丛灌木。一轮凉月照在当空，有雪的地方依稀可辨，周围并非感觉的那样黑暗。方才他太紧张了，原来他一直担心陷进一个阴谋之中，一路走来就不轻松。难道自己没掉进那个小妖精的圈套吗？恶毒的字眼正准备挤出牙缝，溜出嘴唇，原来他一直哆嗦着呢。他轻轻地磕着双脚，让冻猪油一样的脑浆慢慢地化开。

"他是谁？"那个杂种肯定在热热乎乎地干着好事。

"进去再说。"她会说什么？反正不会是什么好话。

"我怎么办？"问得不合时宜。十足的一个傻瓜。

"你在下面等我。"亏她说得出来啊，她在被窝里搂着那个杂种，让他一个人在雪地里冻得猫咬一样。

他终于明白过来，她是让他在下面把风。她把他当成了什么？一条狗吗？即使是一条狗，也比当一个——他竭力回避那个熟谙的粗鄙的字眼，可那两个字像两粒药丸，就在嗓子眼那噎着，不吐不快。他艰难地将那两粒毒药咽回去，全身冰凉，再站上一分钟他就会冻僵而死。可是双腿不听使唤，又疼又麻的脚指头传回大脑的信息搅动脑浆。不妨等等，看看那妞怎样对他露出谄笑。他的肩头被拍了一下，她就站在他的后面，没有亮灯，没有听到门响，没有听见防火梯的吱嘎声，楼上的那个杂种甚至没有表示礼貌送一送，你说贱不贱，她自己就下来了，站在了身后。"你什么时候下来的？"来不及分辨她散发的味道是脂粉还是其他的味道。"走吧。"她的回答冷冰冰的。清冽的冬夜，天空中飘落着头屑一样的霜片。算起来，她从上去到下来时间并不长。

回到家里，李颂国长时间地把自己关进花窖。灯光下，花叶暗绿，有些闪着光泽。他的手脚又麻又痒，脸也在发烧，他猜想马树亭胃里的感受会不会和他现在一样。烧心，这是一个多么奇怪的病症啊。他忽然希望此刻自己是在春天的野地里，阳光，流水，风吹动花叶翻覆。花房里唯一让人欣慰的是暖和，在这静悄悄的上半夜，暖气的立管暖化了玻璃窗的一角，他把灯关掉，那里竟泻进了月光。

月光不会照进房间，窗户上结着厚厚的白霜。要想回避是没有用的，今晚目睹的一幕在眼前晃来晃去，闭上眼睛看得却更清晰。恶毒像乌云一样翻卷而来，倾盆而下，落在大地上，溅起欲望的水泡。

破鞋——走在大街上，阳光灼人，黄灿灿的向日葵，张开的裙子。

破鞋——屁股上冒出青烟。尖叫声惊动了对面建筑工地上的工人，他们忘记了工作。

破鞋——浴室里水雾蒸腾，波涛汹涌。

破鞋——湖面、垃圾堆。

破鞋——生活的底片来不及打出色情想象的下一张样片，就变成一摊冰凉的液体。

曲薇薇一定看见了他最丢人的一幕，她出现在房间的门口，并且点亮了房灯。

"没吓着你吧，你的表情可真难看。"她披着她的羽绒服，里面是一套粉色的衬衣裤。

她轻佻地翘着嘴角，"你干吗把被裹得那么紧？"曲薇薇倚着门掩口打了个哈欠，从进屋开始，这还是第一个有礼貌的动作呢。"李颂国，咱俩换换地方，你到老头的房间睡，我受不了那股老男人的酸味。"

"真麻烦，你先出去让我穿上衣服。"他尽量装出一副很男子汉的派头，其实脸在发烫，抽搐的斜纹短时间还无法熨平。

"你快点，要是我上完厕所你还没有离开被窝……"要么她猜到了，要么没猜到。可是，她没兴趣，一副不耐烦的模样。

"怎么样？"小伙子的心怦怦乱跳。

"不怎么样。"姑娘身子一扭，走开了。

他的懦弱又帮了曲薇薇一次，李颂国乖乖地抱上衣服，在卫生间的冲水声停止之前，跳进马树亭的房间，钻进凌乱的被里。他使劲嗅嗅，屋子里的酸味实在太浓了，尤其是枕头凉冰冰油乎乎的，腻腻歪歪一股说不清的味道。他找到了一根长头发，放在嘴边吹开。小伙子一下子僵在那里，他忘了把自己方才弄脏的毛巾从床单下面拿出来。

上午八点，街道收水费的老太太来过一次，李颂国将她拦在门外，故意大声说话，好让屋子里的姑娘放心。好容易将饶舌的老太太打发掉，关上门，他听见自己的房里传出曲薇薇哼着的歌声，他一下子就很温暖，一种新鲜的感觉油然而生。他的那点小小的脆弱的自尊阻止他主动搭话，曲薇薇却没他那么多的负担。也许是对昨晚的态度表示歉意，也许是对小伙子方才的细心表示感激，总之，她出来的时候露出了笑模样。

"不是查户口的，用不着担心。"一说话，嘲讽又自觉不自觉地流露出来。

姑娘却不计较他用什么口吻说话，她打了一个哈欠，"我看了你保留的宝贝，都是些破烂玩意。"

他最快速度地冲进自己的屋子，他的脸一阵抽搐。那个"珍宝"两个字的封条被撕开了，十几张罐头商标、旧尿片、一把掉齿的梳子、一个装着三十多枚硬币的放注射器的医用铝盒，母亲留下的物品——破烂玩意——不幸的童年——破碎的过去——都摊在床上。

"对不起。我只是好奇。"她有点心虚地说。

"你不是好奇。根本就不是好奇。"他揭穿她，"你不该这么干。"

还有更过分的，窗台上的那盆君子兰现在放在墙角。李颂国把花捧起来，一股异味直扑鼻孔。

"后半夜真是冷，不愿出屋。"还是那副德行，大大咧咧，不知羞耻。一边用手梳理头发，嘴里叼着束发的皮筋套。

"你是说，你在花盆里——这太不可思议了。"

"解决了问题，又给你的花施了肥，两全其美。"指天发誓，没有谁比她更无耻。

"你太过分了，你怎么可以，可以在花盆里小便？"

"你有完没完，我歉也道了，话也说了，你还要怎么样？"她的眉毛拧起来。

罢了，快放弃和她讲理的愚蠢想法，最好的办法是将这个入侵者赶出去。

"想把我赶出去？那得我想走才成，否则门也没有。"她的回答不啻一记耳光。

一会儿，她又敲着那个铝制的注射器盒子走到他的跟前，"要是我没猜错，那些破烂玩意是你妈妈的。"她的呼吸有点急促，吹开散下来的一绺头发，"告诉我，这个注射器盒子是不是我爸爸的东西？"

189

長勢喜人

他吃惊地看见泪水从她的眼睛里涌出来，一滴、两滴、三滴、四滴，滴到针盒上，吧嗒、吧嗒。"告诉我，我爸爸临死时想我没有？你别回答我了，我不想听了。"她两手捂住耳朵，声音尖厉地说，"他肯定没想，否则他不会死。"

"告诉我，他们到底有没有那回事？"

"他们是谁？"

"你知道我说的是谁。我爸爸，还有你妈妈，就是那个李淑兰。"

"你不知道？"她认真地打量他，确信他没有撒谎，深深地叹口气，"你爱他吗？我说的是曲建国。"

"你总算还有点良心。你管他叫什么？爸爸？"

"一句爸爸也没叫过？就叫叔叔？"她抹去泪水，好像得到了一点安慰，"他总算没让你叫他爸爸。"

"你本来就不该管别人的父亲叫爸爸。"

他的心狂跳起来，"你好像知道——"

"你真的一点也不知道？对了，你不可能知道，你妈怎么会告诉你这样的事。"

"你能告诉我，我爸爸是谁吗？"

"你最好别问，知道也许还不如不知道。"

"你真的不后悔？"

"好吧，我告诉你。"

190

接下来的是一个不一样的清晨。阳光铺满花窖，洒进厨房。吃完昨天的硬面包，吃完在油腻的橱柜里放了有些日子的腌萝卜，她竟然用手指尖沾起了桌子上的面包渣。她冲他晃了晃蘑菇头一样的短发，那是他们俩共同的杰作。他想的却是她笨鹅一样的雪白的颈窝，一层淡淡细细的茸毛，散发着迷人的苹果味，洗发精的甜味。她洞察了他的歪心眼，可她并不在意，"你们这些男人，哼！"她抽烟的姿势很夸张，嗯，迷人。他的脸红了，暗暗地揣摩，她会不会让他搂着睡觉。你看，生活就像一锅上屉蒸着的速冻灌汤包，开始冒出的是一股冻肉的腥气，等腥味消失，就变成了美味。他可没巴望这么快就尽捐前嫌，尽管看上去她好像完全换了一个人。

虚张声势的号啕，没有举止失措的惊恐，即使慌张也一闪而过。她坐在椅子上，把那管口红拨弄了好几个转儿，她抬起头来，眼睛里流出亮晶晶的泪水。眼泪流到嘴角，浅浅的笑纹就已筑起堤坝。"谢天谢地，我没把这里——我的住处告诉他。你是说，你亲眼看见他被那些条子，就是警察，从配电室押下来？他们给他戴手铐了吗？"

"为什么没戴手铐呢？"这个疑问好像把她难住了，托着两腮，眼睛怪怪地盯着他。

"你要不相信，你可以自己去一趟，看他还在不在。"他被她看得浑身不自在。

"我不相信你？怎么会呢！"她的脸颊这时才真正松弛下来，笑得也轻松了，"我不相信你会出卖我，你会吗？"她很妩媚地眨眼睛，流露出的却是审视，可这骗不了人，她是在故作轻松。她的目光出卖了她，那目光跳跃着，极力掩饰着不安。

得到期望的答案，她以手打胸，长舒了一口气。

现在是几点了？晚上七点钟，隔壁传来《新闻联播》的片头曲，女主人洗刷碗筷的声音，水一股一股地涌动，暖气片正上气不接下气地饱饮新一轮热水。

还有一些细微的声音，衬托着那从牙缝里挤出来的莺声燕语，

長勢喜人

"我这两天对你这么凶，你真的一点也不记恨？"

廉价的劣质冰棒在骄阳下迅速融化，糖水和色素哩哩啦啦地滴在手背上，他当时的表情就像一根冰棒。有哪一个姑娘这样对他笑过吗？没有。我指的是这种感激，温和，掺和着一点小巴结的混合笑，像橘子汽水一样甜腻，芬芳。

"我建议你在这儿，"他激动地打嗝，"在这儿多躲几天。"

"你看，我还能找到比这更好的避难所吗？"她温顺得像只打着小呼噜讨好主人的女猫，这样好的姑娘怎么会是个和不三不四的家伙鬼混的女流氓呢？

"你家有剪子吗？我得把发型变一变。"他乐颠颠地从花窖里找来剪子，剪子上染了有点发黄的枯叶汁。

"你给我剪吧，只要剪短剪齐就行。"真是个求之不得的美差。"你拿着梳子比齐了剪。"要是能剪断她的过去——"你是不是想问我为什么东躲西藏？其实也没什么，我和乔，还有几个朋友找了一个赚钱的买卖。我去勾引那些色棍，把他们领到一个去处，然后乔他们冲出来抓现行，拿下那些想占便宜的倒霉蛋口袋里的钱。前几天遇到了一个从沈阳来的个体户，他占了便宜还想不花钱，乔气得打了他几拳，结果他一头倒下不动了。这个膗货，算把我们整惨了。你给吓着了吗？你的手在抖。跟你说着玩呢，你看我像个杀人犯吗？"

"可你们这是流氓团伙啊。"他的手确实在抖。

"别说得那么难听，这绺没剪齐，对，就这儿。苍蝇不叮没缝的蛋，最该抓的是那些老色鬼。就像马——唉，剪子尖扎我耳朵了。"她满脸绯红，恼怒地去照镜子。

她揉着耳垂重新坐下，嘲讽地说："你怎么像我念书时的政治老师，一张口全是文明道德，要不是他偷女学生的胸罩给抓住，我们还真以为他是个正经人呢。哼，男人都一样，想的就是那点事。包括你。你怎么停下了？"意识到自己太过分了，她换了说话的腔调，"跟你开玩笑呢，你是好人，总行了吧。"

除了在他房间里往他心爱的君子兰花上小便这件事没道歉，算了，那有什么呢，她怎么会知道这盆花意味着什么？谁知道那个徐宝兰在哪？

作为回报，也许应该给她讲一讲晚上他赶去乔的藏身地的细节。

"你去帮我把车票取来，我明天就走。乔会给你一张纸条，那上面是我们在北京见面的时间和地点。但你最好别看。"

"你们为什么不一起走呢？

"乔说目标太大，两张车票车次不同，你到底去不去？"

这就是她指派他的好差事，不容商量，不容回绝。

他赶去那家小轧钢厂的锅炉房。远远地看见了一辆警车停在路口，他的心一阵狂跳，站在一棵树后扮成看热闹的过路人，果然，两个警察挟着乔从院子里走出来，乔没有挣扎，顺从地钻进警车。警车从身边开过，他清楚地看见乔的脸贴在窗户上，乔肯定认出了他。他给吓坏了，跑回家时还在打哆嗦。

拿来镜子，本人再修饰一番。一头怪里怪气的长发，现在变成了蘑菇头一样的齐耳短发，衬着一张白皙的圆脸，她的鼻子微翘起来，仰头时能够看见不太雅观的鼻孔，可那正是青春赋予整张脸生气的部分。她变得比初见时利落多了，镜子反射的灯光映在脸上，白脖子光鲜无比。好心情一直持续到又臭又长的电视连续剧结束，

长势喜人

并且在又长又潮又湿的梦里发芽长叶，热情的花绽放在第二天早晨的脸上。吃了昨天的硬面包，吃了快要长出白醭的腌萝卜，纤细的手指沾起面包渣，这天早晨的确与众不同。阳光铺进花窖，铺进厨房。只是，她看上去脸色可有点差劲，几乎是病恹恹的。

"你昨晚没睡好吗？"及时送上问候。

"没什么，我不舒服。"

"我去给你找感冒药。"他的眼前出现的是前晚看见的那一幕，极力地压抑着嫉妒和挖苦。

"你不用忙，我只是，"停顿一下，找不到更合适的词，"不舒服就是不舒服。"

"你别生气嘛，你不愿吃药没人逼你吃。"

"嗯，你真不懂还是假不懂？"

"懂什么？"他真的懵懂，可他的心一蹦，快要猜到了。果然，她的两片嘴唇抿一抿，吐出两个字——"女人。"

"女人怎么了？"问完，他的脸红了，他知道又问了不该问的。

她轻轻地叹口气。"其实我更想当一个男孩子，当男人就没这么多麻烦。"她几乎自暴自弃地说，"我来月经了。"

他掩饰着站起身走开。

漫长的青春期变成一支欲望的水枪，疾速有力地故意偏离了方向，射在洗手间里那一片血迹上。此刻她身体的最隐秘的一部分信息，正以污秽的面目呈现在他的眼前。等把小腹排空之后，他愁苦地打量着不一样长的双腿，自卑像寒冷一样把他紧紧裹起。那足以让他窒息的自卑不仅仅来自他的残疾，更多的来自——他的母亲。

"妈妈，曲薇薇讲的那些是真的吗？"他对着砖墙屈辱地质问。

第十四章

"我们来做个游戏吧，做游戏会避免你胡思乱想。"

"我没胡思乱想。告诉你，我没胡思乱想。"

"哦，真的吗？那你喘气声怎么这么粗？"

"我粗吗？呃，一点也不。"

"好了，好了，你没胡思乱想，是我胡思乱想，你真的一点也不想干我？"

"哈哈，你在发抖。不用摸我也知道你硬得像个铅笔一样。"

"你生气了？我是在跟你开玩笑。"

"我没生气。"

"你就是生气了，我听你的喘气声就知道你生气了。"

"我没生气。我真没生。要不你点灯看看。"

"好了，好了，你没生。"

"你快说我们做什么游戏吧。"

"我先不说游戏，先说彩头。你要是赢了，就让你摸我一下。"

"你看，我说得没错吧，你还说你和别的男人不一样，一说摸

長勢喜人

小姑娘就来劲儿。"

"我没有，我没来劲儿，我……"

"别辩解，别说你想不想，说你敢不敢。"

"敢，我有什么不敢的，我。"

"你看，你看，现在手就痒了。你别专想美事，我说的不是大腿，也不是胸，我说的是头发。"

"头发？"

"你看，你已经让我教坏了。"

"头发就头发，要是你赢了，我也让你摸头发。"

"哈，哈，乐死我了。摸你头发？哈，哈，真乐死我了，你头发有什么好摸？哈，哈……"

"你别笑了，你别笑了。你还笑。那你想干什么？"

"干什么？我想打你耳光。我赢一次，就打你一个耳光。"

"这不公平，凭什么你就打我？"

"哪有公平的事呢？我总不能让你白白占我便宜。"

"我没占你便宜，是你自己钻到我被里来的。"

"你看，你得了便宜还卖乖。"

"我就是没占你便宜。"

"好了，好了，你是正人君子，你是好孩子。"

"我是孩子？你比我大吗？"

"你是男生，你就不能吃点亏吗？非得让我让着你？"

"我没那么说。我没说不让着你。"

"好了，好了。我们做个什么游戏呢？"

"你说吧，反正是你先提出来的。"

"玩什么游戏呢？嗯，我问你，你想你妈妈吗？"

"她是我妈，我干吗不想？这还用问。"

"你妈的病真的治不好？我听说精神病人在医院里比在外面日子更不好过。我妈说分配到精神病院的毕业生都不是好学生，再就是犯错误的。"

"你妈真这么说？"

"其实我们自己也会想出一些治疗办法来。我们今晚就做这个游戏，两个人换班想办法，想让你妈恢复记忆的办法。对，就玩这个游戏。怎么，你不愿意？我这可是帮你。要不是欠你的情，我才不会浪费宝贵的脑细胞呢。"

"你玩不玩？要不我睡觉了。说好了，你离我越远越好。"

"好吧，就这样，你说怎么玩？"

讲一讲这之前的事。没指望这屋子里发生浪漫故事。但这晚上的狗叫太狂了，伴随着雪片落在窗玻璃上的声音，狗叫好像到天亮也不会停，前些日子这条街还来了市政府的打狗队，戴着红袖标，一边做有关狂犬病的宣传，一边挥舞大棒搜寻狗的踪迹。听听外面的狗叫，我敢保证那些白痴没一个住在这附近。这是冬天的最后一场雪吗？电视台报道有轨电车在傍晚时不得不停运。可是雪夜从来没像今晚这样不安哪，何止是不安，简直充满着不祥之兆。

门开了，灯亮了，曲薇薇站在门口。"你又要和我换房间吗？""不，我一个人有点害怕，想和你说会话。"就这样，她上了他的床。之前没有一点铺垫，她就上了他的床。可是她看上去并不是来寻求保护的，只是不愿意一个人躺在寂寞的房间里，何况她还是一个"逃犯"。她真是一个逃犯吗？她左右着这屋子里的一切，说着难以捉摸的半是挑逗半是警告的话。假如语言是可以贮存的，你

长势喜人

把这两个人的话扔进透明的容器里，你就会发现一个胀成了一副拳击手套，另一个只有挨打的份……不要为过程过多地浪费笔墨，我们还是开始游戏吧。

楼房就像一排火柴盒，那里面的人的脑袋就像一个个火柴头，肿胀，粗糙，神秘兮兮，自以为是。他们分别是思想家、文学家、教育家、手淫犯、花痴、侦破专家、犯罪高手，还有你能想出的所有异于常人的家伙。想想看，他们谁会是狂躁型的？我敢说是医生，因为他们不但可以乱施惩罚，而且还有白衣天使的高尚的名义。一个房间里，这一个人在想象着自己成了战斗英雄。脚底下躺满了尸体。鲜血流到脚下，痒得他咯咯笑。一阵刺痛，他大叫起来，原来是同室的思想家在啃他的脚后跟，啃着啃着咬了一口。教育家得了一种"小视症"的病，总是出现幻觉，自己勇猛无比，别人嘛，都是在丁香树下边撒尿边哆嗦的小母狗。就像你是小学生，又偏赶上学习不好，他是班主任，正赶上心情不好。你妈妈和他们不一样，她是个普通人，她住进医院是因为她想忘记，那些医生肯定想不到她正是因为要忘记才受了刺激，可他们却在努力想让她恢复记忆。结果刺激正好把她的思维凝固了。打个比方，要想做成豆腐就得点卤水，卤水一点豆浆就凝了，你妈妈就好比卤水点多了，上帝呀，我本该去当医生的，我分明就是个天才呀！你别挖苦我，还说你妈妈，你妈妈在女病房。我告诉你，她目光呆滞，面如死灰，嘴角流着涎水。别用那种眼神看着我，我没有污辱她的意思，她的情况可能更惨呢。嗯，我说的是症状。症状，多好的词，只有搞清了症状才能对症下药。可是你妈妈这个症状我不用药，我选择一种新疗法，一种更强的刺激。准确地说，是一种最原始的方法，摔打。你没想到吧？对付你妈妈这种病人，你只要把她从高处往下一推，说不定哪下就能搭上她的神经。你接没接过灯丝断了的灯泡？你把灯泡使劲摇晃，断了的灯丝没准哪下就搭上了，你将灯泡拧到灯座上，亮了，原理就这样简单，但是有效。对于病人，一旦从这种摔打中有了乐趣，她就会自己重复这种动作，摔得鼻青脸肿，摔得尿屎迸流，鼻血脏了衣服，就像，就像猪血一样。摔着摔着，说不定哪一下，她从地上起来，目光变得……

够了，够了，你不要再说了。唤醒记忆我这里有一个好办法，比如说照镜子。你每天都照镜子，打扮自己，可你在镜子里打量过自己吗？我说的是认真打量，看时间长了，你会觉得镜子里的人变得陌生，你不再那么有把握，但你也会慢慢地熟悉起来，想起来镜子里的人就是你本人。别插嘴好吗？现在轮到我来想办法。我想象的照镜子是瞬间让你看见自己，就像手电光猛地晃在你的眼睛上，你会吓一跳，等你慢慢地适应了，结果发现面前有一面镜子，而镜子里的人是谁？她会努力去想，使劲想，一下子想起来，那个人叫李淑兰。我想可以让李淑兰一个人走进黑屋子里，然后鼓励她掀开面前的一块黑布。然后她忽然间看见灯光从镜子里反射出来，而镜子里正有一个人，我想李淑兰的病房里肯定没有镜子。我听一个那家医院的医生说，镜子在他们那是危险的东西，他们也许从不给我妈妈照镜子。

照镜子？你几乎不可能成功。照一次镜子也谈不上刺激，关于照镜子，我有一个好主意。涂脸，这次涂蓝墨水。照一次，洗掉之后再照一次，再涂一层红墨水，还有黑墨水，墨汁也行。不要用那种眼神看着我，别忘了我们是在做游戏。你必须明白，我们是在拯救一个精神病患者，即使她是你的母亲，但她首先是个疯子。

長勢喜人

要想唤醒她的记忆，你不能指望自己两臂张开，假装飞机跑过跑道，用飞翔这种童年的小把戏就能让她清醒。居心不良伴着消化不良，吊眼梢的蘑菇头蹙着眉，发出咝咝的声音，她总算遭到了一点报应。

　　如果灯开着，她一定会看见他不争气的泪水流到了腮边。多少个夜晚，他在心里过滤着一个个场景，那些场景越来越模糊，也似乎越来越真切，这就是出现他脑海里的画面的两极。他多么希望自己的母亲也和别人的母亲一样，他需要家庭的温暖，来自父亲的，来自母亲的，还有一大群的兄弟姐妹。他做过努力，并且几乎成功了，曲建国常来家里的那些日子，他似乎感受到了一个家庭应有的和谐气氛，但是太短暂了，简直就是自欺欺人，并且将仅有的母爱也葬送了。为什么我生来就没有父亲？为什么我生来就要蒙受屈辱？为什么我的出生毫无光彩？为什么我的出生是一个来不及改正的错误和罪孽？他仅在这个思维的怪圈中停留了一小会儿，奇怪的是他开始倾诉母爱，更确切地说，是他的舌头自己在滔滔不绝。指天发誓，他还从没试验过这样大段大段的独白，事实证明，他的口才极佳，富有深情。渐渐地，他的热血沸腾起来，他相信只要他大声请求，就能将母亲从另一个世界唤回到他的梦里来。

　　"妈妈，"他喊了，"我是你的儿子，你看我一眼。"

　　他喊了一声，她就忍不住笑出声来，她觉得这太滑稽了，"你当这是舞台吗？"

　　"妈妈，你看我一眼。"一旦喊出了第一句，第二句就不再羞口了。

　　"妈妈，你就看我一眼。"他感觉到他的听众表情严肃起来。

"妈妈你就看我一眼行吗？"喊出这一声以后，他的身体不自觉地颤动起来，他回到那年夏天，他捧着一面火镜，他的母亲被烧疼了，惨叫一声。他想到了那许多个冰冷的夜晚，母亲的泪水大颗大颗地掉在他的脸上，耳边响起压抑的啜泣。他回到了孤单单的下午，他怀抱着树干品尝着失去母亲的痛苦，而他的母亲则捧着一朵波斯菊，对儿子视而不见。他回到了那个水淋淋的下午，他在五七湖边，从危船上被高高抛起。他回到了去看王婵骨灰的那个下午：妈妈，你的骨灰也像盐粒一样吗？妈妈，妈妈，妈妈——

他的呼唤像子弹一样击中了那颗玩世不恭的心脏，让她瞬间滴出血来。

"李颂国，那你为什么不去医院看她，即使她是疯子，可是，可是她也是你的妈妈呀！"

"可是，可是她几年前就已经死在医院里了，她永远也不会恢复记忆了。"

"你别喊了，李颂国，我告诉你别喊了。"曲薇薇失声痛哭，她使劲地捶着枕头，万般无奈地，万般痛苦地说，"我明天就回去看我妈妈。我离家出走，她一定担心死了。她还不知道我干了什么。"

他和她进行了最后一个游戏——捉迷藏。曲薇薇藏在花窖里，他走进去了，她像纸片一样从他的身边飘过，飘进马树亭房间的立柜。他打开柜门，那个鬼精灵在窗口冲他笑着。他开门冲出去，她正在前面奔跑，一直向阿尔巴尼亚小楼前面的空地跑去，他攀上白色的栅栏，眼前的世界绿草如茵，鲜花盛开，再往前，是一片茂密的树丛……

游戏一直进行到他从梦中醒来。他的身边是空的，他喊了两声，然后起身找了一回，他终于相信，她没在这屋子里。

　　曲薇薇真的离开了。他在梦里和她捉迷藏的时候，曲薇薇招呼也不打一个，背上她的牛仔包离开了。

長夢寺人

第十五章

下午一点钟，钥匙在锁孔里转出轰隆隆的巨响，李颂国从床上跳起来，进来的是马树亭，风尘仆仆，兴奋中带着疲惫。"你不愿意老爸回来吗？儿子，招呼也不打一个？"马树亭看上去更像一个刚从市场菜床上逃出来的蚕蛹，乌黑虚胖，有点浮肿，黑眼圈的颜色更深了，得意地摇着戴着烟色呢帽的脑袋。"这些天过得怎么样？"老头一改离家前的忧郁，大大咧咧地问道。

在老头走出花窖之前，李颂国将马树亭的狗皮褥子、医用便盆等迅速归位，免得他生出疑心。老头在花窖里摆弄了一大通，看上去他没有发现这房间里来过外人。他的注意力根本没在这儿，他从提包里掏出剪纸、泥人等几样送给李颂国的小礼物，极细心地将十几张游览区的票根叠放在一起。半个多月的南方之行好像让他成了另外一个人，老头变得快活而饶舌。"儿子，和我去看看咱们的新房。"

原来还以为新楼房和自己没有一点关系呢，因为老头只跟他提过一次，就是赵剑苹要到家里来做客的那次，从那以后马树亭再没提过这事儿。新房子就在马路对面，一幢刚建的商住楼五层的一间两居室，房间的水泥地面刷着绿油漆，老头得意地拉着李颂国在房子里转了好几圈，拧了三遍厨房的自来水龙头，拉了五遍卫生间的抽水马桶。"我们最近就搬过来住。"马树亭说，"儿子，对新房子还满意吗？"

"当然满意。"但他搞不懂马树亭出去这些天发生了什么事。谜底刚刚下楼就揭开了。

"老马，好长时间没见你来新房了。"打招呼的人李颂国见过，是马树亭退休前的老同事。

"我去南方了，参加了厂里的老劳模考察团，去转了一圈。出去不出去就是不一样，长见识啊。"不等对方插话，马树亭便自己讲开了。"都去了哪？"看见对方果然艳羡，他的兴致更高了。"也没去哪，上海、无锡、苏州一共走了十几天。你也找机会去转转，南方就是比北方好。"

"你去我的老家了，"老同事笑着说，"你忘了，我是嘉兴人，就在上海附近。"

"哈哈，我倒忘了。"马树亭不甘心让对方得意，"上海好是好，就是有些阴冷，尤其我这关节炎一潮就有感觉。回到家里往暖气边一坐，舒服着呢。"

"我刚刚听说了，你可不止这一件舒服事。老马，到时候可别忘了告诉我去喝喜酒啊。"

马树亭脸红了，尴尬地说："你别听他们瞎说，哪有的事。"

"还没有？你脸都红了，这也是正经事，有什么害羞的呢。听说对方也是老同志？"神神秘秘地耳语一番，一齐大笑起来，"早怎么没想到呢？让你单过了这么多年。"

"人家原来是科长，咱是工人，腿脚又不好使。"马树亭心情复杂地说。

"现在你是大款，她是退休在家的家庭妇女，现在是你的条件高。"

"什么大款？我哪是什么大款啊。"马树亭压抑着自得。

这天下午，许多熟人都意想不到地出现在街头，过一个马路竟然遇到了三位老同事四位邻居，他们都和马树亭打着差不多一样的招呼。即使风不把老头的脸吹红吹紫，那一声声问候也足以让老头既高兴又不好意思。

"没想到事情这么快就传开了。"马树亭对李颂国说，"事情还没最后定下来呢！"

"好像不是那个赵剑苹。我猜得对吗？"李颂国试探着问。

"啊，不是，当然不是。人家是市医院的科主任，咱是什么？"马树亭蹙起眉头，多多少少有点扫兴。

"你不是大款吗？"李颂国打趣道。

"可不敢这么说。别人说只是瞎猜，要是你也这么说，人家就都会相信。爹哪有什么钱？有一点钱将来还留着给你娶媳妇。"马树亭忧心忡忡地说，"有钱也不是什么好事，不怕贼偷，就怕贼惦记啊。"

傍晚又来了许多人，都是来看花的。已经有好久没人上门了，没想到马树亭考察回来，而且身体已经康复的消息会传得这么快。其中有一个是马树亭一个考察团的，他坐在电视机前不住地大呼小叫，觉得电视剧里的许多画面都非常眼熟，"这个地方咱们去过。""可不是，我还照了张相呢。""不对，这地方明明是苏州，怎么会是安徽呢，导演明显瞎编。"

長勢喜人

李颂国的注意力始终在房门的把手上，天黑了，他确信曲薇薇不会回来了，竟有些怅然若失起来。

这天晚上发生了一件事，将这一切都改变了。吃过晚饭，这一对父子又坐在电视机前，马树亭兴致勃勃地等着省台的新闻节目，他已经打听好了，晚间新闻里有考察团归来的新闻。

"我还是头一次上电视呢。"老头说。"不知道有没有我的镜头，人家记者拍的是领导呢！"马树亭期待地说。

"拍领导也得拍你们考察团，领导接的是你们啊。"李颂国有一句没一句地应付。心里又掠过小小的不愉快，他仍在埋怨着曲薇薇的不辞而别。

在有关考察团消息的最后，电视画面上出现了马树亭，老头下火车时打了个闪失，恰好被一位领导扶住。马树亭和领导紧紧地握手。

"就这么一个镜头，人还没看清楚，"老头遗憾地说，画面一闪而过，已进入下一则消息。

接下来是一条警事新闻，报道的是公安部门扫黄打非的战果。

突然，一张熟悉的脸出现在画面上。这一对父子几乎同时啊了一声。

是曲薇薇，被两个警察扭着塞进一辆吉普车。

今天下午，长春警方在火车站将准备逃跑的曲某抓获，至此，该流氓团伙三名主犯全部落网。有关案情正在调查中。

——他们都剧烈地咳起来。马树亭摇摇晃晃地走去卫生间，可是，他立刻又冲了出来，他的手里拿着一个电话本，本子上赫然写着三个字——曲薇薇。

"家里怎么会有她的本子？她到这里来过？"马树亭惊慌失措。

"天啊，警察很快就会找到这儿。"老头的嘴里冲出一股焦煳味。一只被开水烫了一下的蛹，全身缩成一团，像断了脊背似的，然后，全身变得坚硬。马树亭失魂落魄，长叹一声，"这回完了，我还是个老劳模呢，一世英名啊！"

"可是，这是我的错，警察就是来了，我也会告诉他们，你没在家，曲薇薇住在这的事和你无关。而且，我还可以告诉他们，一开始我不知道她是什么团伙的成员。"虽然李颂国也吃惊不小，但他还是得去安慰马树亭，不知为什么，老头受的刺激太大了，几乎被击垮了。

"你不知道的，儿子，反正这下完了。马树亭啊，马树亭。"马树亭叫着自己的名字进了卧室。老头把门从里面反锁上了，播电视剧时也没见出来。

临睡时，李颂国又翻看了曲薇薇遗下的小笔记本，这是一本通信录，上面记着一些电话号码，小本子只用了三页半。他忽然发现小本子里夹着一张便条，上面"我恨你"三个字共写了七遍。他叹口气，哪怕这是写给他的也好，可她在这住了三天，临走时，连一个字也没留下。

夜出奇地安静，屋子里冷飕飕的，采暖期快要结束了，天气还没有完全转暖。他听见门响，开门一看是曲薇薇笑盈盈地站在门外。他们一起到共青团花园去散步，却发现只有他自己站在宽平大桥不远处的水塘边，而身边的人换成了王婵。王婵在前面走得飞快，任他怎么招呼也不等他。火车隆隆地开过，剩下一团一团的蒸汽在田野上飘移。他气得大喊起来："小皮鞋，嘎嘎响，资产阶级臭思想。"可王婵就是不回头，而在他的身后，站着高春阳等几个伙

长势喜人

伴，他们冲他一齐唱起了改造的《乡间小路》，"走在香港的柏油马路上，三接头的皮鞋嘎嘎响，腿上的喇叭裤真漂亮，蛤蟆镜戴在鼻梁上……"他挨了一个耳光，原来是曲薇薇又回到了他的身边。"尿炕精，你臭美什么？"他立刻羞愧起来。不知怎么回事，他们又往前走了。路两边开满了向日葵花，黄澄澄一片。再往前走，是一片洼地，洼地里长着参差不齐的玉米，光秃秃的玉米穗在风中摇曳，掩映着一座破草房，隔着窗上的白塑料布，能模糊地看见人影在晃动。后来，他们在田埂上坐下来。再后来，曲薇薇点燃了脚边的一小堆茅草，一股风吹来，火竟然蔓延了，他们被困在火海，呛得睁不开眼睛，大声咳嗽。烟雾外面，远远地传来消防车凄厉的嘶鸣，而且越来越清晰……

烟从门缝里钻进来，消防车的声音真真切切，夺人心魄。李颂国坐起来，听见隔壁发出一声声尖叫——着火了——真的着火了。他跳起来，去推房门，厅里一定有什么东西着了，黑咕隆咚，浓烟环绕，他大声咳着，使劲砸马树亭的门，里面没有一点声音。他跌跌撞撞地奔到房门口，费了好大劲冲到院子里。有人奔跑着大声呼喊救火。第一辆消防车到了。第二辆第三辆，消防队员们迅速支起了水枪。他的脚底板疼痛起来，他才发现自己逃得匆忙，竟然没穿上棉衣。有人给他找来一床湿漉漉的棉被披上，他才惊魂未定地打起了哆嗦。一个消防队员跑过他的身边，他扔掉棉被，拉住那个小伙子。他听见一个破了嗓的声音颤抖着，可是对方听不清他说的是什么。"别着急，你说清楚点。"

他说不出话，急得打手势。旁边有人说："他可能是说他爹还在里面。"

"马树亭，马树亭还在里面。"他终于清晰地喊出了老头的名字。

将近天亮时大火才被彻底扑灭。据目击者说，凌晨三点，马树亭的房顶蹿出了火苗，推算起来，着火的时间可能还要早一些。在花窖里找到了老头的尸体，差不多烧焦了，被盖上一块白布抬走了。

"可惜了老马的一窖花哎！"有人痛心地说，"值个几十万啊，一把火烧完了。"

"我刚才听消防队跟厂领导说火灾的原因很清楚，着火点就是花窖，是老马自己放的火。"

"怎么会呢？他自己放火？可惜了这一窖的君子兰。"

"还剩下一棵，你看，他儿子捧着呢！"

李颂国捧着一盆花。正是曲薇薇放在墙角的那盆君子兰，在两天前，女孩将花盆当成了便盆，两个人竟都忘了将花放回窗台上。如果放回去，救火当中没准也会给毁掉的。李颂国踩着烧焦了的门槛走进自己的房间，他一眼就看到了这盆花，竟然完好无损。何止完好无损，在那泡尿水的滋润下，君子兰更加油亮碧绿，简直长势喜人。

长势喜人

第十六章

大批乌鸦突然闯入，给市民们带来了不快。人们烦恼的倒不是这鸟长相丑陋、叫声嘶哑，它们确确实实骚扰了人们的正常工作和生活。在乌鸦聚集的文化广场附近，不仅路上布满白色的鸦屎，连街道边栅栏上也都鸦屎斑斑，环卫工人只好不停地清扫马路。街上出现了"全副武装"的人，戴着帽子，戴着口罩，脚上系紧鞋带，将自己装在"套子"里的人边走边拿着扇子扇风。九月初的天气郁热依旧，人们见面时先要谈到鸦屎，他们抱怨沾上鸦屎的衣服不好洗。

鸦屎还影响了露天菜市场的生意，面包房的门窗上也是鸦屎斑斑，往常生意最红火的时候，现在却门庭冷落。许多人都开始回忆，大批乌鸦光临我们城市的情景在十二年前就有过那么一次，上次赶走乌鸦的是久违的高音喇叭。

一九八四年九月九日，我们这座城市里曾公审了一批犯人。他们中间大多是杀人犯和强奸犯，他们中几十个被判处死刑。

电视直播了那次从重从快的公审大会，被审判的人绝大部分属于流氓团伙。收听公审大会广播的学生第一次听到了一个新名词——卖淫，他们想不出什么叫"卖淫"，但他们猜出来了，那是很重的一种罪名，因为有人因为"卖淫"将被枪毙。

李颂国在街头的布告上找到了曲薇薇的名字，那三个字的上面打着红×。名字的后面是那女孩的罪行记录，流氓团伙，卖淫，更大的罪行是参与杀人。这么说，那天她对他说的竟是真的。如果她说的是真的，警察一定搞错了，她不知道她骗回来的那个人会反抗，会被她的同伙失手打死，也就是说，曲薇薇不是杀人犯。可是，布告上明明写着，曲薇薇就是该流氓团伙的主犯，那个人被打死时，她就在现场。

赶上收看公审大会的最后几个镜头，地质宫广场上人山人海，措辞严厉的宣判词和宣读人义愤填膺的庄重语气，使现场气氛显得更为紧张，电视画面闪过架着机枪的军车，闪过穿着囚服被押解的罪犯。他好像看见了曲薇薇，他张大嘴站到电视前面，画面又闪回了主席台。

第二天早晨，李颂国得知错过了一个重要时刻，就在昨天的公审大会上发生了很大的变故。审判结束，将要把死刑犯们押赴刑场的时候，公审人员接到命令，今天将罪犯枪毙不合适，因为，今天是九月九日。哦，九月九日，这是已故伟大领袖的忌日啊。紧急商量的结果是刑期推迟一天。一辆辆军车载着荷枪实弹的士兵开往广场担当警戒，许多犯人瘫在车上，忽然间多出来的时光让他们不知怎样打发。更揪心的是那些犯人的家属，他们纷纷赶来，在警戒线外面大声号啕和呼喊……

李颂国赶到地质宫广场时太阳正在慢慢升起，夜露沾在灌木丛

长势喜人

变黄的叶子上，广场上显得有些空，有人在放风筝。一切都恢复原样。警车早早就开走了，清洁工唰啦唰啦地扫着地上的落叶和冰糕纸。地质楼东边的琉璃瓦反射着一抹朝阳。

李颂国在广场边的杨树下面转悠，一张熟悉的面孔忽然出现在他的眼前。赵剑苹穿着一件灰呢子大衣，包着头巾，双眼红肿，他们同时认出了对方。

"赵姨……"

赵剑苹摆摆手，声音沙哑地说："薇薇告诉过我，她在你家躲了几天，她真该死，她罪有应得。"可是她的泪水扑簌簌地滚落，"为什么要让她多活一天？为什么？她要是昨天被毙，正好和她爸爸曲建国一个忌日。"

"你走吧。你不用安慰我，我想一个人再在这转一会儿。"赵剑苹向前走了，全身在晨风中簌簌发抖。

李颂国走了，从那以后，他再没见过赵剑苹。

想赶走那些乌鸦的不仅是广场附近的居民，每天清扫这片大街的环卫工人心情更加迫切。他们在树下放"二踢脚"，点燃鞭炮，可就是赶不走这些不速之客。他们用录音机录下乌鸦报警的声音，无奈这种办法也不奏效。成百上千的乌鸦就是赖着不走。非但不走，它们已经由树上转移到居民家的阳台上了，就像鸽子一样栖在阳台的栏杆上，落在电视天线上。这下，住在鸽子楼里的居民遭了殃，他们给报社打电话诉苦，抱怨阳台上布满了鸦屎，就是天天擦也擦不净，因为乌鸦来得越来越多了。

尽管乌鸦干扰了市民正常工作和生活，市政府仍然不敢发布捕杀的命令。乌鸦虽然还扒吃田里的庄稼，在垃圾堆里觅食，但毕竟

長勢喜人

还是以吃害虫为主的益鸟。报纸上，专家们指出城市扩建毁掉了郊区的高大树木，使乌鸦失去了家园，他们呼吁政府出台保护环境的政策。可这无法解决眼下的问题。开始，人们还忍让着，盼望那些乌鸦快点飞走，可是，这些乌鸦看上去要在这里安营扎寨了。人们开始自己想办法了。最初想出敲盆这样原始办法的是个退休的老工人，她家的阳台没有封闭，乌鸦每天就落在她家阳台上拉屎拉尿，她不得不每天晚上去阳台上敲着盆盆罐罐驱赶乌鸦。可是乌鸦太精了，你一敲它就飞走，你刚回屋休息，它又飞到阳台上去了。有人在阳台上站岗，天上飞过的乌鸦又把屎拉到身上。被搅得火冒三丈的老太太干脆白天睡觉，晚上站岗，这回乌鸦站到对面的树枝上，跳来跳去，哇哇大叫。

就在人们快要撑不住的时候，乌鸦又和上次一样忽然消失了。这次赶走乌鸦的是广场上举办的一场场大规模的潜训集会。

一九九六年，在我们这座城市里，以传销为目的的潜训集会差不多每天都在进行，天才的潜训师们决定让这种训练方式从地下走向公开，一直开到广场上来了。

在我们这座城市里，一九九六年的确值得大大地写上几笔。

一九九六年，如果你是一个社会学家，你不会对这一年无动于衷，如果你是一个一直在寻找发财机会的正常人，你不会对这一年无动于衷。在这一年，我们的城市里，作家叫壳子，画家叫大侠，小姐叫缝子，公司经理叫赌棍色鬼牛×大王。在一座豪华的海鲜酒楼里，两个侏儒找到了工作，他们唱歌跳舞，坐在女客人的身边陪酒，要多恶心有多恶心地撒娇，他们一个叫讲究，一个叫好使，没有人去关心这两个可怜的人的内心生活，人们为这两句流行语的使用开怀大笑。在和平大戏院扯着幕布的简陋的舞台上，二人转演员

长势喜人

双腿叠坐在戏台边上，抽着鼻子歪着眼睛和笑出眼泪的观众交流心得。卖楼买摩托，玩呗。扒楼找蛐蛐，玩呗。他们嘲讽满场的观众看上去像个教授实际上也是个禽兽，每个人都喜气洋洋，嗑着瓜子的小姑娘也不认为这是污辱，而在戏院门口等客的出租车司机刚刚被警察罚过，信誓旦旦地对客人说，欺负我，我雇俩盲流子揣摩你媳妇，找俩坏小子揍你儿子。明天早上我就让你变国宝，和大熊猫一样黑眼圈。浮躁的一九九六年，享乐思想开始弥漫的一九九六年，大街上五十年前的速生杨被一棵棵伐掉。洗头房遍地开花。打扮妖冶的姑娘昨天还在乡下摩挲着锄杠，摇身一变，就成了按摩小姐，她们把长着茧子的手藏在廉价的黑皮短裙下面，涂着黑色的脚指甲，坐在酒店的大堂里等候不法客人挑选，为防备扫黄打非的警察突然袭击，酒店和浴室的老板们在包房里安装了电铃。浴室男女混用的休息厅里灯光昏暗，小姐只穿一件开敞式浴袍，手很随便地不容分说就伸向男人的两腿之间。大街上，福利彩票的销售现场人山人海。歇业的电影院门口也搭起了摸彩的台子，这里摸彩充满乐趣，更富悬念，你可以猜三十种动物的名称。如果你猜的是蝴蝶，谜底却是蚯蚓，你猜蚯蚓，谜底却是青蛙，你猜青蛙，谜底仍是蚯蚓。在彩台旁边，高音喇叭正在推销这一年最具想象力和创意的新玩意，那玩意就叫做尿湿乐，垫在婴儿的屁股底下，婴儿一尿尿就会自动唱歌，歌词是世上只有妈妈好。恰好有一个买主大声招呼着退货，这玩意孩子尿湿时它不唱，不尿时自己在那唱。假货劣货横行的一九九六年，一个农民从人贩子手里买了一个男孩，结果那孩子的胯下之物竟是一团逼真的橡皮泥，验明正身的女孩则蹬着两腿大哭。一九九六年，我们这个城市日新月异，欣欣向荣。这一年还有一个词使用频率很高，这个词就是分享。请注意这个词：分享。

要用一个恰当的词来注解这个好看得像黄喙乳鸽一样的词还真不容易。这是一个充满魔力的词语，长着一对漂亮得让人心碎的小翅膀，呼扇呼扇，落在公园柳树下面的长椅上，落在桑拿浴池黏糊糊的休息室里，落在战友同学和同事们的肩头，——拍拍我的肩我就会听你的安排——歌者田震沙哑性感旧唱片一样的声音。一个时代的伴唱。

现在，让我们把惊奇的目光全部聚焦到一个奇迹的创造者——第一个用"分享"这个词作为潜训主题词的发明人的身上。对，他就是李颂国，他正是城市里声名远播的那位著名的潜训大师。

这是六月下旬的一个阳光好得不能再好的中午。在洒满阳光的开阔的广场边上，真的有风筝放上了天。从头顶掠过的北方航空公司的飞机拉着白线，翅膀一闪一闪。一堂潜训课刚好到了学员们自由交流的时间，李颂国坐在那具叫做拥抱太阳的雕塑下面，几十名学员众星捧月一般围坐在他的身边。相对于偌大的广场，这雕塑显得矮小又虚张声势。两只伸向天空的黑色手臂，黑色的胸膛，又开的黑色双腿，隆着黑色的肌肉。还有，茁壮的男根就悬在那里，气宇轩昂。这比施瓦辛格还施瓦辛格的雕塑是和新改建的文化广场一起诞生的。这裸塑开初站在这里时比现在多着一片小铁叶，就挡在两腿之间。敷衍的作者现在一定欢喜不已，因为时隔不久那小铁叶就消失了，裸塑还了本来面目。此刻巨大的地质宫楼顶的琉璃瓦反射着断成一段一段金线的光芒。和明晃晃的太阳交相辉映的是潜训学员们的笑脸，此刻，他们崇拜的大师就在他们中间，轻松随意，是那样地谦和，那样地可亲。他在送上来的签名本上写下自己的名字，在回答学员的提问时总是在微笑。他毫不难堪地抱着残疾的左腿，仿佛在说，痛苦是人人都必须承受的啊。听着他温和的声音，看着他拱起的左脚背，有人难过得几乎要哭出来。大师发现他的左脚被人捧在手里，那竟是一个漂亮的女孩子，只是衣着土旧，眼睛里闪着渴望成功的激情。这正是学员们共有的特征，也是他本人成功的象征。但这时，他更想越过这些张泪光晶莹的笑脸，打量一下这个已经面目全非的广场。

几年前，这里还叫做地质宫广场，他参加过的无数次大型集会和游行都在这里誓师或收场。那时候，广场上还有些灌木，灌木中间曾有一座座坟茔，"文革"中死去的"战士"们都埋在这里。坟头被夷平后被分成一片一片的冰场，冬天，戴三角毛线帽的学生们大弯着腰在冰上飞来飞去，吱吱的冰刀声仿佛亡灵们的叹息。那是一群被历史出卖的灵魂，在夏天就萎去枯落的树叶。堂皇的广场注定会吐出被激情腌透了的尸骨，就像呕出岁月的痰涎。

但现在，他是这个广场的主角，因为，正是他左右着眼前这几百人的喜怒哀乐。他成了人们改变命运的希望，是成功和财富的化身。自从他把潜训搬到广场上来以后，那些乌鸦竟然在几天之内消失得无影无踪，而那些驱赶乌鸦的清洁工人则一多半成了他潜训课的学员。他还是传销商们追捧的对象，每个传销商都希望他在讲授成功学的时候，能将他们的产品说上那么一两句。他去见一个日本著名传销企业的总裁，他的学员们就等在那家公司的门外，这让那个日本佬惊讶不已，但他却拒绝为日本产品主持批发商研修会，因为他讨厌日本人，这种发自心底的厌恶从他小时候和曲建国住进地下室那会儿就开始了，他永远也忘不了日本建筑的阴暗和潮湿。他还拒绝了不止一个大学教师的采访，他们不但想将他创造的那些富有吸引力的潜训游戏用到大学营销学的课堂上去，以活跃大学生们的学习氛围，而且还试图挖掘那些游戏背后的故事。每个人都想知道他的成长历程，想知道他这样一个普普通通的残疾人是怎样成长为一个潜训大师的。他总是闭口不谈，他越是这样，关于他的故事就越来越多，并且流传着一个又一个的版本。

为了去伪存真，现在就让我们去看看这些年李颂国，也就是大师本人，他的生活都发生了哪些奇迹。奇迹正是从这个广场开始的。

長勢喜人

第十七章

那是一个十月份的阴天，天上仍在飘洒雨点。他刚参加了一个葬礼，心情抑郁愁眉不展。

广场鸽抖着翅膀，咕咕叫着跳过草坪上的小水洼。天有点冷了，他裹紧风衣，葬礼一完意味着他又一次失了业。这天送走的可是一个好人。"老板最相信你了。颂国，你说我的命咋这么苦呢？"在殡仪馆的告别厅，当着那么多人的面，老板娘就趴在他的肩头痛哭，怎么也不肯撒手。"我会把所有的账目清理好，你放心好了。"他挣脱出来，声音干涩地说。"谢谢你，颂国。我现在最相信的就是你了，你看，我身边又没别的亲人。颂国，你怎么不提醒我给老板喝点酒呢？喝了酒他也许就不会死。"老板娘说得没错，早晨他在小吃部的门口等灵车的时候也这样想过呢。他在这家叫味美思的小饭店干了差不多已有两年，老板是个进城的农民，患有高血压、糖尿病，尤其是酒喝得厉害，每天醉醺醺的。三天前，老板娘再次向他诉苦，"颂国，你劝劝老板。他这样喝下去怎么能行？你告诉他，再让我这么守活寡，我可不干。"他的脸红了，他知道老板娘在暗

長勢喜人

示他。他好容易找了一个老板清醒的空儿劝了几句。那个肿眼泡的
农民听了他的话，呆坐了一天，"我也知道这样不好，在乡下我没
了房子，又没有儿子接户口本，进城开这一家店生意又总不好，城
里人见了我就像乌眼鸡，派出所一天查三遍暂住证，谁我也得罪不
起，天天被罚。你说我活着还有什么意思？"老板说这番话时十
分伤感，没想到晚上老板爬上了财贸学院的二十层高楼，然后跳
了下去。

从殡仪馆回来，下午两点，他在冷清的小吃部里和老板娘共进
老板走后的第一顿午餐。阴雨天的秋凉从洇湿的墙角冒出来。喝汤
时两个人的勺子碰到了一起，他抬起头，老板娘，那个三十五岁的
风华正茂的寡妇羞红了脸，眯着一双细眼气喘吁吁地扯起桌布擦下
巴上的汤汁，"我知道你急，可是今天不行，我们总不能在这种时
候……""你误会了。"他站起来，腿有些发软。他把仓库钥匙扔在
餐桌上，留下自作多情的寡妇独自坐在餐桌边目瞪口呆。他走到解
放立交桥下面躲了会儿雨。雨水从桥上哗哗啦啦地流下来，流过脚
边的垃圾箱冲向排水沟的水泥沟沿汩汩作响。他腻歪了坐在油腻腻
的餐桌边和一个俗气色衰的肥女人调情，腻歪了走在大街上看见时
髦女子时下体触电的怦然心动。他腻歪了手淫，腻歪了没有希望的
日子。那场大火过去了十年，可他还能闻到那股烧焦了皮肉的腥
味，马树亭葬身火海。火苗烧着了门框，烟从门缝里钻进来。邻居
被火光惊醒发出凄惨的尖叫，消防车摄人心魄的嘶鸣。他在梦里拼
命奔跑，为了快点醒来，向窗框一头撞去。醒来，用枕巾擦汗，油
乎乎的单身汉的汗酸直冲鼻孔。他庆幸能够尽快醒来，可是可怕的
梦境就像电视台播放的不屈不挠的连续剧，换一个频道，却是这出
悲剧的下一集。在这一集里，他被叫到康复医院的院长室。满嘴口

長勢喜人

臭的院长惶恐而歉意地告诉他，216 号病人，也就是他的母亲李淑兰，她的骨灰因为无人认领被撒掉了。他再一次惊醒了，泪水洇湿了枕巾。

　　和噩梦的周而复始恰好相反的是他不断变换的工作，这些年他做过清洁工，做过面点师，工作时间最长的地方是他给一个专搞走私的不法商人看仓库的那次。仓库里堆放着走私电器和盗版光碟。他兢兢业业，被提拔为仓库主管。老板是一个精力旺盛的男人，平时戴一顶黝黑黝黑的毡帽一样的假发，后来他不用提醒就知趣地将房间让出来。几乎每次老板都换一个新女友，他还开着一家夜总会。他在仓库工作了半年，有一天老板将他叫进房间，提出和他共用一个小姐。一开始他以为对方是在开玩笑，他尴尬地笑着说他可不想因为这丢了工作。可是那个老板说，他完全不必有这样的担心，他少要两个月的工钱就可以了，他的小姐床上功夫真是没的说。结果对方是认真的，因为小姐只披一件浴袍就向他走来。他吓得跑出去，当天下午就离开了那里。他走对了，一个月后，他在百货大楼门口遇见了一起看仓库的另一个保安员，那个农村来的小伙子患上了严重的性病，走路时并着双腿，满脸愁苦。小伙子说，老板扣了他的工钱，不断地威胁说要告他嫖娼，他没有钱治病，又不敢去正规医院。更糟的是就在两天前，那个走私窝点被查封了，他亲眼看见老板和另外两个工人给带上警车。幸亏他跑得快。李颂国庆幸自己挡住诱惑没上那个坏家伙的圈套。可是工钱却没地方讨要了，他被克扣了四个月的工钱。

　　他买了一辆三轮摩托，去净月潭拉游客。营运是非法的，他结识了一个看门的女工作人员，孙月梅觉得他一个人不容易，每次都不用他买票。为了报答对方，他每天下班将孙月梅送到郊区大南乡的家里。他这样的营运方式被称为黑摩的，被交通管理部门列入打击对象。他被抓了几次，他的残疾证派上了用场，执法人员的态度要温和一些，这引起了一个姓张的同行的嫉妒，他纠集了几个同行合伙欺负他。扎他的车胎，给车子放气，上厕所的时候将他的摩托车推进水沟，然后帮他抬出来，再让他请客。他曲意逢迎。他们不好意思再欺负他，他的日子好过了一些。但他可不那么容易忘记屈辱，他终于找到了一个下手的机会，他在姓张的车上动了手脚。第二天，他得知姓张的在载客的路上突发车祸，断了双腿。他吃惊地发现自己竟然没有一点内疚。载客时，他总是不自觉地心生恶意，故意将车驶向颠簸的地方，或者故意倾斜吓唬那些时髦的女孩。

一九九一年国庆节过后便开始秋雨绵绵，加之旅游旺季已经过去，游客日渐稀少。那天他正坐在售票室外面和孙月梅聊天，听对方讲述自己不幸的婚姻。孙月梅正在办离婚手续，她准备和没本事的农民丈夫分手。这时来了一个穿着灰大衣的女游客，径直向门口走去。孙月梅将她叫住，责问对方为什么不买票，结果她被对方轻蔑的眼神激怒了，说什么也不肯给对方补票。那是一个瘦削的中年妇女，脸色冰冷得像一块白色大理石。她听任孙月梅不依不饶地说着难听话，紧紧地抿着苍白的嘴唇。后来，她扔给孙月梅二十元钱，"不用找了，算我给你骂人的辛苦钱。"女游客又转头对看热闹的旁观者说："你能把我送到湖边去吗？""当然可以，不过一会儿雨就大了。"他准备乘机敲上一笔。"你放心，我给你的比你期望的还要多。"

湿漉漉的水泥路上覆着落叶，路边耐寒的连翘和扫帚梅花也凋谢了，茅草在冷风中瑟瑟发抖，针叶松裹着一团团的雨雾。"还往前开吗？""往前开，人越少越好。你拉我去一个没有人的地方，我想静一静。"下雨了，女客人自己撩起他的雨衣挡雨，将身体贴在他的后背上，他感到她在微微发抖。他们在水边停下来。湖水泛着灰黑色的涟漪，净月潭标志性的建筑物在雨雾中时隐时现。"你能陪我坐一会儿吗？也许那个木屋里没有人。"那个跑马场边的小木屋恰好空着，屋子当中铺着两块旧席子。他们坐在潮湿的席子上，大腿挨着大腿，他的呼吸有些急促起来。他的女客人比他走得还要远些，她使劲扯开他的雨衣，"把雨衣铺在席子上，我们干一次。"看见他吃惊的样子，她又露出了刚才在门口时的轻蔑，"别装了，我一看你故意往水坑里开车，就知道你好不到哪儿去。"他使出全身的力气，可对方还觉得不够。她简直疯了一样，说着难以想象的脏话，手使劲抠着他的后背。一小时过后，他将她送出净月旅游区的大门。那个女人不肯让他再往前送，多付他二十元车钱，然后打了一辆出租车走了。

秋雨中的艳遇让他受了风寒，他没吃饭就上了床。突然，他看见白天的那个女人出现在电视荧屏上，她被一群人簇拥着正在视察一所小学。她弯下腰让一个孩子给她系上红领巾，她的脸色一改他见过的冷漠，堆出满脸的笑容。他记起来了，她在他的下面时向他吐过一口痰。他的胃泛起酸水，今天下午，他扮演的是一个癞蛤蟆的角色啊，他看到的是一个高贵女人的另一面。她在报复，可她在报复谁呢？装腔作势的婊子。使劲关掉电视机。

三天后，他感到身体轻松些了，就开上摩托来到净月潭，旅游地的门口奇怪地冷清，那些揽生意的摩的司机一个也没在那里。他去售票室找孙月梅，可在两天前她就被单位开除了，她本来就是个靠关系上岗的临时工。

十二月份的一个飘清雪的早晨，孙月梅却意外地出现在他的家门口，她戴着一个刚刚流行的大檐圆帽，人比夏天时瘦了一圈，好像还矮了一截，那是没穿高跟鞋的缘故。"总算找到你了，你不请我到屋里坐吗？"孙月梅惊喜地叫道。他将她让进屋里，担心她闻到屋子里的酸味，她好像患了鼻炎，什么也闻不到。她拿起桌子上的饼干盒子往嘴里一边送饼干一边喜气洋洋地咋呼说："你混得蛮不赖呀。"她故意拉长尖细的嗓子，带上一点鼻音。他发现她的帽子是普通的绒布，黑黄相间的大衣是人造毛的，尤其是那双走形的棉皮鞋透露出她的境况并不像表现出来的那么乐观。果然，"我可倒了霉了，分了一半家产却只有两千斤黄豆，孩子也归了男方。也好，我现在成了一个自由身，卖了黄豆置了这身新皮就进城来了。我想不出谁会帮我，结果想到了你。"

她占用了卫生间足足有半个小时，再出来多少有点容光焕发了，他看见了她的羊毛衫是暖和的黄颜色，现出腋下被胸罩带子勒出来的凹痕，一下子就感到很温暖。她已经坐在他的大腿上搂住僵直的脖颈。"瘸子，对了，还是叫你大名，"在受伤的自尊冒出血珠之前识相地换掉售票员的口气，"李颂国，你想不想要我呀？"

这就是他短暂婚姻的开始，如果同居算是婚姻的话。他有一点积蓄，卖掉了摩托，凑够了两万元钱准备做一桩小生意。夜深了，两个人仍在商量投资方向。早晨，孙月梅就围着被在床上热热乎乎地吃早餐，睡眠不足，她的眼眶有一圈青黑色，头发很乱，一副不屑修饰的憔悴模样。可他知道她在被子里什么也没穿，就又冲动起来。她一边吃着油条一边招架，有时候她是真的拒绝，更多的时候是为了给无害的床上戏增加一点生趣。他成功地在附近的菜市场兑了一个摊床，生活的节奏必须调整了，他早出晚归，把一天的收入交给孙月梅，让他觉得很享受。他的生意渐渐好起来，附近的几家

223

長勢喜人

小饭店都从他的床子上货。孙月梅迷上了跳舞，晚饭准备得不那么及时了，她让他每晚去舞厅接她。他坚持了两天，他实在享受不了这种浪漫，他第二天还得早起，孙月梅是个识趣的女人，也就不再强求他。孙月梅喜欢穿一件黄色的露腰上衣，总能及时地送上笑脸。最近一段时间，他的梅梅开始和他探讨结婚的一些细节了，这避免了他的胡思乱想，对送他的未婚妻回家的那些舞伴不再嫉妒。可孙月梅回来得越来越晚了，衣服上有一股烧烤摊上带回来的烟味和酒气。端午节那天夜里，孙月梅喝得烂醉，送她回来的是一个四十多岁的马脸男人，那家伙把孙月梅扶到床头坐好，径直奔去洗手间上了一次厕所，然后接过男主人倒的一杯凉开水一饮而尽。孙月梅一遍一遍地起来呕吐，天亮时清醒过来。直愣愣地看着屋顶发呆，泪水成串地流下来。抽泣声越来越大，"我为什么哭？昨天晚上，我被人强奸了。"

奇耻大辱，那张马脸，强奸了他的未婚妻，他还给可恶的色狼递上一杯凉开水，他将玻璃杯摔个粉碎。在采取行动之前，必须先听完那糟糕的细节。马脸姓黄，舞厅里只有他一个会跳探戈，那么多的舞伴争着和他跳，可他选择了她——祸端已经开始了——他们跳得合手极了，散场后他提出请她吃烧烤。在贵阳街的一家串店，他们吃烤鸡心和烤蒜，土豆泥咸淡正好。略去这段没用的细节，直奔那个该死的时刻。十点钟？十一点？可她只记得他在公园里解她的裤带，她醉得一塌糊涂，全身发软，连喊也喊不出来，只能任他胡搞一气。停下，好好回忆，地点和时间一样重要。到底是哪？是儿童公园还是人民广场附近的牡丹园？只记得屁股下面有块大石头是不行的，有石头的地方太多了。可是她只知道哭，再也回忆不起任何受辱的细节。最后到底找到了一个有力的证据，"我的裤衩一定给他弄脏了。"这证据还不够吗？"够了，你还有脸说吗？"接下来怎么办？女当事人冷静地说出了自己的主意："我向他要一万块钱私了，不给就去公安局告他。"她动情地说："钱拿回来给你做买卖。你为我做得太多了，我总得补偿你呀！然后我就自己离开，反正你已经厌恶我了。颂国，你真的不会嫌弃我？我对不起你呀！"

谈判十分顺利。马脸在味美思酒馆安排了一桌饭，信封里的钱，方便袋里的花内裤各就各位，受害方多加了两样东西：一张收条，他又将一杯酒倒进马脸的脖领。马脸尴尬地抖着衬衫。他们前脚到家，派出所的警察后脚就到了，马脸去警局告他们敲诈，证据就是他按了手印的收条。退还了那一万块，又交了五千元罚金。孙月梅号啕大哭。她认定马脸在派出所里有人，使了手脚，她一次次出入派出所，派出所终于答应立案侦查，一个副所长叫孙月梅晚饭后去谈话取笔录，她又一次被强奸了，就在派出所那张值班的床上。指控对象又多了一个，孙月梅想起她在舞厅认识的一个法院的人。那个人真是一个法官，很痛快地答应帮忙，但提出需要一点费用。他拿出三千元交给孙月梅，看她打扮好走出家门。孙月梅回到家时竟然衣衫不整，她这次又给那个法官强奸了。事情更复杂了，讹诈罪名之外又多了诬告。孙月梅不敢出门只好待在家里，这回轮到他晚回家了。收了摊他就去味美思喝酒。酒馆的老板偏是个酒鬼。他往桌边一坐老板就凑过来，叫厨房添一个菜和他对喝。这样的日子过了不到一个月，这天他刚从饭馆出来，就被请进了派出所，又是孙月梅出了事。这回不是强奸，是涉嫌卖淫。他在派出所里和拘在九台的孙月梅通了电话，孙月梅哭诉了事情的原委。下午时邻居送了她一张舞厅的免费票，反正也没事去就去吧。她刚进舞厅就有一个小伙子请她跳。小伙子很讲究，跳完要请她吃饭，反正

長勢喜人

也没事去就去吧。吃完饭对方说要请她帮忙，一起去九台要一笔账，不会白用她帮忙，钱要回来给她五百元酬劳。反正也没什么事，去就去吧。到了那儿，欠账的把他们请进家里，然后出去张罗钱，她很疲乏就躺在人家的床上睡着了，醒来就看见了当地派出所的民警，结果她和那个小伙子互相讲不出对方的名字。两个人无法证明自己不是卖淫嫖娼，想脱身需交五千元罚款。在整个叙述中，孙月梅不断地加上一句，"请你相信我，我们真的没做什么。"他决定再帮她一次，最后一次。可他手里没有那么多钱，他走去味美思酒馆想碰碰运气，没想到老板娘很痛快就借给他两千元。他把保释金交给派出所，冲动地告诉孙月梅不用再回来了，孙月梅在电话里请他原谅，他不肯听她讲完就挂了电话。可是第二天早晨，孙月梅也没有回来。过了两天，她还没回来。晚上屋里空荡荡的，他后悔在电话里骂她。

几番折腾，经济上他已经元气大伤。外面是温暖的冬日，朝阳的地方冒着氤氲的水蒸气。他无法忍受屋子里烂菜叶的味道。发誓不再等那该死的婊子回来。为了还债，他不得不兑掉菜摊。"你太傻了，女人不值得你这样付出。"味美思的老板将酒杯一蹾，使劲儿地摇头。他的妻子，长着一张胖脸和一双眯缝眼的老板娘却被感动得要命，"酒鬼，闭上你的臭嘴。像李颂国这样的人才是真正的男人。"

"那又怎么样呢？还不是鸡飞蛋打落了个这样的下场。"

"以后闷了就来这陪我喝酒，我出菜，你出酒。"酒鬼老板说，"以后你就把这当家。对呀，为什么不呢？娘们，我们可以请颂国来店里帮忙啊。他不是一个优秀的采买员吗？"

这样，他在酒店里找到了一份新工作。他过得很愉快，慢慢地恢复了对生活的信心。老板信任他，让他一个人负责采买，他不好意思再从中赚烟钱。老板娘呢，没有客人时，故意大弯下腰洗脸，将肥白的面板一样的腰部故意露给他看，然后大笑着叫他色狼。狼就狼吧，乘机摸上一把，两个人都信守着最后的道德底线，没让关系发生质变。

现在，这一切都过去了。油腻腻的餐馆，油腻腻的女人，烂菜叶和菜汤的味道，都过去了。他在文化广场的秋雨中踟蹰，十分迷茫。广场鸽跳过草坪的小水洼，草坪一块块黄了，露出了泥土，像一块块秃斑。雨前的西风吹落了树叶，也将塑料袋挂在树上。倡议环保的标语牌锈迹斑斑。不远处，广场的工人们正在布置一个展台，主持人一次次地试着麦克风。这样的天气实在不适合任何促销活动。为了验证自己的判断，他向展台那踱去。显然，展台的布置者们认真分析过气象信息，雨不但停了，还从云层里露出一束阳光，照亮了脚下的广场石，他的生活很快就会重新明亮起来，因为。他认出了那个展台布置的指挥者——天哪，那不是徐宝兰吗？

用不着结结巴巴的追忆和提醒，用不着玻璃汽水瓶叮当作响的背景音乐。不用胶质口香糖再做怯生生的道具。忘记那盆被一泡尿浇灌后就绽放香味的君子兰，省下汽水瓶里冒白沫的桦树汁，让过时的二氧化碳留在一九八四年去打嗝发酵。用不着，真的用不着。因为——

"你一直在我的记忆里呀！李颂国不是我的老朋友吗？见到你真让人高兴。你和我的想象差不多，你吃惊我的眼睛？一会儿你会和大家一起听到一个动人的故事的，我让人给你安排一个座位，散场后我请你吃饭。李颂国，这个时候看见你可真高兴啊，你是我今天的奇迹。"精明干练，一身深蓝色的职业装，一阵风地走开去，

长势喜人

陌生的感觉这会儿忽然冒出来。她真是水果店里的那个徐宝兰吗？

热场音乐已经开始了，工作人员在越来越多的人群中分发宣传单。刚才还空空荡荡的广场这会儿热闹得人挤人了。他坐第一排，紧靠上场的入口。节目开始了，催场的工作人员在他面前跑来跑去，爱心艺术团的小演员穿着又薄又透的体操服，胳膊上长满了鸡皮疙瘩，叽叽喳喳争抢两件军大衣。老干部模特队赶来要求义务演出，可是主办方没接到申请，双方争吵起来。一个唱《玉面桃花》的京剧演员下台时扭伤了脚踝，但台上的演出始终井然有序，热烈又喜气洋洋。宣传单上印着一种新型眼药水的广告，可是迟迟没见主办方出来做产品介绍。他正在纳闷，展台上的高潮已经到来。

主持人沙哑哽咽地抒情："十年前，一个盲女孩在一家水果店里工作，一个腿有残疾的小伙子爱上了她，小伙子是附近一家街道办的汽水厂的送货员。每当木箱里的汽水瓶发出悦耳清脆的响声时，盲女孩就知道她的心上人走进水果店了，可她看不清心上人的模样，她的视力几近于盲。她多想看看她的心上人啊。有一天，女孩的父亲发现了女儿交往的也是一个残疾人，他坚决反对他们交往。盲女孩每天以泪洗面，伤心欲绝。她多希望自己有一双明亮的眼睛，哪怕只看心上人一眼，把他记在心里。难道这个世界上真的没有奇迹吗？爱情的力量也不能创造奇迹吗？盲女孩不甘心哪。她一次次求医问诊，用了一种种新药，又一次次失望。一个偶然的机会，她得知一种神奇的药水，她决定再试一次，最后一次。这种药水她用了两年，朋友们，亲爱的朋友们，奇迹出现了，盲女孩重见光明了。我们先不谈这种神奇药水的名字，我现在最想告诉大家的是，就在今天，就在刚才，十年前的那对不幸的恋人就在这里意外相逢了，现在，让我们以热烈的掌声欢迎他们，那一对幸福的，全世界最幸福的人走上台来。"

他的脸烫得要命，头嗡嗡作响，他还没有反应过来，人已踏上展台的台阶，他几乎是被两个工作人员抬上去的。徐宝兰，那个泪光闪闪的女主角此刻激动地迎上前来，主持人的声音被掌声淹没了，掌声经久不息，他只记得他的表现十分拙劣，像一个傻瓜或者木偶。他想认真回答主持人的提问，可是他刚说一个"是"字或者答应一声，主持人就将话筒移开，自己去大声抒情，去鼓动掌声，现场气氛的最高潮是徐宝兰紧紧地抱住了他，湿润的嘴唇吻上了他的左腮。等他冷静一点，那场现场发挥的爱情戏已经结束。他发现自己被塞进一辆出租车。怎么也想不起来下台时的细节。徐宝兰咯咯地笑着，"怎么样？没想到吧，生活本身就是一出戏呀，你不是刚刚才是主角，你早就是一个演员了，区别在于有人是喜剧演员，有人演的是悲剧。"

出租车在同志街口等红灯，他以为是向北开，结果车是驶向南面，走到师大附中时他才知道自己转了向。车行驶在工农大路上。南湖湖堤的树叶差不多落尽了，下午三点的太阳苍白地照在灰白色的湖面上。湖上有两艘清淤船在作业，有只乌鸦向南湖大桥的方向飞去，"我们现在去哪？"

"我们去干点浪漫的事呀！"徐宝兰神秘地眨着眼睛。她咯咯地笑起来，递给他一面羊皮框的化妆镜。两条口红印像在脸上又开了一张嘴。"别擦，那可是爱情的证据呀！"

"快点，我已经等不及了。"在楼道里，他被徐宝兰拉着向上跑，不灵便的左腿磕在楼梯边的铁翼上。呼吸加快，激动得快要窒息，兴奋得充血，像一个刚开盖的摇晃半天的汽水瓶，随时都可能砰的一声，溅出白色的汁液，溅得满墙都是。

长势喜人

徐宝兰把他拉进一个红色的房间，红色的窗帘，红色的床罩，他像一个新手一样急不可耐地脱掉外衣，脱掉毛衣，裤子脱掉一半。"别往下脱了。"徐宝兰尖叫一声，"你们出来吧。"

电视旁竟会是一道门，门里是一个充作客厅的大房间，里面有十几个人正在那里鼓掌，乐得前仰后合。一个瘦得脸上只剩下胡子的男人同情地帮他系上裤带，"你用不着害羞，我也被他们这样整过。"这个人安慰被戏弄的天字第一号大傻瓜。

"先别生气，朋友，这是加入成功俱乐部的第一个游戏呀！来，我给你介绍成功俱乐部的成员。"好心人将晕头转向的他拉到最前面的矮胖的男人面前，"这是宝兰的丈夫，著名演讲家，货真价实的医学硕士韩默。"除了这些吓人的头衔，他还经营着一家模特公司。

接下来是报社记者、心理学家、人体协会理事、潜能开发研究所的研究员，而介绍者本人是特教学院的音乐系讲师。都是这个地球上顶呱呱的高尚人群，能让走进这房间的任何一个无业游民羞惭而死。

"唐文生，不吹你能死呀，看把我们工人阶级吓的。"换了便装抹了口红的徐宝兰适时地走出来插话，"李颂国，我来告诉你这些人的另外一个身份，包括我在内，一群正宗的满怀希望的职业骗子。"

除了那个医学硕士略有些冷漠以外，其他人都喜气洋洋，他们催促徐宝兰快点讲她下午的精彩表演。这可是成功学的经典案例呀。

唐文生小声地拆穿了徐宝兰的底，"你看不出她配了一副隐形眼镜吗？"不管她戴的是不是隐形眼镜，关键是她把他要得太狠了。反正不会再和这些人发生联系了，当徐宝兰让他也讲几句的时候，这个被报复心充得像个热气球的男人说："我和宝兰上床的时候，我们没想到十年后会在这里见面。"

他们大笑起来，连这样刺激的话也不能让徐宝兰恼怒，"李颂国，你别忘了我老公是医学硕士啊，他的专业是妇产科，我是不是处女他最知道了。"他看见医学硕士尴尬地笑着。

"等一下，你们大家说，我领回来的是不是一个天才？我没开玩笑，我们设计的潜训游戏都过于戏剧化，缺少生活的质感。颂国恰好是一个来自底层的人，他会帮我们啊。"徐宝兰大声喊道。

既然如此，不妨给这群职业骗子和表演艺术家们上上一课。"什么叫潜训游戏？潜训我不懂，游戏我可是个行家。"李颂国想起了和曲薇薇在一起的最后一个夜晚，那晚他们一气设计了十几个游戏。

在他说出了几个诸如照镜子、组建家庭等几个"小节目"以后，全场的人都鼓了掌，徐宝兰激动地宣布，俱乐部成功学的研究今天有了一个全新的起点。"我预言一个潜训大师就要诞生了。"

他和这群前途无量的年轻人共进晚餐，让他意想不到的是他竟然得到了除男主人以外所有人的尊重。有人喝醉了，唐文生开始讲述自己的爱情故事，讲他的妻子多么美丽，多么爱他，他被自己感动得大声哭泣。然后口无遮拦地点破医学硕士看不起未来的潜训大师，也就是李颂国先生，结果惹得硕士不高兴起来，"唐文生，我看你是又给你妻子让地方了吧。她最近又交新男友了吗？"

"你住嘴吧，唐文生，你姐夫喝多了胡说，你别理他。"徐宝兰给唐文生满上一杯酒。唐文生一饮而尽，然后趴在桌子上放声大哭。"姓韩的，你往我的伤口上撒盐，我跟你没完。"

虽然有个小插曲，酒会还是十分成功。徐宝兰请她的"旧情人"第二天去上一堂潜训课，他满口答应下来，并且表示可以上台"分享"。徐宝兰瞪着眼睛看他，"分享，这是一个伟大的词，这不就是

231

長勢喜人

潜训课的主题词吗！"屋子里的人已鼓起掌。临出门，男主人冷淡地问他怎么走，他回答说坐公共汽车，"我是一个穷光蛋，打车我打不起。"对方尴尬地笑着说："那哪能呢。"他却在心里暗暗发誓，既然大家都说他会成为一个出色的潜训师，他为什么不尝试一下呢？这也许真是一个改变命运的机会。

十一月连续一个月的晴天，空气凛冽干燥。进入十二月，仍然没有下雪。徐宝兰照一套雪景照片的愿望落空了，她已调到上海去工作，不得不立刻成行。他到飞机场去送她，徐宝兰戴一顶帽子，下巴缩进高领的貂毛大衣里面，脸色苍白如纸，嘴角处的皱纹又细又深。她刚经过了一次宫外孕，差点危及生命，对婚姻极度失望。徐宝兰情绪很低落，在机场，她没和其他送行的人多说话，相反却和他谈了很多。她重复最多的是怀念十年前在水果店里的日子，现在眼睛是看见了，但世界是多么让人失望啊。"李颂国，你要送我的那盆君子兰还在吗？"这让他找到了一点十年前的感觉。

徐宝兰说："颂国，不要对我怀恨在心，每次跟你开玩笑我都没有恶意。我真高兴啊，你现在不是已在成功学方面取得成绩了吗？"

他的脸红了，后悔晚上醒来时诅咒她是"时髦的婊子"，她的高贵让他喘不过气来，又忍不住想入非非。

回家的路上，他十分郁闷，但他必须打起精神准备第二天的潜训。他现在是一个可以独立工作的潜训师了，迫切地想甩掉粘在鞋底的黏糊糊的过去。快点准备自信的笑容，崇拜他的几个学员正在家门口向他招手呢。阳光打在脸上，立刻精神得像一张嘎嘎响的刚刚发行的新钞票。

第十八章

我们每个人都是一个成功者。你们政府官员大学教授，你们工人农民商人，你们小偷小摸地痞无赖，你们腐败分子脑瘫儿低智商和流口水的白痴，你们都成功过，难道你们不是跑得最快的那个精子吗？是，我们是。不要想你杀死了那么多兄弟姐妹，让他们变成一摊死亡的液体和污迹。现在闭上眼睛，双手握拳。音乐的喷泉已开出旺盛的花朵，花朵已绽放满世界的芳香。跟我一起喊，舌抵上腭，一定要成功。一定要成功。成功难，不成功更难。男人要成功，女人要成功，你们来这里是不是为了成功？是，我们是。成功难，难三年，不成功要难三十年。男儿当自强，女儿当自强，人人都自强。你们是不是为自强而来？是，我们是。左手向前，右手向前，向上挥动，一起飞翔，想象飞翔中的沉重痛苦压抑恐惧绝望坚持，一直想象到攀上高峰的喜悦和尊严。你们想象尊严了吗？是，我们是。你们在黑暗中摸索很多年，别人的成功，别人的事业，别人美丽的妻子，别人干练的丈夫，高贵的家庭，别人的一切都曾令你艳羡，生活中你感到失败了。可是，今天，你们来到了这里，你们将看到光明。现在，让我们把灯打开，你们看到的是不是光明？是，我们是。我们是是是。

瞬间刺眼的灯光，期待的风暴，热血沸腾中抱紧寄托精神和未来的道具：档案卡、笔、目标卡、红带子。大厅的门口，东倒西歪的皮鞋、布鞋、雨靴，各种颜色的雨伞挤挤擦擦，音乐更加高亢，指导教师分成两批握拳跑来，表情庄严，目光犀利。灯又灭了。死寂，音乐，细细的音乐由远而近，飘浮着的花瓣。屏住呼吸，一个神话即将诞生——我是今天的潜训师——掌声，让掌声再猛烈些吧。灯光，鼓点，泪光闪闪的眼睛，在长长的开场白和庄严的入场式之后，我们的潜训师手握麦克风终于走到了前台。

你可以想象汽车厂工人苏文兵是多么地惊讶，比刚才在人群里偶尔瞥见名存实亡的妻子还要惊讶，惊讶几百倍上千倍。他是李颂国。苏文兵从这个沧桑的即将步入中年的躯体上一下子就找到了当年的那个孩子。大大的不再透明的耳朵，总是委屈地抿紧的嘴角，身子倾斜导致耸高了的左肩膀和向上提起的右胯。但他眼角坚毅的鱼尾纹，还有，他混浊的闪着激情火花的目光透露的却是想象不到的变化。那孩子？不，潜训大师的身板现在变成了一根腾着火苗冒着蓝烟的松树明子，散发着无穷的热量。穿着一身白色西装的大师目光巡视一圈，仿佛在他站立的这个角落打了一颤。他赶紧低下头，此刻，强奸犯苏文兵只想在被认出之前快点离开这里。等他发现自己的手被另两只手紧紧攥住时，潜训课程的第一个节目已经开始了。很高兴认识你，我是吉林大学的一名讲师，汗津津的温软的纤手自我介绍说。我是一个作家，你可能看过我写的《传销成功学》。一只青筋毕露的胆怯的小手向他介绍自己。别紧张，忘记过去的一切，让我们一起说，我今天的心情很好，非常好。苏文兵看见大师已扭过头去目视前方，还有，他还没有和一个大学教师一名作家并排而立过呢！会场骚乱起来。呼呼啦啦进来一大群人，走在前边的是一个六十多岁的妇女，罩着很大一条披肩，大红长裙。她声音呜咽地请求大师原谅她的迟到。两天前她们一行十几名学员的车在沙漠里抛了锚，她们相互鼓励说，大师会来帮助我们的。她们走出了沙漠，好容易上了一辆长途客车，因此来晚了。当全场的学员弄清楚这一行人所说的沙漠是五百公里以外的内蒙古沙漠时，大家都激动起来。拼命鼓掌，鼓掌。为内蒙古的朋友们鼓掌。鼓掌，为黑龙江的朋友们鼓掌。鼓掌，为海南的朋友们鼓掌。鼓掌，为长春本地的朋友们鼓掌。鼓掌。鼓掌。鼓掌。为我们自己。苏文兵的手拍痛了，他多久没这样激动过了？仿佛自己又回到了举起语录本宣誓的青年时代。他有点喜欢这里的氛围了，舍不得离开。正在犹豫不决，自己已被左边的女讲师紧紧地抱住，白牙齿后面的薄荷味，口红凉冰冰甜腻腻的药香。腋下的爽身粉的味道，还有，硬硬的胸罩后面的温软和激动的心跳。他和妻子也没这样拥抱过呢，等他瞥见身后那位作家焦急地寻找拥抱对象的眼神，心里充满了快乐。这时，作家像一个孩子似的从后面搂住他的腰。他发现自己和女讲师成了周围十几个人的中心，人们把他们挤在当中，女讲师的眼镜架在他的右腮，胳臂上的牛痘的疤痕就在他的唇边。想起妻子王爱珍此时也正在和别人拥抱在一起，走神的工夫，这一场毫不色情的拥抱游戏已经结束。

他成了他这一群人的大哥。组建临时家庭选出父母兄弟姐妹，这是接下来的又一个富有吸引力的节目。一个满脸横肉的电器工程师扮演父亲的角色，煞有介事地和女讲师商量家事。他们下决心在下一场的突围游戏中获胜。十几个人手拉手围成一圈。不让外面的

長勢喜人

235

人冲进来，也不让里面的人冲出去。拉住，紧紧地拉住。突破自己就是成功。可是，手拉得那样紧。像焊在一起的铁链。那冲突的人感到屏障的坚硬，向前冲撞时弄痛了鼻子，眼泪流出来。可是他们仍然冲撞着。他们冲向社会的壁垒，向秩序挑战，就快要头破血流。停。下面请听大师让人心悸的大段独白，伴着马斯内的名曲《沉思》，让人肝肠寸断的大段独白。排成纵队，坐在椅子上，前后左右保持一定距离，准备好纸笔。谁在小时候没有理想？谁不希望身边开满鲜花健康幸福事业成功受人尊敬能够享受人生可是生活却把我们变成另外一个人变成了一块肮脏的抹布别人锁住了我们我们又锁住了别人我们瞻前顾后心灵疲惫忙忙碌碌心力交瘁把所有的事都纳入功利的轨道可是我们不快乐我们的精神不自由失去人格失去自尊失去笑脸失去轻松成了奴才成了小丑为什么生活不能精彩一些为什么机遇不好为什么封闭自己为什么一败涂地为什么无法孝敬老人为什么不能帮助兄弟姐妹为什么没有人相信我们为什么为什么为什么大声喊我没有——我没有。我没有。我没有——为什么你没有你反省过吗你忏悔过吗你心态对吗你愿意改变自己吗大声喊我愿意——我愿意。我愿意。我愿意——在你的人生旅途中有人深深地伤害过你的心恶行伤害过你恶语中伤过你你的童年你的少年没有阳光没有空气没有鲜花没有青草地记忆中的日子压抑愤懑灰暗尿渍水迹污秽斑斑瘦弱的双肩幼小的心灵承受着太多的苦难……有人造成了你今天的不幸——不管昨天怎样不管是谁造成了今天的不幸岁月仍然向前飞奔无法停滞时光不会倒流太阳不会西升东落昨天的创伤无法抚平只有忘却一切一切的伤痛还有那制造伤痛的一切我们只有学会忘记才能让我们畅快一些这一切都是因为我们还有母亲历经千难万险尝遍苦辛的母亲妈妈我看见了你的白发妈妈我看见了你的皱

長勢喜人

纹密布的脸庞妈妈我看见了你被生活蹂躏过的乳房妈妈我看见了你的遍体鳞伤妈妈我看见了你走在秋风中的背影妈妈我看见了你露出的脖颈妈妈我看见了你踩进牛粪的裸露的双足和皲裂的脚踝妈妈我看见了你像盐粒一样的骨灰没有成为你的希望我没有成为你的奇迹妈妈我成了罪恶的儿子成了耻辱留在这个世界的最后罪证我没有灵魂没有思想没有羞耻逆来顺受内心阴暗满身污秽——凝重的苦难民族牧歌，悠扬的柴可夫斯基的《旋律》突然响起——在我们的生命中有太多的失意良心在懦弱的酱油里浸泡我们成了生活的酱缸里自甘堕落的蛆蛹拖着得过且过的痰涎我们习惯了失败习惯了习惯的一切可是现在我要对自己说李颂国你不是人——使出全身的力气大声叫喊，跑到桌子前面，一只手拍打桌面，一只手抓住桌布，一柱蓝光照着这一场面，泪水横流，泣不成声——妈妈今天我跪在你的面前妈妈我跪在自己人生的镜子前面诚实地面对自己的良心面对卑微的身世还有你们全场的学员你们和我一样一而再再而三地失败挫折再失败我们的心灵蒙上了厚厚的灰尘暗淡无光勇气无法释放希望无法释放今天我要唤醒你内心沉睡已久的巨人释放你的风暴一样的能量现在请你大声回答我要不要——我们要。我们要。我们要——站在这里希望之光已经降临辉煌的机会已经降临成功已经降临让我们大声喊我们要——我们要。我们要。我们要。我们要要要——柴可夫斯基弦乐小夜曲《如歌的行板》——我一定要。我一定要。不管天有多高我一定要。不管地有多厚我一定要。不管海有多深我一定要。不管路有多远我一定要。我要改变命运改变不公改变生活改变一切——克莱斯勒小提琴曲《爱的忧伤》——现在已有学员上台分享。讲台上跪下了七八个学员，一个男学员拿着话筒号啕大哭。我对不起我的母亲，她躺在太平间的夜里我却在小姐的床上吸毒鬼

長勢喜人

混，从今天起我要戒毒我要戒赌我要戒嫖。大师上前和他紧紧拥抱。大厅里回荡起一片掌声。大师的双腿被一个女孩抱住了。她吻着大师残疾的左脚。我是一个得过性病的小姐，我还会成功吗？大师将她搀起，坚定地回答：你一定能。你一定能成功——现在，拿出纸和笔，在你的生命中挑出三个方面写出你无法实现无法做到的事情，然后，找到一个搭档，面对面地坐在椅子上。你向对方发问你无法做到什么——大厅里响起一片喊声。我无法。我无法。我无法。大师的声音激昂起来——现在将我无法改成我不要——我不要。我不要。我不要——现在将我不要改成我一定要——我一定要。我一定要。我一定要要要。

　　苏文兵在人群中寻找着妻子王爱珍，心中充满了歉意。他们虽然还生活在同一个房子里，却已经分居了两年。他总是面临下岗，拿不出女儿想当一个模特的学费。他迫切地想通过成功学的潜训，从而在传销网络中拥有一个改变生存的好业绩。他看见大师向自己走来，他强撑着软下去的双膝，噙住就要脱口而出的忏悔。他想起了遥远的那个傍晚，五七湖边，他坐在岸边看落日西沉。夕阳洒在青魆魆的湖面上，蟾蜍在浅水处排卵，水鳖爬上了发白的蒲草叶，蒲草根已经发出快要腐烂的腥味，乌鸦的噪声过后，萤火虫从黑暗中浮现出来。明天会下霜吗？一想到下霜他就打冷战。就在西边的那片杨树林里，他度过了逃亡的最后一段日子。他和一个残疾孩子结下了友谊。对了，他叫李颂国。男孩每天给他送饭，体会友谊和捉迷藏的快乐，而且从不怀疑他编造的经历。李颂国就像他的影子，或者拓片，和他一样地孤僻，一样地敏感，一样地无助。他自己的处境用无助形容可远远不够，他是一个逃犯，他羡慕在草丛和落叶中猝然跑过的土拨鼠，羡慕倒挂在树梢无忧无虑的蝙蝠。他相信所有活物都比他的日子好过。如果再给他一次选择的机会，他就不会策划那些无法返城的知青去火车道上静坐堵火车，他就不会策划和带领他们进京请愿，也就不会卷入"天安门事件"。其实他也没干出更出格的事，他只不过是在一张白纸上签了名。说到底，他也是一个小得不能再小的小人物，是一粒沙子。你干出过什么大事情吗？没有，真的没有。逃亡的最后一天早晨，他正躲在草棵里打冷战，他看见黑暗中出现了一片红光，那片红光笼罩着一个赤身裸体的人。那个男人背着"忠"字走过他的身边，诧异地站下了。他们对视了几秒钟，他听见一个沙哑的不真实的哭声，"毛主席要死了——"那个男人说完走开了。那个男人走进了五七湖，一直向前走去。他不敢出声，怕引来那些警惕的联防队员。他的泪水流出来，他知道自己没那个男人勇敢，他胆小如鼠，他再也不愿意逃亡下去，他盼着快些被发现。如愿以偿，他被抓住了。他被带离那片树林时，湖边站满了看热闹的人群。他知道那发生了什么。

他目睹过三个人的死亡。一个被他捉奸在床吓死了。那是他当红卫兵时的杰作，他第一个冲进了一个右派的家里，恰好赶上那对可怜的男女在苦中作乐，他命令他们站起来，可是只有女人站了起来，那个老家伙给吓死了。一个在他的眼睛里一点点没入水中，水面上只留了一圈涟漪。可是第三个是他亲手杀死的，那个女孩因被他奸污而怀孕，然后选择了自杀。而他这个凶手还活在世上，并且永远无人知晓。不，有一个人知道，他就是眼前的大师。大师在离他五米远的地方停下，整个潜训场寂静无声，大师平静的声音略带一点鼻音。下面，让我们开始本次潜训的重要一节，我请一位指导教师上台和我一起做示范，这一节的主题是请求。我们向这个世界请求，向这个世界上生活的人请求。请求帮助请求理解请求接受请

長勢喜人

求宽恕。可是，你们将发现请求是多么艰难。而战胜自己又是多么光荣。满场的目光聚焦在台上的两个人身上。苏文兵所在家庭的父亲，那个电器工程师站在大师的对面，表情肃穆。大师的请求示范已经开始了。他的声音由低向高，由缓向急，渐渐地激昂高亢——请你把双手举起来。我请你把双手举起来。求你了，把你的双手举起来。求求你了，把你的双手举起来。我跪下求你了，把你的双手举起来。我跪下给你磕头了，求你把双手举起来……二百零一次的请求，二百零一次的无动于衷。站着请求跪着请求倒在地上请求头发蓬乱沾上尘土嗓音沙哑渐渐破嗓失声，学员们不由自主地冲上台去，抱住主训师，就像抱住自己的生命。有谁放声大哭，哭声开始蔓延，哭声已经一片。有人大叫起来。那个来自内蒙古的老太太最先晕了过去。大师看着这混乱的场面，满脸泪水。他继续发出指令。学员们开始互相请求。那声嘶力竭的请求声像大海的涛声撼人心魄。苏文兵拉着妻子王爱珍的手，他声嘶力竭地请求妻子，可她必须无动于衷。他哭喊着跪下去，将头磕在地上，她还是无动于衷。王爱珍的泪水流下来，落在丈夫的脸上，落在他焦渴的双唇。润湿了所有的龌龊。王爱珍终于俯下身去，两个人抱在一起。苏文兵听见自己的腹腔里轰轰隆隆地响着，就像有一列火车在轰鸣。他终于呼出了压在心底的一口气，他感到恐惧懦弱胆怯正在离他远去。他正一点一点地坚强坚硬起来。

240

　　午饭后，苏文兵拉着妻子去见主训师。他吃了闭门羹。大师没在他的房间打坐，床头柜上的一杯茶水还在冒着热气。有人告诉他，大师要在晚上才能回来，他到郊外去了，他只有在杂草中奔跑才能平息对他母亲，那位伟大的母亲的怀念和忧伤。可苏文兵没有耐心等到晚上，他想知道这些年那孩子的身边发生了怎样的奇迹。

他希望大师能够开导他们夫妻以便他们重归于好。他想忏悔，除了忏悔他不知道还能做什么。

虽然没有见到大师本人，但苏文兵拿到了一张字条，那上面不但有大师本人的亲笔签名，地址电话也一应俱全。大师在纸上写着：朋友，不管你遇到了什么麻烦，你都可以找我，并且不会被拒绝。

苏文兵答应了妻子的请求，他小心地将签名交到妻子的手上，王爱珍准备把这个珍贵的礼物转赠给他们正做模特梦的女儿，并希望它转化为女儿学习上进的动力。

長勢喜人

第十九章

即使整个城市都在大兴土木，那条路还是露出了废弃的本色，坑坑洼洼，粘着马粪和灰渣的沥青片活像一块块癞皮斑秃。和以前不同的是路两边高大的杨树几年前就被砍伐了，重新栽下的是一些大叶榆树，树尖被去了势，一棵棵树冠像蓬着的未经梳理的乱发。落满灰尘，在阳光下垂头丧气。好在那个高大的水泥塔楼一望便是，那是炉灰线区的标志性建筑，它的建设期要前推到日本军占领时期，对了，你已经记起来了，那里正是五十年前的日本人的细菌工厂。然而，一天午后，这条路忽然繁忙起来，各种交通工具纷至沓来。在塔楼前面的空地上，没有牌照的黑摩的、旧吉普，和气派的奔驰奥迪停在一起，这是一个奇特的景观。一开始，当地人还以为是有关方面又记起了这个当年的爱国主义基地，组织人来凭吊，路口的确是立着一块牌子的。让当地的住户更感奇特的是，那些形形色色的人来到这个快被城市抹去记忆的地方另有目的，他们是——来参观大师的故居。

住在炉灰线的人们怎么也想不到竟会有一个大人物曾经住过这

長勢喜人

里，几经搬迁，当年的老住户已经没有几家了，大约两年前，十几个流浪艺术家租住了那排地下室。他们创作的画十分怪诞，墙缝里长出人头，嘴里叼着一把上锈的战刀，或是一支肮脏的羽毛，或是一枝艳丽的波斯菊。他们穿着肮脏的裤子，头发老长，每当饭口总有人领着身份不明的女友窜来窜去，对平房区的居民露出谄笑，但人们不愿接待他们，怕染上肝炎和艾滋病，他们的脸色太难看了。他们有时也会动刀子，倒没有谁被扎伤住院。这里的固定模特总是几个衣着臃肿的中年妇女，脸上密布着健康的芝麻粒一样的雀斑，她们在院门口的大榆树下坐成一排，鞋底写着价格，左脚写着五十元，见来人摇头，就抬起右脚，上面是三十。附近那些丧失了廉耻的老头们总能抢在艺术家的前面将女人带走，剩下长头发的小伙子们楼前楼后地乱转。

就在昨天，那个行为艺术家还被看作一个病人，他是这群艺术家里面最沉默的一个，黄色的胡须怎么看都让人觉得他不健康。他的屋子的窗台上放着他最著名的作品，那幅作品的名字叫——成长。你能想象吗？那几十堆粪便中间杂着没被消化的玉米、高粱、大豆、干草、麦秸，还有其他一些形迹可疑的东西。看到这些所谓的作品，你的第一个反应肯定是——恶心，仔细一看，竟是精心烧制的便状陶瓷，下面标着一岁、二岁、三岁……但是此前还没有一个人将这个作品从头看到尾。因此，当第一个陌生人敲响这扇旧房门的时候，行为艺术家不会想到他平静的生活已经被打破了。

走进那扇门的人越来越多了，由开始的一个两个到后来的三五成群，由不携带物品到肩扛摄像机，他们认真地拍摄，对角度和光线毫不挑剔。人来得更多了，走进地下室的人都一脸的庄重，艺术家记下了这些人的身份，他们分别是董事长、经理、教师、立志创

243

业的大学生、梦想一夜暴富的家庭妇女，下岗工人和农民的表情则更丰富更虔诚，也有人不愿透露身份，他的身份就更耐琢磨，更有说道。来人都要在地当中的杨木椅子上坐一下，那把椅子已经旧得不成样子，坐上去就摇晃，有一种失去平衡的感觉。但这屋子里只有这一件器物是大师曾使用过的，没准窗框上那枚上锈的钉子还是当年的，不过也说不准啊。艺术家注意到了邻居们羡慕的眼神，那些目光十分复杂意味深长，像玻璃丝一样铮铮作响。他下决心不出让这把珍贵的椅子，夜深人静，他也要检查几次。到目前为止，他还没感觉到这屋子除了阴冷还有什么特别，但来人都说他有福，因为，这可是潜训大师李颂国住过的地方啊。

李颂国？有人想起来了，想起了那个目光忧郁的孩子，有着两只苍白的大耳朵，细脖子上好像永远挂着一把钥匙。还有，他好像是个残疾吧？对了，大家都传他是那个外科医生的私生子。是私生子吗？谁知道呢？不过曲医生死得可真够蹊跷，他自杀那天恰好是九月九日，毛主席去世的那天。怎么？当年的尿炕精成了潜训大师？那这个地方可不得了了，没准会有人来这投资，把这里建成个花园小区。立刻有人反驳说，别做梦了，既然成了大师故居，那改建就更没指望了。不过倒可以开发旅游，来这参观要买门票。

在这个奇迹般的十二月，柳树上的毛毛狗提前绽放，公园朝阳的坡地上水雾氤氲，像一小股一小股的透明的蓝烟，袅袅地蒸腾。下了几场雪了，冬天却像老处女一样矜持，将近乎挑剔的渴望还有凛冽藏在南湖锃亮的冰面下面，那一片伪满洲国时挖下的人工湖已经吞掉三个人的生命了，而且还是一家三口。隔两天，市政府在电视上发布警告，禁止人们横穿未冻结实的湖面。公告后面的新闻是有关冰灯展的，胜利公园的冰灯展让筹委会十分头疼，没有可用的冰，这意味着灯展的成本将大大增加，因为他们不得不考虑从吉林市的松花江上取冰了。

一家电视台终于披露了南湖落水事件的真正原因，那一家三口、面色苍白麻秆样瘦弱的丈夫、大块头塌鼻梁肥腿子的妻子、他们万分可爱白皙漂亮的刚满六岁的小女儿，竟是死于——传销。

传销，昨天报刊、电台、电视台还在宣传的全世界最先进的无店铺销售的经营方式，竟然害死了这一家三口。这怎么可能呢？电视台插播了那个不幸家庭的一个个令人心酸的画面——自从当中学教师的丈夫和搪瓷厂工人的妻子迷上传销之后，他们辞掉了原来的工作，专心从事"丰盛人生"的事业，他们做了不下十个人的"下线"，倾尽家中所有，可是却没有发展成一个自己的下线。生活走到了绝路，他们倾家荡产，债台高筑，承受不了失败的打击，也不忍心将可爱的小女儿一个人留在这个破渔网一样的人世上，他们决定带上小女儿去南湖薄薄的冰面上去滑冰——敏感的人都从这一事件的报道中嗅到了异样的信息，在长春曾经掀起的君子兰热就是这样开始被浇灭的。这意味着，政府可能要取缔传销这一方式了。

和传销紧密相连的潜训活动最先受到打击。你一定已经听说了我们这个城市里那个最著名的潜训师，最后一次主持潜训被抓起来的狼狈细节，夜晚被打扮成一口黑洞洞的陷阱，那些车流的灯光就像腐草堆一闪一闪的萤火，便衣警察混在人群当中，看着激动的学员拥抱和忘乎所以地鼓掌，那潜训场更像一个舞台，每个人都可以体验到友爱、激励和颤抖。那晚潜训的高潮是一个一条腿的残疾人单腿跳着，两臂张成麻雀的翅膀，他发出尖厉的哨声飞翔，在场的人都为他鼓掌，告诉飞翔的泪流满面的麻雀，他是一只八哥、一只孔雀、一只南美洲的火鸡。混在人群当中的几个警察也深受感染，忘了自己正在执行任务，情不自禁地鼓掌。他们喜欢这里的有点癫狂的气氛，每个人都争着冲上台去讲体验，只要普通话说得好就会赢来比别人更多的掌声，甚至会有人冲上来让你明星似的签名。

在自由活动的时间里，各种介绍五花八门，有人拿出一瓶洗发精，往牛皮纸上滴几滴，插进玻璃水杯，水杯里盛着清水，卷成小棍似的牛皮纸卷一搅，杯里冒出一道道奶状的细丝，这就叫蛋白质。这又是一种价格不菲的化妆品，立刻有人上前来讨教和申请产品，这只是警察们发现的传销活动的证据之一，为了避免造成更大的混乱，他们趁着这次集会的压轴戏讲述母爱的节目熄灯的节骨眼冲上台去。熄灯，点灯。灯光照亮了讲台，人们惊讶地发现站在大师位置上的是一名胖乎乎的警察。而大师本人弯着腰被一个人像拎小鸡一样地架着走向后门。"接到群众举报，这里有非法集会，现在我宣布，大家立刻离开这里。"警察的话音刚落门外就响起凄厉的警笛声。参加潜训活动的人都呆若木鸡。电视台播放了当晚警方行动的录像，参加潜训的人被责令双手抱头倚坐墙边。从这晚开始，政府的工商部门和警方联手正式开展打击传销的活动，各种形式的潜训和非法传销公司组织的所谓的批发商研修会一并被定为非法集会。

长势喜人

第二十章

俺们刚刚吃上肉你们又吃菜了

俺们刚要娶上媳妇你们又独身了

俺们刚吃上糖你们又尿糖了

俺们刚拿白纸擦屁股你们又用它擦嘴了

俺们刚歇会儿不用擦汗你们又健身桑拿流汗了

俺们刚装上电话你们改网上聊天了

俺们刚在电影院约会你们又改网恋了

俺们刚吃饱穿暖你们又减肥露脐了

那天早晨，李颂国听到的最后一首歌就是这俚曲。一个进城卖豆腐的农民在一个臭烘烘的垃圾箱里翻拣出一块染血的废石膏，高兴地小声哼唱起来。他真想上前去问一问，一个卖豆腐的要这旧石膏有什么用，难道真像有人传说的那样用这玩意代替卤水去点豆腐？那卖豆腐的冲他笑笑，搭讪说："这词编得可真是那么回事，这不就是俺们农民和你们城里人的差距吗？大哥，捡块豆腐？"李颂

247

国多少天来第一次有了说话的愿望。职工医院对面的小俱乐部门口，突如其来的喧闹转移了他的注意力。小俱乐部，他还习惯地叫它五七馆，门口竟拉着一条横幅，上面写着"血债要用血来还"，他认识那些个闹事的人，小俱乐部一直是他的讲坛。现在，俱乐部的门口贴着一张告示：查封传销黑窝。但这会儿，闹事的却不是他的学员，而是这两年慢慢聚拢到这里卖盒饭和矿泉水的小贩，警方驱散传销人员的时候，顺便砸了他们的摊子，没想到小贩们竟然联合起来并打出这样不伦不类的条幅在那儿聚集。他慌忙走开，生怕有人认出他来。东风大街上传来警笛声，他加快了脚步。直到那声音远去，他才放慢脚步。

他不会想到，在不远处一座蒙着灰尘的冰雕后面有一个人正盯着他，并悄悄地跟了上来。

窗台上的君子兰开花了，开出鲜红鲜红的花朵。这是房间里伴随他时间最长的一样东西了。花开的那天早晨，他闻到了一股淡淡的香味。那是杏仁和桦树汁混合的清香。一开始，他怀疑是自己的怀旧心理在作怪，可他差不多早将在福利厂当小工的那段生活忘记了，包括那个夏姐，她叫什么名字来着？对了，叫夏桂芝，一个胖大的乳汁充盈的女人，她的酒窝是什么样子？反正浸泡过他的青春期。那两年，他的胡子长得又黑又快。然而不管他怎么嗅也嗅不到铁锈，这至关重要，当初工厂里弥漫的可是杏仁和铁锈的混合味，铁锈味来自铁制的流水线和那上面晃晃转过来的汽水瓶，他有多长时间没有体会过周围的一切了？他知道那些人在利用他，但他心甘情愿。他最清楚自己的处境和扮演的角色，在所谓成功学的课堂上，他之所以大获成功，缘于他的听众和那些参与者的狂想，他只是将一根火柴扔进了干燥的柴火堆。实际上，他本人就是一个被操纵的木偶，背后的那些传销商才是真正的导演。他们神化他，包括编造他每天都要去郊外怀念母亲这样的故事，以突出他的与众不同。但他心甘情愿地被他们包装，至少在讲台上那段时间，他是生活的主角。

他第一次站在潜训课的讲台上，看着学员们狂热的目光，忍不住一阵阵地咳嗽，他太紧张了，控制不住抖动的双腿，那一次，他更像一个蹩脚的魔术师，玩着一些开不了张的小把戏。他结结巴巴，汗流浃背。好容易才让自己相信他这样一个人，竟成了众星捧月的中心。他忘了词，立刻有人在这尴尬的间隙大声哭泣，因为，他们被他的游戏感动了。感动了，多好的词，像花朵上的露珠一样亮晶晶的。他走下讲台时险些摔倒，立刻有人上前扶住他，将他搀扶到座位上。有生以来，除了领工资，第一次有人让他签名，他怎么也写不好"李颂国"三个字。在体会卑微方面，他的确有着天赋。他及时总结，学员们不是想要成功吗？那就要先打掉他们的信心，告诉他们原来自己是多么可怜，是一个最可怜的可怜虫。就像一个到处碰运气的蚂蚁，到处乱飞乱撞的蛾子。只有输掉最后一点自尊，才能获得新生。

他在下一场潜训课中做一个实验。他设计了一个自侮的节目，命名为压力。这个游戏的主题是让每个上台来参与的学员对骂，大有新意的是被骂的人不能还口，只能屈辱地承受。他先选了两个下岗女工，告诉她们不能使用任何一句骂街的语言，结果她们经常卡壳，只能一遍遍地说对方不要脸，较有想象力的是其中的一个说对方是一棵烂白菜。他又选了两个戴眼镜的年轻人，他们一个是中学教师，一个是政府机关的小职员。果然，他们的语言丰富多了，他

長勢喜人

们会使用"社会渣滓、时代弃儿、蛀虫、腐败分子、猪脑"等字眼。接下来，他选了一个物理研究所的研究员和一名大学中文系的副教授，他们的年纪要大些，从外表看十分稳重。出乎他的意料，这两个人仿佛受过专门训练，语言花样翻新，尤其是那个中文系的副教授，几乎就是诅咒别人的天才，且慢，有些话怎么听着耳熟？他想起了那个遥远的燠热的下午，想起了火车沉闷的汽笛声，还有那张皱皱巴巴的"常用词词典"，苏文兵将纸条扔给他，却带走了王婵——停下来，下面我们换一个游戏，还是你们两个人——新的游戏名字叫做忏悔。忏悔——充满愧意自揭疮疤怨天尤人自怨自艾袒露心扉——都是一些"活思想"，向领导献媚给同事使坏盯着年轻女孩想入非非和妻子同床异梦打麻将偷牌有违职业操守有违公共道德羡慕贪官污吏。一句话，他们的"忏悔"叫人吃惊难以卒听。说老实话，他们的语言已经超出了他能理解的范畴，你听他们说什么？他们说自己不配知识分子的称呼，没有铁肩担道义没有古道热肠没有真学问没有真贡献不是社会良心道貌岸然没有继承刚烈传统——只是这个社会的盲肠，还有更具想象力的自我比喻——阑尾，我们是这个社会的阑尾。阑尾，不可或缺可有可无——说不清，道不明，唾沫飞溅，涕泪横流——在发自内心的自轻自贱之后，在他们试图表白和习惯性地想洗清自己之前，我们的潜训师没让他们进入固有的思维模式，他健步走上讲台，和两个真诚的学员亲切握手。李颂国已经容光焕发，此时此刻，挥之不去的自卑悄悄地排出体外，社会身份的壁垒由铁幕变成了玻璃，他看见了其中的真实情形，那么多的虚伪那么多的无奈那么多的渴望那么多的屈辱那么多的无助，这个世界有太多的假象，稍不注意好多高贵的东西就一文不值了，花瓶里面的积水已经发臭，鲜花虽在盛开，花根已开始腐

长势喜人

烂。你只是这诸多的假象之一而已，他安慰自己。他喝了一口水，又喝一口水，涸涸火烧火燎的嗓子，他打了一个嗝，满场的打嗝声呼应他。再打一个嗝，又是嗝声一片。

他想起当年他用糖块引诱并征服了他的伙伴，让他们比赛给他看。看见平日欺负他的坏小子们露出巴结羡慕的目光，为几块糖撒开他们的脏脚丫，他甚至比以前更感到屈辱和孤单。有一次，在潜训场上，他忽然间想起往事，恶意立时充满胸膛，他将隔了夜的茶水掺进矿泉水，让他的学员们每人喝上一口，结果他们所有人的描述都是甘甜。甘甜？真可笑，他自己尝了一口，竟然也有甜丝丝的味道。生活就这样奇怪，看上去是他引领着别人，实际上，他几乎是被裹挟着向前走。

在潜训场上，有好多次他都忘了词，那尴尬的冷场间隙，总会有人情不自禁地帮忙大声哭泣。一次在净月潭边举行篝火集训，一个老太太竟然晕倒在火堆里，心脏病突发当场死去。这样的不幸只能放大他的名气。他怀疑，他的学员们是自己感染自己，然后互相感染，泪水和激情在那一刻变成了流行病，甚至是情感盲目冲动的瘟疫。必须承认，他真的俘虏了那么多的人，但他也在时时刻刻警惕被颠覆。不能让他们怀疑，连有一点犹豫也不行。

多少个夜晚，他长时间地看着床头灯一圈圈渐淡渐黄的光晕，盘算着怎样消除悄悄弥漫在身边的怀疑情绪，那是一种嫉妒，该死的嫉妒。他们在背后谈论他的出身和残疾，谈论他毫无光彩的过去。风在窗外呼呼地吹，仿佛就要下雪的光景。他蜷缩在棉被里，想着下一次课能赚多少钱，他沮丧极了，生怕把握不住机会。

他克服了摆在面前的一个个障碍，他从徐宝兰那悟到了真经，

251

長勢喜人

还记得文化广场上的那具有启发性的一幕吗？人们更愿意相信一个美丽的谎言，而不是拆穿它。他还从气功师那里学会了心理暗示的窍门，学员们完全能够靠自己的想象完成你的设想，关键是要掌握主动权，不给他们思考的机会。他一点也不担心回答不了学员们的提问，他让一个学员去回答另一个学员，他本人只需笑一下，或是摇摇头再笑一下就可以了，然后头也不回地走开。这招果然有效，提问的人和回答的人都深感惶惑。还是受气功师的启发，他让组织者租来重要部门的礼堂，看到门口的哨兵他总要长出一口气，这样那些讨厌的人就不会贸然闯入了。他发现租到大地方的礼堂没有想象的那么难，反正那些场所空着也是空着，如果能换来一些收入不也是一件高兴事吗？还可以租用大学的阶梯教室或者多功能厅，你站在大学的讲台上，谁还去想你的出身呢？他们只能自感羞愧，自找差距。

有一天，他正在课间休息，有人要求见他，那是我们这座城市里常在电视上出现的一个大人物。他吓了一跳，转身走回去。有意思的是他的怯懦竟然帮了大忙，那个大人物非但没生气，反而坚信自己来对了，他对陪同的人说，越是难取的经可信度才越高嘛。大人物单独向他请教。他敏感地发现，来人深藏内心的恐惧比他更甚，而且，同样地无助。到处都有恐慌，没有多少人的心里踏实，有人担心饭碗，有人担心前途，他本人呢，担心被颠覆，而担着这种心的不止他一个啊。谈话非常成功，其间他很少说话，他让对话变成了倾诉。走出屋子，他的光环又多了一圈。他更加信心十足，他取笑那几个想要著书立说的学员，看也不看他们的文字就说他们没有领会他的精髓。他的怠慢和无理不但没有激怒对方，反而让他们抱愧而去。

包括那个奉命拘禁他的警察——他的大师生涯结束的那一刻，他正在进行课间休息，准备喝上几口什么刺激性的饮料，潜训场突然被包围了，警察和工商人员冲了进来。一个警察将他带离会场，跌跌撞撞地搀着他走出那家俱乐部的后门。他会被抓起来坐牢吗？他语无伦次，连分辩的话也说不出来。他吓坏了，双腿发抖。他听见那小伙子警告他不要作声，然后把他带到俱乐部的拐角处。那里停着一辆警车。结果出乎意料，小警察松开他，怯生生地说："李老师，你走吧。""你不抓我了？"他惊诧万分。

　　他听到的回答是："我听过你的课，我知道你只讲授成功学。你快走，否则就会拘留你。"

　　他跑了。后来他想象自己当时的狼狈相，一个瘸子，三十多岁的瘸子，跑过马路，跑进胡同，一个一个地摔跟头。他不敢直接回家，在共青团花园躲了两三个小时，溜进家门时比贼还像贼。他蹿到床上，用被蒙住头，此时此刻，他比任何时候都更清楚自己是多么懦弱。他是一个懦夫，是荒唐岁月羞耻和不知羞耻的遗腹子，这个城市里的寄生虫，一个蠕动在黑暗中怕光怕风怕声音的蛆。他成了一只躲在洞里的老鼠，邻居家的敲门声都让他全身战栗。

　　没有人知道，他亲眼见到了那一家三口的死亡，丈夫是他的潜训课最忠实的学员，每次见到他就激动得热泪盈眶，但他和妻子女儿成了潜训的受害者。那个姓王的学员最后的绝命书写给了他，在信里，他要求和他见面，将见面的时间约在上午九点，地点是南湖公园的石拱桥。信的落款仍是——我们一家最敬爱的大师。他去了，但他没见到给他写信的人。他在长春解放纪念碑的下面给耽误了。那天，他看了一场奇怪的表演。纪念碑前面的一小块空地上围着很多人，他不自觉地停下来。人群当中放着一口盛满稀释墨汁的

長勢喜人

巨大瓦缸。人们互相打听，谁也不知道这口缸是干什么用的。没有人注意纪念碑下面有一个长头发的男人，他披着一件破旧的军大衣，和尚打坐一样闭着眼睛盘坐在那里。人们正在好奇之际，那个男人忽然扔掉大衣站起来，他的大衣里面竟然一丝不挂。他迅速挤进人群闯到瓦缸边，有人惊呼起来，女孩们还没来得及害羞地扭转头，那个全身赤裸披散头发的男人已经跨坐进瓦缸里，在人们还没回过神的当儿一头溺入水中，半天才露出一颗湿淋淋的头颅仰天大叫："太多的酒！"然后又一头扎入墨水中，在人们猜想他是否已经憋死的时候，那男人又钻出头来大喊一声："太多的肉！"如此反复了十几次，那男人喊完最后一句："砌一座坟墓埋葬魔鬼。"再次潜入缸底。这时，缸底传来"砰、砰、砰"的打击声，"哗"的一下，突然，缸破水流。围观的人群爆出惊叫四处散开，躲避满地溢开的墨汁。只见那男人蹲在破碎的瓦片中喘息片刻，忽地站起，飞快地消失在纪念碑的后面。

人群中有人激动地鼓掌，很显然是那个怪人的同伙。一个女孩泪流满面，当着大家的面和鼓掌的小伙子激动地拥抱。"太成功了，太成功了！"小伙子围着一条长长的白围脖，同样激动得语无伦次，"金斯伯格，《曼尔区的感怀》，这么一改，独具韵味。"

这一幕预示了什么。可预示了什么呢？人群外，他的确被击中了，这是一个不祥之兆。他的预感很快得到了证实。

这是最美好的一个冬天的早晨，纪念碑广场出现了罕见的雾凇美景，太阳由大变小，由红变白，从路东的楼群中缓缓升起。南湖公园里仍雾蒙蒙的，笑声从四面八方传来。可是没人在石拱桥上等他。难道是有人和他开玩笑吗？他又拿出那封信看了一遍，千真万确。桥下面的冰面上是乱糟糟的荷叶梗。公园里种植荷花是去年秋天的事。越过倒扣过去的柳树叶般的一排排游船和封冻的游船台，远远地可以看见游泳区那有人冬泳。两边的灌木丛中有许多裸露的树根茬，怎么看都有些触目惊心，公园南侧的栅栏外面是南湖大路，南湖大路的南侧是省委的宿舍，那中间有一个没有改造的叫小屯的棚户区，住着城市扩建前的农民，他们总是趁夜混进公园里盗伐树木回去做烧材。他烦躁起来，这时，他看见湖面上出现了两个大人和一个孩子。他们正在远离湖岸，向冰面走去。他目睹了那一家三口坠落湖里的全过程，隐隐约约还听到了女孩的呼救声，只是离得太远，听不真切。他当时吓傻了，没等救援工作开始就离开了。凭直觉，他知道那三个人，就是约他见面的一家三口。

他无法从惊吓中缓过神，心怦怦直跳。他快步穿过公园北门铁管焊成的出口，不敢穿行马路，这会儿绕行新民广场的汽车一辆接一辆，并且没有一辆减速行驶。他打了一辆出租车，回到家，一头钻进被里，哆嗦了好半天，他爬起来，可他没找到那封信，只找到一张字条。字条上写道：

为全国人民干的三件大事

　　给万里长城贴瓷砖

　　给珠穆朗玛峰安电梯

　　给飞机安倒挡

为全国人民干的三件小事：

　　给苍蝇戴手套

给蚊子戴口罩

给蟑螂戴避孕套

他大笑起来，笑出了眼泪。但笑过之后，他泪如雨下，因为他搞不清这字条是不是他自己写的。

花开了，室内飘满清香。他终于找到了香味的源头，竟是窗台上那盆君子兰。君子兰是一种没有香味的花，这一株，他窗台上这一株，这天早晨不但开了花，而且散发出了清香。这难道不是奇迹吗？

果然，那天下午，他的房门被敲响了，时而迟疑，时而急促。从门镜里，他看见了一个皮肤白皙的女孩站在那里，踌躇不安，他打开门，命运回光返照。生命中最后一个奇迹扑面而来——

窗台上的君子兰开花了，弥漫开淡幽的清香。这盆花伴随他度过了漫长的十五年。还记得那个林小曼吗？这花是她送的，花香好像是她的香脂味，她的脸色苍白，玩世不恭。还记得那个水果店里的盲女孩吗？想起她这花香好像又多了一种薄荷味，沾着少女甜滋滋的唾液的那种，嗯，麦汁汽水的那种甘甜。盲女孩徐宝兰，她拒绝过这盆花，原因是它没有香味。淹没在岁月中的盲女孩，告诉你，花开了，并且奇迹般地散发出清香，弥漫在一个连自己都厌烦自己的中年男人的屋子里。盲女孩看不清这个世界，天空在她的心中更澄明清亮，美丽无比。她和后来的徐宝兰不是一个人。她们怎么会是一个人呢？后者装腔作势，是这个世界上最时髦最俗气的女人之一。生活就像是一个莫名其妙的化学分子式。这花香更应该弥漫在记忆中，免得被另一种味道消解掉。那味道就是——曲薇薇的小便。请略去这个粗鄙的字眼，那是一个欲望女孩，圆滚滚的上半身，圆滚滚的下半身，圆滚滚的蘑菇一样的脸，暖烘烘活泼泼的欲望丰满的胸脯，诱人的圆滚滚的臀，还有她的腋窝和头发丝，她用欲望和无知浇灌过这株花，这株奇迹之花从此长势喜人。每个人都是生命中的奇迹，奇迹的味道各不相同，混合在一起会变味吗？会的，花香已经浓郁起来了，用不了多久，就会像一个鼓胀了的气球一样炸开，橡胶味和焦煳味随着岁月倒嚼的口水一起混进来。

让花香再浓烈一会儿，至少在那个女孩离开之后再散去不迟——泪水洇湿命运的试纸，酸楚的鼻尖刚好撞破了那软塌塌的一小块儿。然后，又白又浓的晨雾涌进来，穿过那一团团的又湿又黏的晨雾，走进现实世界。污秽玷污圣洁，又老又丑的乞丐，为满足欲望，在月光下为街头冰凉的汉白玉少女雕像手淫，自己却在打着尿颤呻吟，仿佛那是生活迷途的回音。在失去尊严和默认了屈辱之后，转眼又是几十年，总以为明天会好，明天来临了，雨水飘洒，淋湿盖在身上的旧纸壳儿。太阳会出来的，照亮那么多的窗口，这不是一个产生奇迹的年代吗？

打开房门，迎进生命中最后一个奇迹。

"你是——"她没有回答，拿出那张字迹很丑的字条，上面正是李颂国本人兴之所至的潦草签名，这样的签名他不知给出了多少张，电话、地址一样不少，覆盖在陷阱上的树枝和混杂着松针、杂草的腐殖土，但他绝不会想到会有猎物主动踏上命运的羊肠小道，"我好像想起来了，你是——"

"我们没有见过面，"她急切地否认，"也许你会让我先喝杯水，然后我再告诉你我是谁。"

保留起这个沾了淡淡的唇印的玻璃杯，留住童贞的猩红。

看得出这个不速之客的焦躁不安，咚咚咚，凉开水灌进滚烫干疼的喉咙，放下水杯，

女孩平静地开门见山，"我想向你借一笔钱。"

"可是我还不知道你是谁。"

"我是谁你别管，我需要钱，我可以给你——"毫不犹豫地，"你需要的。"

"我需要的？我需要什么？"

欲望每时每刻都在教唆一个拥有机会的男人，何况他本人正是一个地道的王八蛋，一个怯懦的小丑。

"少废话，你不愿交易，我就走了。"

"慢着，你每次多少钱？"

"我不是你想象的那种人，我是一个干净的姑娘，而且是，一个处女。"她的语速加快，充满怨恨，"我和父母闹翻了，我再也不想生活在一个没有温情的坟墓里。我需要钱离开这座城市。"

"我们得谈谈，你要告诉我，你怎么想起我会给你需要的钱。"

"别想跟我讨价还价，五千块，一分不能少。你不是有求必应吗？钱是多了一点，算你借我的，也许我将来会还你。"

在他表态之前，她已经走进卧室，拉上窗帘。然后，她脱掉外衣，迟疑了一下，她加快速度，脱掉羊毛内衣。他还能做什么呢？被欲望鼓胀得快要爆炸的男人手忙脚乱地抻着冰凉的裤子，为没有换洗的干净床单心怀歉意。她认真叠好内衣，放好文胸和束发的卡子，然后，躺下了。玉体横陈。她的头扭向窗外。玻璃窗沙沙响起来，外面下雪了。他手忙脚乱地脱掉衣裤，为自己的残腿和微凸的

腹部害着羞。她的身体凉冰冰的。他急煎煎地分开她的双腿，她好像下意识地抗拒了一下，然后，纯洁的蚌壳自动张开。在接下来的几分钟时间里，除了那极为短促的咝咝声，再没有任何一点异样的声音。他仿佛冲撞着一块石头，不，她比石头更为坚硬粗粝，那是屈辱结冻而成的冰凌，是愁苦怨愤的结石。他冲撞着，得不到一点迎合，后来，他疲软地趴在她的身上。

他忽然忍不住了，低声哭泣起来。仿佛受害的是他自己，而不是身下被蹂躏的女孩。在他肮脏的泪水滴落到她身上之前，她已将他推开。她站起身，用枕巾擦掉大腿内侧的血滴，她好像被撕裂了，出了很多血，可她似乎毫不在乎。卫生间里，哗哗的水响，他还在哭，泪水怎么也止不住。直到房门哐一声关掉，冲下楼梯的脚步声震得他的心脏疼痛起来，他才意识到她已经离开了。

现在，房间里的味道只剩下他的体臭和汗酸，他没有拉开窗帘，手脚酸软地摊开，他的体力仿佛被耗尽了。耗尽的还有窗台上那株君子兰的幽香。他打开灯，看见那株花的花瓣开始打蔫，仿佛要谢去的光景。现在，那鲜红拓到了床单上，鲜血还在慢慢渗透，慢慢洇开，他用手指蘸蘸，然后将染血的手指放进口中。忽然间，他的腿间一阵剧痛，他看见自己的生殖器被一道寒光削断，断掉的部分变成一只青蛙，飞快地向墙角蹿去，他大叫起来。

打开灯，时间却是晚上七点，窗外传来中央电视台《新闻联播》的序曲。他清醒了，冷汗淋漓。自己的东西幸好还在，只是上面的那条红线更深更红了。他翻身坐起来，他没有找到拓在褥子上的血斑，如果不是扔在地上的那条枕巾上有一抹血痕，他真的会怀疑自己是不是做了一个怪梦。抽屉开着，装钱的信封没了。这一切都真真切切地发生了。

那个女孩是谁？她拿上钱会去哪？

谜底会揭开的。用不了多长时间，他就会知道女孩名叫苏苏，而且，他将为此付出惨重的代价。

放慢脚步，将今昔的生活比较一番，再去迎接那命定的一刻。

那一片平房，扒倒之后现在建成了一座花园小区。夜晚，小区中央的几座高层公寓闪烁着炫目的五彩灯光。小区靠南那一小片是别墅区，住着城市里先富起来的一批人。别墅区毗邻的是十几幢四层小楼，和别墅区大有差别的是栅栏门口的黑板上贴的不是补肾壮阳的药品广告，那是地地道道的宣传栏，总在适时地更换诸如普法、交通和一些防火安全常识。宣传栏不变的是上面的一行四开纸那么大的美术字：向孔繁森学习。孔繁森是继焦裕禄之后的又一个好干部的榜样，他原来是山东聊城的地委书记，后来调到西藏阿里，他是一个山东人，学习材料上写他纯朴得就像那雪域高原上的插着经幡的玛尼堆。孔繁森死于车祸，他去探望在新疆工作的一个朋友，路途中不幸遇难。正因为宣传栏上的那一行金字，这里被称为"孔繁森小院"，不用说，这里面住着的是一些有身份地位的人。

这些年的变化太大了，反帝广场已经改名高新广场，五七湖边建起了一排排现代材料搭建的厂房，不用说，你已经找不到当年炉灰线区的一点影子了。报纸上每年的"八一五"都会刊出这里的一两张老照片，颗粒很大的照片上矗立着几座水塔状的高楼，照片说明告诉人们，这里曾是日本占领军时代的人体试验工厂。就在二十年前，还有人写文章提醒人们抵制日本电器，可是现在的年轻人热衷的是盗版碟和盗版软件，他们关心的是美国的微软分拆官司和美国总统的性丑闻。如今，大大小小的网吧如雨后春笋般冒出来，年

长势喜人

轻人热衷于上网聊天，约会网友，已经有人开始和不相识的人网上做爱，交流性体验。一些不法分子利用网络进行诈骗，残杀敲诈网友的案子一起接着一起。作案的大多是城郊的一些农民，他们比偏避地区的农民更容易受到城市的诱惑，他们的作案手段极其残忍。两年前，这座城市发生了震惊全国的"刨锛案"，凶器是铁路工人使用的一头尖的刨锛，据说一家百货公司经理的女儿在家门口被刨倒了，晕死后，就在楼道里惨遭奸淫。夜晚变得不再安宁，喝着茶水的女公务员回忆"文革"时的日子，那时候为了串联孤身一人走两小时夜路去火车站也不用担心遭到性侵犯。刨锛案被命名为楼道抢劫案。市政府破天荒地下令居民楼道里一律实行亮灯工程，这使城市更加恐惧。冬天一过晚上七点，大街上就很少行人。据说公安人员在舞厅里抓住了一个男人，跳舞时他的怀里忽然掉出一把锤子，砸在女伴的脚背上，结果那是一个患了阳痿症的小学教员，怀里的锤子是他走夜路用来防身的。案子后来虽然破了，但独身女子走夜路时不免总是忽然回头。

早晨上班的高峰期已经过了，冬日的阳光，裹着汽车尾气的习习寒风，天空像一片淡蓝色的汽车顶，闪着蓝油漆般的光润。大街上，一家化妆品公司的宣传车队缓缓驶过，车上立着巨大的广告牌，半裸的女明星站在海风里，透明的白纱裙裹着美丽的惹人遐思的双腿飘起来。车上还插满红旗。宣传车不声不响地招摇过市，让人想起多年以前的那些游行车队，车上也是红旗招展，不同的是那时的车上架着高音喇叭，声震楼宇。

261

"大哥，来洗洗头耶！"路边美发店门口一个把头烫成方便面一样的女子冲他咧着油亮猩红的嘴唇。

这可能就是那种可以带回家去的女孩，他怦然心动，脚却没有停下来。已经出来转一个早晨了，他想买上几根油条捎回去吃早饭。他必须想想接下来怎样安排自己的生活，总不能这样游逛下去呀！

回忆让他忽视了身后的危险，一直跟在身后的人几步奔上楼梯，明白自己遭到袭击时已经晚了，他眼前一黑，不由自主地向前跌去……

長勢喜人

第二十一章

……昏迷中支离破碎的场景像打得四分五裂的玻璃镜子，再也拼凑不成一个整体。睁开眼睛，把散开的眼光艰难地聚焦，一个人就坐在对面，忍受着牙疼，不时地咝上一声。

"你还认识我吗？"肿胀的眼泡，干巴巴的爆皮的高颧骨，被鼻涕和泪水弄脏的黑胡楂，一张脏兮兮的脸渐渐清晰起来。

"苏文兵！怎么会是你？刚才是你……你为什么捆住我？"

"小瘸子，你还认识我？我要是你，就不喊也不挣扎。"

"可是……"

"没有可是。你回答我，昨天你是不是把一个女孩领到了这个狗窝？她是不是在你这，被你……"苏文兵环视了一下昏暗的屋子，房间拉着窗帘。用脚踢亮台灯，踢在被绑着的小腿上，"你说，是不是在这……"

他记起来了，他早该猜到的，女孩那双仇恨屈辱的眼睛和冰冷的眼神正是对面这一双眼睛的翻版。他极力地辩解，抱着一丝幻想。"是她自己来的，向我借钱。苏文兵，别闹了，我们不是好朋友吗？你还记得我去树林给你送饭的事吗？那个女孩是你什么人？再说我也没把她怎么样。别用刀指着我，你刚才把我打疼了，可能是脑震荡，我头痛死了。"

"她是我女儿，她是我的宝贝女儿苏苏。你这个死瘸子，社会渣滓，你强奸了她。那么好的宝贝女儿，一朵鲜花似的，竟然被你这个畜生污辱了，我饶不了你，我……"在绑在椅子上的人叫出声以前，苏文兵及时用条随手抓到的枕巾塞住那张臭嘴。

那把水果刀插得并不深，但足以让被扎到的人抽搐，疼痛难忍，加上恐惧和冒出的喷泉一样的鲜血，李颂国几乎要晕过去了，他拼命地扭摆，如果把嘴里的填充物拿开，他会叫得全世界都听见的。他的小腹又挨了重重的一拳。

"没有人能救得了你，挣扎是没有用的。要是你保证不喊不叫，我可以把枕巾拽出来让你喘口气。"

被戏弄和任人宰割的猎物除了噙着泪水感激地点头应允，没有别的选择。枕巾拿开了，李颂国忍着疼大口大口地喘气，空气从来没有这么清冽，注入口腔，在喉咙里发出回声。

"苏大哥，你饶了我吧。我不知道她是你的女儿。她是自己送上门来的，她向我借钱，主动提出要和我上床，而且，而且是她先脱的衣服，她——"李颂国不敢说下去了，他看见苏文兵的手又在剧烈地颤抖起来。

猎人也在抖动双肩，心在狂跳，不得不歇上一会儿才能积聚起说话的力气。"你这个下三滥的东西，烂白菜，臭狗屎，臭粪蝇，大粪蛆，"苏文兵使劲地咳出一口痰，"我猜得没错，真是你这个王八蛋强奸了我女儿。"

"我没强奸她，我真的没有，是她自己……"耳光响亮，吐出一口血沫，必须继续说，"你先别打我，让我把话说完。她向我借钱，我给了她五千块，要是强奸，怎么会给钱？而且是在我家里。不信，你去问问你的女儿，苏苏，对，你可以问问苏苏。"

"你这个下三滥，我不许你叫我女儿的名字。她现在还躺在医院里，要不是我在她的衣服里找到那个写着你名字的信封，还不知道是谁伤害了她。你这个畜生，你对她干了什么？她出血不止，昏倒在火车站，要不是好心人把她送进医院，我到哪去找我的宝贝女儿。"泪流满面，拿刀的手颤抖得更厉害了。刀虽然举起来，可是迟疑着并没有落下。苏文兵拿出那个信封，抽出几张钱，"你把这些肮脏的东西吃下去——"

"等等，苏大哥，这是钱哪。留着给孩子治病——"

"你住嘴，我命令你吃下去。"

"我——"一股油腻腻的味直冲喉咙，要不想被憋死，就赶紧咀嚼，一连吞了三张，三百元。喘口气，哀求说："我真不知道是你的女儿，也不知道她会，她会，会那样。治病的钱我拿，你饶了我吧。"

"我饶了你，谁还我女儿清白？你这个畜生，我宰了你。"

"慢着，退一万步讲，就算我强奸了你女儿，在你杀死我之前，能不能告诉我，当年你对王婵，就是你在铁路边领走的那个女孩，你对她干了什么？"终于有机会揭开那个谜底了，李颂国奇怪地感到亢奋，恐惧一旦适应之后就不那么恐慌了，只要对方的刀不落下来，或许还有机会，果然，苏文兵一愣，举刀的手像面条一样软下来。

"你是说那个女孩？告诉你也没什么，我把她强奸了。"没想到在梦里说了无数次的话当着别人的面还可以说得如此轻松，苏文兵连自己也惊讶不已。他看见李颂国露出了猥琐的讨好的笑容。

"你也让我猜着了，你真的那么干了。别忘了，我是你的同谋，而且，我一直保守了秘密。王婵自杀也和你有关，应该是你让她怀了孕，然后她自杀了。她火化的那天，我还看见了你，你跟着宣传车奔跑。苏大哥，说到底我们都是男人哪。错已经犯下了，如果昨天能重来一次，可是这不可能。算了，你放了我吧，我愿意赔偿一切损失，我也没有多少钱，但我愿意把所有的积蓄都给你，你饶了我吧。好吗？"

那无际的热烘烘的玉米地，拉伤皮肤的毛茸茸的叶子，汗水洇湿伤口的痒痛，碧绿森森缺乏阳光照射，叶子又长又纤细的蒲公英，在湿土里拱动的截虫的轻微的声音，还有霉烂的草堆，白色的痰虫，还有，还有被他劫持进玉米地的王婵凄惨的无助的绝望的哀求，屈辱的无助的绝望的泪水。这些都没有忘记。可是——

"可是你强奸的是我的女儿——"胡乱地扎下去，有几下刺中了大腿和后背，李颂国带着椅子翻倒了，"救命啊，杀人啦——"

刀扎在椅背上，呼救声让行凶者意识到了危险，苏文兵扔开刀，好容易将那张嘴再次堵上。他使劲地踢着地上的家伙，李颂国被捆坐在椅子上，像一只弯曲的使劲蠕动的虫子。"我让你喊救命，我让你喊救命。"苏文兵一下一下地踢着，踢到双腿发软，踢到对方不再挣扎。李颂国的头歪着，瞪着眼睛，眼睛里希望的火星一点也没有了。李颂国的脸踢肿了，像一个冻伤的芥菜。

"不用装死，我对你的审判才刚刚开始。"苏文兵大口喘息着，对他的俘虏大声吼着，"好吧，现在我就告诉你我是怎样成为一个强奸犯的。我压抑，你知道吗？我想报复，我需要理想，可是没有

长势喜人

人为我的理想负责，却让我变成一个禽兽。我以为赶上了时代潮流，热血沸腾，结果却做错了，进了监狱。别的"4·5"天安门现行反革命平反的时候，没有我的份。我的罪名被救我的人改成了流氓犯。不错，我是罪有应得，我是一个漏网的强奸犯，我伤害过别人，多少次在梦里被抓住再次坐牢。我的良心受到谴责，但这并不意味着我的女儿就要被你这样的畜生糟蹋。现在我明白了，人们有信仰，信佛，信上帝，不仅仅是寻求解脱和心灵的安慰，而是需要审判，又害怕审判。什么叫冥冥之中？他妈的，审判和报应是不是一回事？你这个畜生，你不是讲潜训吗？在台上你不是一套一套的吗？我信了你，可是我现在负债累累，连女儿都要离家出走，我最后一点宝贵的东西也被你糟蹋了。这些年我逆来顺受，过得浑浑噩噩，总想忘掉过去，可是你这个畜生偏偏让我记起自己是个强奸犯。"一道闪电在眼前划过，"对了，我想到了怎么审判你，我阉了你。你不是我人生的见证吗？那我就把过去阉了。你还我女儿清白。"苏文兵又在歪头喘气的猎物腿上扎了一刀，李颂国抽搐了一下，没有挣扎。李颂国鼻血鲜红地流着。苏文兵把脏枕巾拽下来，还好，没有他害怕的大喊大叫。他的猎物在绝望地轻咳和大口喘息。

"你还记得你当年在湖边给我背的那几句话吗？你听见了吗？我让你再给我背一次。"

267

……瞎子看到了

瞎子告诉了哑巴

哑巴告诉了瘸子

瘸子飞快地跑……

没有声音了，那个人被折磨得半死，又疼又怕地昏死过去了。

李颂国模模糊糊地听见 120 急救车和警车响着笛声骤然停在楼下，急促杂乱的脚步声涌向房门。

"是这里吗？"

"没错，我听见屋里喊救命。"

门被撞开了。许多人冲进屋子。他能清楚地听见那些人说话，可是他无法动弹，无法回答。他想他已经死了。

但他们说他没死。只是——

"大腿上被扎中五处。敲掉了一颗门牙，剁掉了一根手指，刺瞎了一只眼睛，割掉了一只耳朵。还有，生殖器被割断了。"

"这里还有一张字条。"

"上面写了什么？"

说了不该说的——

摸了不该摸的——

看了不该看的——

听了不该听的——

干了不该干的——

"门牙掉了就掉了，眼睛也无法复明，耳朵、手指没准还可以再植，最关键的是要找到那半截生殖器。"

"保护现场！你们医生怎么回事？这儿是犯罪现场，一切要听警察的。"

"哎，那不是吗？踩到你脚底下了。你把那半截东西踩扁了——扁了——扁了——扁了——"

"还能再成活吗？"

"奇迹，我们需要奇迹你懂吗？"

第二十二章

奇迹。奇迹，结满草籽，铺天盖地，无边无际。

奇迹。奇迹，想象中的神迹和神化的人迹，开满野花，葳葳蕤蕤，花香四溢。

奇迹。奇迹，最大的奇迹是母亲。

美丽、健康、敦厚的母亲，纯洁得就像一棵青春期的白杨树，白里透青白里透绿的树干没有一个小小的疤疤结结，光滑圆润得似会泌出乳汁，滋润和养育着她自己，和她的儿子，滋养饥饿的胃，还有焦渴的心灵。

没有被强暴过的母亲，人生和历史都清白得像一根干净的水淋淋的白天鹅的羽毛，不被别人玷污，也不玷污别人，就像上着釉彩透出亮光的细瓷花瓶。

心地清澈的母亲，她的目光可以抚慰她的儿子，抚慰躁动缺憾的心灵，没有什么可以伤害她和她的儿子，她和他也绝不会伤害别人。

头脑清醒的母亲，她应付这个世界，明辨是非，从容自如。她

长势喜人

在清凉的甘泉中沐浴，然后，在晨风中拈着一朵波斯菊，一边嗅着，一边微笑。她看着儿子，她等待着她的儿子。而她的儿子，背上洒满阳光，额头鼻尖和唇，都洒满阳光。跳过清亮的河水，溅开碧绿的青草叶上的露珠，张开双臂，向她奔来，向她飞来。在他的身后，整个世界喧闹热烈，像世界之初那样，没有痛苦和扭曲，只有幸福和愉悦。所有的花和草，所有的果和树，所有的，所有，都长势喜人。

可是奇迹，你们制造了实现了私欲和大喜大悲的奇迹，你们连诺言和大言不惭也能制造的奇迹，你们肥皂泡和莺歌艳舞，你们把一群群人像废品一样处理掉，然后再回溯人情冷暖和细腻微妙的奇迹，你们昧了良心瞎了眼睛的奇迹，你们能让生活回到从前吗？回到母亲的史前，回到母亲的母亲的史前，回到母亲的母亲的母亲的史前，直到清白和温暖。

直到——

可是，你不能，你们不能。

可是，这不是一个奇迹的时代吗？荆棘遍地。

可是，我们还得讲述那一直不愿讲述、不能不讲述的一幕幕。

先喝一口水，免得紧张和燥热得作呕干咳起来。

"你为什么一定要知道你妈妈的事？"

"你唬我，曲薇薇，其实你根本不知道。"

"我知道，李淑兰的底细我妈妈给我讲过，赵剑苹调查过李淑兰的历史。可是知道了对你伤害要更大，你为什么一定要知道你妈妈的那些丑事呢？"

"可是，我不知道也不等于没有发生过啊，我总得知道发生过什么。"

"好吧，你听着，我现在就讲给你听——"

扯下岁月的尿布，换上被雨水浇得水渍斑斑的发黄上锈的另一块电影幕布。

滤去一九六七年夏天的风声，滤去那些嘈杂的、粗拉拉的、坚定得不会转弯的语录歌，滤去胜利者的大笑和狂啸，滤去所有阶级敌人压抑的呻吟和抽泣，滤去饥饿的流浪儿因为舔食标语和大字报糨糊被追打的心酸哭叫——

"要用文斗，不用武斗"，你听到了吗？伟大领袖的最高指示震得校园里的高音喇叭一阵阵嘶鸣，一阵阵颤抖。在一间被拆散的旧书桌板钉死的教室里，苍蝇在墙角干结的粪便上嗡嗡叫，蝴蝶落在学习园地血写的决心书上。密不透风的人墙，狐臭、脚臭、汗臭，熏红了的一双双激动的眼睛。

李淑兰矮小，只能听见嘶哑激动的辩论。

"红旗战斗队不会被打垮，我们已经和红星战斗了十三天。战友们，十三天啊，我们牺牲了三个战友，难道我们就这样退出战斗吗？我不答应，我们决不答应！"战斗队的鼓手激动地大叫。

"亲爱的同志，我们的心情和你一样难过。"这是一个女声。说话的是战斗队的司令，她的声音沉重而舒缓，"毛主席教导我们说，无数革命先烈为了人民的利益牺牲了他们的生命，使我们每个活着的人想起他们就心里难过。牺牲的战友中还有我的亲弟弟。"她哽咽了，屋子里的气氛更加凝重，她的声音忽然高亢起来，"可是毛主席指示要停止武斗。毛主席说的句句是真理，我们革命小将要听毛主席的话。"

"我要报复。反正我要跟他们算账。"鼓手在辩论中处于下风，但他仍在坚持。

"不，这账不能算。冤有头，债有主，千笔账，万笔账，都要算到中国赫鲁晓夫的头上。"

"你的意思是我们和红星的账就这样一笔勾销了？"

"不，这笔账不算完，我们要算一笔社会主义的大账，红星战斗队里许多人是我们曾经并肩战斗的战友，他们是被蒙蔽的阶级兄弟，我们要用我们的实际行动唤回他们的良知。"

"那你说怎么办？"

"男同胞们，现在我请你们到外面去，我已经有一个计划，让你们吃惊的计划，让我们的对手吃惊的计划，不过，我得和我们女同胞一起商量。"等那些悻悻的男同胞困惑不解地回头回脑地走出去，女司令胸有成竹地招招手，"姐妹们，战友们，请你们到前面来，听听我的计划。"

房间里一下子静了，空气凝重无比，七八个女生这才发现原来自己的呼吸声一点也不比那些男生的轻。她们面面相觑，脸都红起来。女司令继续鼓动，"这是一个多么光荣而重要的任务啊，红旗战斗队年轻的战友们，把它看作是伟大统帅毛主席交给自己的又一次战斗任务，满怀战斗豪情。我们要对自己说，我们生为毛主席战斗，死为毛主席献身，挽救一批被蒙蔽的昔日战友，就是保卫无产阶级的胜利果实，就是保卫毛主席。"

"这样做能起作用吗？再说，多难为情啊！"有人小声说。

"谁说难为情？革命不是请客吃饭，用毛泽东思想武装起来的战士最无私、最勇敢、最聪明、最能干、最不怕羞。羞是资产阶级的男女授受不亲，我们要露的是无产阶级的腚，嗯，屁股，是高尚

長勢善人

的臀部。当我们中的一个屁股上涂上红药水，在宣传车上展示给对手，就会形成强大的革命压力，让他们羞愧。他们会看到，他们打伤的是毛主席的女战士，是自己的姐妹。害羞的应该是他们，我们要用这种革命方式让他们醒悟，告诉他们，他们被资产阶级利用了，不能再用流氓手段对待自己的同志。

"想想看，我们的宣传车在街上一出现，就会吸引所有革命群众的目光，会唤起所有革命同志的愤慨。毛主席说，解决人民内部矛盾，不能用咒骂，也不能用拳头，更不能用刀枪。我们就用这种方式说话，用女红卫兵的屁股和红药水说话，这是一个伟大的创举，而这个革命行动的核心就是你们当中的一个——如果我不是要指挥整个战斗队，我会第一个脱掉裤子——革命小将头可断，血可流，裤子为啥不能脱？现在，我以红旗战斗队的名义，授予这个人为毛主席好战士的光荣称号，你们谁愿意接受这个光荣称号？"

我愿意——

我愿意——

我愿意——

激动得热泪盈眶的组织者说："只能选你们其中的一个人，既然大家都愿意，现在我们就开一个讲用会，比一比，谁最有资格担当这一英雄角色。"

已经有四个人羞惭不已。她们中有两个是干部子女，一个还没有加入红卫兵，一个人的外婆是资本家的臭小姐，只剩下两个根红苗正的姑娘，争得面红耳赤。

其中一个人就是李淑兰。

"我认为我觉悟比李淑兰高，我每天都写日记，我先背诵一段。"李淑兰的竞争对手，声情并茂，"公字是勇敢，私字是怕死，脑子里有了私字，灰尘落下都害怕，脑子有了公字，山崩地裂都敢上。这是无产阶级革命战士的伟大胸怀。"她还想继续说下去，李淑兰打断了她。

李淑兰说："我比你黑，你的皮肤白，白得像一个资产阶级娇小姐。"

"可是——"

"没有可是了。"主持人已经握住了淑兰的手，"我选淑兰，你们有意见吗？那好，让我们为淑兰鼓掌。"

进入那幕电影的下一节。中午，阳光倾泻而下。战斗打响了，集体背诵《为人民服务》，高唱毛主席语录歌。女司令再一次向大家作战前动员。和李淑兰争当主角的女战友认为这一个时刻很不平常，情不自禁掏出笔记本，记下了出发前的动人情景。

出发了，车轮在晒化的柏油马路上轧出沙沙的声音。宣传车勇敢向前开去。继续向前开，穿过高大杨树的斑斑树影，穿过路边无数的比阳光更加热烈的目光，穿过那些口哨，穿过那些口号，穿过那些掌声。宣传车走得很慢，这一天目睹这惊人一幕的人们没有一个不感到呼吸急促，人们看见那个伏在鼓上的姑娘裸着美丽的红苹果——

"你们看到了吗？在宣传车脱掉裤子的是毛主席的一名女战士，一名勇敢的女红卫兵，就是这样一个可爱的小女孩，却被红星战斗队打得遍体鳞伤，红旗战斗队正告那些被蒙蔽的人，我们要捍卫革命成果，现在让我们朗诵毛主席诗词《为李进同志题所摄庐山仙人洞照》，暮色苍茫看劲松，乱云飞渡仍从容。天生一个仙人洞，无限风光在险峰。"

宣传车向前驶去，车上，年轻的男鼓手看见李淑兰冒着细密的汗珠，红药水被洇湿了，像一颗颗血珠。他的呼吸急促，忘记了敲鼓，他看见李淑兰起了一层鸡皮疙瘩，而且，她在发抖。他从未这么近地看过一个女孩，压抑着自己的邪念，将水壶递给那个快晒昏的姑娘。

这时，意外发生了，他们的宣传车闯进了对方五辆宣传车的包围圈，那些宣传车几乎是同一个声调——"光天化日之下，红旗战斗队的流氓不知羞耻地露出了屁股，五洲震荡风雷激，让我们对红旗战斗队大声嘲笑。"

那天中午，红旗战斗队的宣传车落荒而逃。几个手忙脚乱的女战友还没来得及跑到车尾，一个急刹车，那位鼓手跌到李淑兰的身上。他被推开时，看见自己的手染红了，染红他的是真的鲜血，他的头嗡嗡作响，他知道自己犯下了无耻的罪行，他碰到了那个他想碰但无论如何也不能碰的地方。

李淑兰的血染红了一九六七年的夏天。

李淑兰的泪水怎么也止不住，战友们安慰她："我们没有失败，淑兰，你坚强些，你不是我们中间最勇敢的人吗？"

李淑兰说："我被摸了，我不怕看，可是不能摸。"

战友们说："淑兰，他已经畏罪潜逃了，相信总有一天，我们会找到那个流氓鼓手。"

李淑兰说："我不怕看，可是不能摸。"

战友们说："淑兰，以革命的名义，忘掉这一切。"

李淑兰说："我不怕看，可是不能摸。"

战友们说："淑兰，好好睡觉，明天醒来你会发现你已经忘了这一切。"

"这不是真的。曲薇薇，你为什么要糟践李淑兰，我相信这一切都是你编的。"

"我本来不想说的，我怕你受不了。"

"为什么会这样？我不相信。"

"睡吧，你该忘记过去这一切，忘记是容易的。'文革'不是过去这么长时间了吗？！"

"我不相信。"

"那好，连忘记也省了。就当这一切都没发生过。"

"当这一切都没发生过好了。"

第二十三章

他乘上了长途客车，车窗开着，灰白色的水泥路面，路边高大的防风杨树根涂着一米多高的白灰。再向两边看去，一边是风中飒飒作响的高粱，结着红穗，细而长的绿叶上长出了红黄色的血迹一样的秋斑。另一边，向日葵一望无际，散发着暖烘烘的热烈的花香，一个个花盘，一团团的黄嫩，让人眩晕的花焰，田野里，路边的草棵里，就在坦直的公路上，纷飞着蜻蜓，纷纷地蹦跳着秋天的蚂蚱。他看着窗外，心情郁闷，嘴里有一种苦味，不停地打嗝。

车在一个路口停下来，前面的路被人群堵塞了。车长下去看了一回，向司机报告说，前面有一个气功师正在卖"信息糖"，五毛钱一小勺，附近的村民们正在排队购买。气功师沙哑舒缓的男中音，"信息，包括过去的信息，未来的信息，我为什么要向一车白糖发功呢？就是为了将信息渗透进甘甜，渗透进你的生活，你的梦境，哪怕是一点甜味，生活的作料应该是甜的，不是吗？买一勺信息糖吧，可以改变你们日常生活中的苦涩，稀释你们的灾难，减弱痛苦。"

長勢喜人

他发现自己也挤进买信息糖的人群当中了，大家拥来挤去，热汗淋漓。炽热的阳光倾泻而下。

他好容易挤出人群回到车上，他发现身边的座位上坐着一个胖而温厚的女士，她好像患着轻微的哮喘病，不时地轻咳一声。她用一条手绢扇风，温和地看着他笑。

"孩子，你上当了，那人是个骗子，这样的糖商店一斤才九毛钱。"

"可这是信息糖。"

"信息糖？能让我尝一下吗？"长着老年斑的苍老的手指，捏上一小捏，"你自己尝尝，这糖是苦的。"

"咦，真是苦的，刚才我尝过，是甜的呀！"

"那你不叫它信息糖，叫它苦糖好了。"

"孩子，你去哪儿，能告诉我吗？"

"去安葬你的妈妈？你的妈妈不是活得好好的吗？你仔细看看我，是不是你的妈妈？"

他认真地打量起她来，天啊，他真的辨认出了李淑兰的影子。微微吊起的眉梢，紧抿的薄嘴唇，洋溢在眼角的鱼尾纹和眼袋下面的母爱。汽车忽然驶上了颠簸的一段土路，灰尘从窗口刮进来，车厢里立刻像扔进了一大把一大把的花椒面。

所有人都闭上嘴，使劲地翕动鼻翼。

他还没有喊出"妈妈"两个字，就先大声咳起来，咳得流出眼泪。弯下腰去，将头埋进母亲宽大的裙裾里，他好容易止住咳，眼皮却粘在一起，想睁也睁不开，真奇怪，他感到困倦极了。

"好好睡一会儿，睡一会儿就好了。"母亲的声音，遥远，打着颤音，就像从扬琴弦上流出来的一样。

"妈妈，在我睡着以前，你能给我讲一讲那个鼓手吗？"

"鼓手？"

"对，鼓手。"

"鼓手叫赵建，你为什么要知道他的事情呢？"

"赵建？怎么会？"

"睡吧，躺在妈妈的怀里好好睡一会儿。"

他越发混沌了，生活充满不确定性，故事总是一个个地被颠覆。必须承认，母亲的过去是一个巨大的谜。而谜底也许正是她的儿子所有灾难的根源，母亲的阴影遮住了他生活中应有的阳光，让他的生存从此蛰伏在屈辱和阴暗之中。他知道了一九六七年夏天李淑兰参加的那场屈辱和激情的游行，可他不知道那次游行之前，尤其是改变了李淑兰命运的游行之后，又有多少事发生在母亲的身上。他无法获知那个鼓手，还有那个赵建的故事。母亲的岁月长满了白癜风，没有血色，看不见肌肤的纹理，只有一片片毫无生气的让人绝望的死白，让他感到窒息，想起这些就屈辱和痛苦不堪。谁是他的父亲？母亲的面目都已不清晰，父亲干脆就是岁月底片上的一个人形窟窿。他想起了那个大雪天，想起了那截"木头"，尸体（赵建？鼓手？）被扔上卡车，铁皮车厢板嘡的一声，那一声响就是岁月的回声，短促、惊心，而且毫无道理可讲。慢着，是嘡的一声，还是当的一声？他犹豫起来。但确定下来又有什么用呢？那个大雪过后的早晨，太阳苍白浮肿，像一个泡涨了的汤圆。他的母亲，李淑兰尖叫着拉着长声奔跑……

"妈妈，你别走……"

他听到的如泣如诉的笛声，那是救护车的声音。车子飞快地行驶着，他好像明白过来，他本人并没在什么长途客车上，他的身边也没有李淑兰，此时，他正迷迷糊糊地躺在一副担架上，担架就放在两排座位中间的空位上，两个穿白大褂的医生一人拉着担架的一角。

"喂，他好像醒了。"

"醒了吗？好像没有。"

那两个医生咔咔地笑起来，然后他们继续自己的话题。"刚才我在办公室里看见报纸上登了一则消息，地拉那发了一场奇怪的大水，一个醉汉喝多了报复他的上司，竟跑到水库拉开了水闸。"

"地拉那是个小国家吗？我好像都没听说过。"

"你的地理知识太缺乏了，地拉那不是阿尔巴尼亚的首都吗？我们小时候总唱一首歌，北京地拉那，中国阿尔巴尼亚，英雄的人民英雄的国家……"

"醉汉淹了首都有什么意思，你看别人给我发的这条短信。"

一边笑，一边朗读：

　　我是一棵葱

　　站在风雨中

　　要拿我蘸大酱

　　我×他老祖宗

他的神志渐渐清晰起来，他感到车停下了，他想睁眼看看，可是眼睛怎么也睁不开。他知道有人拉开了车门，他被抬了起来，他感到浑身剧痛，上下颠簸。因为，他正被抬着向前奔跑……

281

图书在版编目（CIP）数据

长势喜人 / 刘庆著 . -- 修订版 . -- 北京：作家出
版社，2024. 9. -- ISBN 978-7-5212-3084-0

Ⅰ. I247.5

中国国家版本馆 CIP 数据核字第 20244JY910 号

长势喜人

作　　者	刘　庆
封面题字	刘　庆
特约编审	懿　翎
责任编辑	徐　乐
装帧设计	丁奔亮
出版发行	作家出版社有限公司

社　　址：北京农展馆南里 10 号　　　邮　　编：100125
电话传真：86-10-65067186（发行中心）
　　　　　86-10-65004079（总编室）
E-mail:zuojia @ zuojia.net.cn
http://www.zuojiachubanshe.com
印　　刷：唐山嘉德印刷有限公司
成品尺寸：152×230
字　　数：203 千
印　　张：18
版　　次：2024 年 10 月第 1 版
印　　次：2024 年 10 月第 1 次印刷
ISBN 978-7-5212-3084-0
定　　价：60.00 元